『茅盾文学奖』精篇节选系列

李佩甫 著

生命册

中国文联出版社

图书在版编目（CIP）数据

生命册：精篇本 / 李佩甫著. -- 北京 ：中国文联
出版社，2024.4
ISBN 978-7-5190-5415-1

Ⅰ．①生… Ⅱ．①李… Ⅲ．①长篇小说－中国－当代
Ⅳ．① I247.5

中国国家版本馆 CIP 数据核字 (2023) 第 257304 号

CHINA LITERATURE
AND ART FOUNDATION
中国文学艺术基金会　　资助项目
中国文学艺术发展专项基金

著　　者　李佩甫
责任编辑　刘　旭
责任校对　胡世勋　田宝维
封面设计　爱吉骏文化

出版发行　中国文联出版社有限公司
社　　址　北京市朝阳区农展馆南里 10 号　　邮编　100125
电　　话　010-85923025（发行部）　010-85923091（总编室）
经　　销　全国新华书店等
印　　刷　北京顶佳世纪印刷有限公司

开　　本　880 毫米 ×1230 毫米　　1/32
印　　张　12.25
字　　数　190 千字
版　　次　2024 年 4 月第 1 版第 1 次印刷
定　　价　62.00 元

目录

▲

旅客在每一个生人门口敲叩，
才能敲到自己的家门；

　　人要在外边到处漂流，最后才
能走到最深的内殿。

"平原"是我的精神家园，
也是我的写作领地

李佩甫　傅小平

我写吴志鹏的自我认知，自我发问，
就是写当代知识分子的心灵史

傅小平：读你的"平原三部曲"《羊的门》《城的灯》《生命册》，我想相关题材要是换成功力稍逊的作家来写，很有可能会写成眼下习见的类型小说。从文学角度看，类型小说大多有着较大的局限性。但你的写作却能跳出类型写作的窠臼，展现出大魂魄和大气象。我想这主要是因为你一直在豫中平原这个背景下展开小说叙述，并且如评论家李敬泽所说，你总是能够在具体的社会历史语境中，对我们所面临的困境、我们的灵魂状况，进行非常有洞察力的追问。

李佩甫：我从来没有考虑，也没打算写类型小说。我的创作是这么来的，早在20世纪70年代末期，我就喜欢看书，也经历了各种事情，阴差阳错走进了文学的大门。刚开始写作的时候，我也没有什么方向，就是到处找素材，苦不堪言。直到1985年写出《红蚂蚱 绿蚂蚱》，我才算初步找到了写作方向。个人有个人的发展阶段吧，我只有写到那个阶段才发现自己还有一块属于自己的地方，也就是豫中平原。而在以前，我都是写一些道听途说的东西。那么，找到这块矿藏以后，一开始我也只是写自己的童年、少年，也就是记忆中的一些东西，所以这块地方并不是很大，但我慢慢写着，它就扩大成了整个平原。我说过，"平原"是生我养我的地方，是我的精神家园，也是我的写作领地。在一些时间里，我一直着力于写"人与土地"的对话，或者说是写"土壤与植物"的关系。我把人当"植物"来写，我就是要表现土壤与植物之间的复杂关系和生命形态，这样写的时候，我是有痛感的。当然，我最早几乎都写的原生态，然后往前走，慢慢向内转，才开始切入平原的精神生态，这中间是有过程的。

傅小平：与写作相伴随，你对中原的认知，也定然是步步深入。

李佩甫：中原是一块绵羊地啊，它受儒家文化影响太深了。说老实话，汉字最早是刻在甲骨上、瓦片上，后来就刻到人心里去了。所以我说，我们的汉字是用鲜血喂出来的。这不是夸张的，是我见过很多世面后逐渐认识到的。走上写作道路后，我的生活面扩大了，走的地方也多，见识过三教九流的人物，和工农商学兵各个阶层都打过交道。无论是乡村，还是城市，我都有了解。年岁渐长以后，我越来越觉得，中原是被儒家文化驯服最深的一块地方。历朝历代，中原都遭遇过各种劫难。经历过漫长的时间以后，世世代代的老百姓就养成了一种骨头被打断，但又能粘起来的生命状态。它还有个最大的特点就是百折不挠、生生不息。

傅小平：这也可以说是整个中华民族的共性，也许在中原表现得突出一些。

李佩甫：我就觉得，儒家文化虽然有很多糟粕，但它最大的优点是它有很大的同化力和包容性。我们都说犹太民族是世界上最顽强的民族，犹太人是最不容易被同化的。无论他们逃难到任何一个地方，只要有十个人，他们就会选出一个精神领袖，尔后与逃往世界各地的犹太人保持紧密联系。但在宋代时，犹太人中有一支逃难到当时的国都开封，在开封住下后就被彻底汉化了。历经这么长时间，现在看一点痕迹都没有。我后来作为作家代表团成员去过以色列，参观他们的大流散博物馆，看到过相关的历史记录。现在开封有一些犹太后裔，也就几分之一犹太血统了，虽然他们中有愿意回以色列的，但他们的生活方式早已经完全被汉化了。

傅小平：你说的这些，看似和你的写作没有直接关系，但我想，正是这些思考构成了你写作的底蕴。所以读你的小说，能读到一种透彻的历史纵深感。

李佩甫：我说过一句话，中原是最代表中国的一块土地，是"国中之国"。我的想法是，这个被儒家文化浸润过的，被血肉喂养出来的民族，即使有一万个缺点，有一个优点是其他任何一个民族都比不了的，就是她的繁衍力和生命力。现在世界上任何一个城市都有中国人，他们在哪里都可以很卑贱、很顽强地活着。我多年来一直想这个问题，想弄清楚汉民族、汉文化的发展轨迹，就是我们这个民族怎么一步步成了现在这个样子。我个人认为，这是我写作的研究方向，也是我常年寻找汉文化精神思维方向得出的判断。

傅小平：从开始写作，到最后找到方向，你经历了怎样一个过程？

李佩甫：我 1971 年下乡，1974 年上技校，学车工。1976 年开始当工人。1978 年发表第一篇小说，1979 年调到许昌市当文化局创作员，到了 1985 年写出《红蚂蚱 绿蚂蚱》，也就是说用了七年时间才找到写作方向。之前我当过工人么，写过不少工厂小说。那个时候就是编故事，找素材，写得很苦。等找到源泉后，写作就不那么苦了。

傅小平：想到你写在《红蚂蚱 绿蚂蚱》前面的题记。你引用了泰戈尔的一句诗——旅客在每一个生人门口敲叩，才能敲到自己的家门；人要在外边到处漂流，最后才能走到最深的内殿。

我注意到你在《生命册》扉页上又引用了这句诗。这句诗应该特别契合你的写作心态，或者说呼应了你写作多年的心路历程。

李佩甫：是。为了找到写作方向，确实走了很远的路。我从写童年、少年，写家乡，最后才写到平原，这中间经过了很多年。一直到 1990 年，我才算彻底找到了写作自由。那一年，我写了三篇小说。《无边无际的早晨》是《北京文学》上头条发表的，各大选刊都选了，应该能得全国奖了，结果这年不评了。我之前好几篇小说，像《学习微笑》《红蚂蚱 绿蚂蚱》《豌豆偷树》等，在当年也是各大选刊都选了，产生过一些影响的，但都差了那么一票，我就这么个运气。

傅小平：其实我还想说，这句诗也呼应了你笔下一些人物，尤其是《生命册》里的吴志鹏的心路历程。套用福楼拜那句"包法利夫人就是我！"或许你可以说："吴志鹏就是我！"这大概是你所有作品里最接近你个人的一个人物吧？

李佩甫：吴志鹏和我个人有所不同，但确实是最接近我个人的，而且我认为也是写得比较成功的。但我听到反馈意见都说这个人物写得很差。其实整部《生命册》，都是以他的视角展开叙事，小说里所有的认知也全都是他的。我写了他五十年的成长轨迹、心灵历程。他是一个有乡土背景的人，从小吃百家饭长大，后来上了大学，也读了研究生，但一直都"活"在别人的眼睛里，同时他又是一个"背着土地行走"的人。他有过沉沦、有过堕落、有过迷失，但他一直在反省自己。就因为自省，他避过了很多的陷阱，他没有和小说里那个骆驼一样最后走向覆灭。所以，他大体上是一个清醒的人，通过不断地内省，他是有可能成为一个健康的社会人的。我可以说把所有的东西都包含在他的视角里了，我也是在他身上下了最大功夫。

傅小平：你下了大功夫，但反馈不如预期，也有可能是这个人物给人感觉是灵魂大于肉身。你写的更多是他的认知以及自省，他的外在形象反而被淡化了。

李佩甫：我写的就是吴志鹏的灵魂状态，他自我发问的时候，是不看自己形象的，或者说他即使有形象，给你感觉也是反光的，你看上去会比较模糊。

傅小平：是这样。无论如何，体现在吴志鹏身上那种强烈的内省意识，在中国小说里是不多见的。《生命册》可以说是吴志鹏的自白书。而且有意思的是，小说后面几个章节，基本上都以一个问号开始，像是他在追问，在求索什么问题。

李佩甫：我开始是想用父子对话的形式。一开始想写这样的开头："孩子，我今年54岁了，有些话得跟你说说了。趁着天上的雷还没有打下来，我要告诉你，我说的每句话都是真实的。"但后来觉得这样写太具象，就用了知识分子独白的方式，所以你看到后面一些章节，都是吴志鹏在自我发问。我写的就是他的精神流、思想流啊。他活了这么多年，回溯自己的一生，对家乡、对土地都有自己的反思，我写他的自我认知、自我发问，实际上就是写当代知识分子的心灵史。

傅小平：小说里，吴志鹏经历世事沧桑后，在车祸中被扎坏一只眼睛，躺在医院里反思自己的一生，这最后一章真是写得特别好。读《生命册》吧，形同画一个"抛物线"。这部小说一开始我读着挺带劲的，中间部分虽然也读到一些精彩的段落，像你写虫嫂的故事代入感就很强，但总体上读得有些泄气，我以为小说会以这个状态收尾，没想到劲头又被这最后一章给猛一下提起来了。

李佩甫：我写吴志鹏在医院那部分，可是下了功夫的。但《生命册》得茅盾文学奖后，有不少评论啊，我就没读到有一篇提到这一章，真是让我非常失望。这一章我不仅下了功夫，而且是融入了生命体验的，我自己也有过类似的经历啊。1992年吧，我和导演都晓合作写过一个剧本，叫《颍河故事》，后来拍成电视连续剧。这个剧本写到一半的时候出了车祸，把眼睛给伤了。在很长时间里，我的眼睛都是给蒙着的，我也担心啊，要自己万一看不见了怎么办？回想起来，那段时间也是挺艰难的。当然，我眼睛后来好了，剧本也写完了。但那次经历我一直记着。我写到那个小女孩头上长了个瘤子，两眼睁得很大，但什么都看不见，很可怕。这都是真实的，她看东西那种"麻沙沙"的感觉，也极其真实啊。

我把《圣经》作为文学作品来读，
只是借用，并没有把它当作源头

傅小平：以我的阅读感觉，你的小说挺中国化的，但"平原三部曲"，三部小说的书名都源于《圣经》。像《羊的门》《城的灯》，扉页题记上引用了《圣经》里的话，《生命册》你虽然没引，但感觉这个书名也是脱胎于《圣经》里上帝掌握的选民名册。如果有人行不义或背叛他，上帝便把他的名字从生命册中抹掉，那人便要受惩罚而不能存活。何以如此？

李佩甫：世界逐渐同步之后，我们会发现人类有一些共通的东西，这些东西是可以借用的。所以我用了西方文化的观照，但写的是地道的汉文化。在写《羊的门》的过程中，我一直在想书名，就是老想不好。机缘巧合，有朋友送了我一本《圣经》，我就把它放在床头不时翻翻，我其实也不是想到里面找什么，只是想看看里面的文字。《圣经》里的文字是很奇怪的，里面很多话几乎不像是人说的话。人怎么会说"要有光，于是就有了光"！这是神性的语言啊！还有不少这样的句式。睡不着的时候，我翻到《新约》里那一句："耶稣对他们说，我实实在在地告诉你们，我就是羊的门。"我当时就觉得，这个意思契合这部长篇的走向，也就是我想探讨的，最智慧的人会有什么样的走向，或者说这块土壤会产生什么样的东西。那么,《圣经》里的这段话,和我这部小说里的整个精神脉络是很切近的。所以最后就定了这个书名。《城的灯》《生命册》也是这么个情况。

傅小平:"平原三部曲",尤其是《生命册》,多少追问了终极价值问题。虽然你的写作给人感觉是纯中国的,但也不排除在思想上受西方文学影响。

李佩甫:有。读书,特别是读翻译的外国书对我影响巨大。青少年时期,我在许昌这个小城市读自己能找到的一切书。我父辈以上都不识字的,从小家里能看到的有文字的东西,就是半本黄历。但我就是喜欢看书,从童年到少年,我都是乱看书,什么书都看。只要是能找到的、能看得下去的书,我都看。"文化大革命"当中我还读了好多西方的人物传记,什么尼克松的《六次危机》,还有《蓬皮杜传》《田中角荣传》等等。看了不少书,但也是不求甚解。最早有好多字我都认不得,所以很多年后,我明白那些字的意思,还是会把音读错。但早年读的那些书,对我有无声无息,或者说潜移默化的影响。

傅小平:你在那个年代是怎么读到这些书的?

李佩甫:在那个年代,如果我出生在有知识的家庭,可能家人就会限制我,有些书就不会让我读。但我父母不识字啊,我喜欢看书,他们也不知道我看的是什么。我还有一个表姐,到处帮我找书。那时,我们班一个同学家里有书,书被他爸锁在柜子里，他每次都偷出来让我看。也不是无条件的，每次我都得用糖或橡皮之类换。他还有条件，一部大部头书，限我三天看完，真是特别痛苦。大一点后，我就到处借书看。青年时期，我有四个借书证。县、市、地区图书馆的，还有工人文化宫图书馆的。还有些书，是比我们年纪大一些的学生从图书馆偷出来的，大家以各种方式互相交换着看。从上小学三年级起，我就是我们家最有文化的人了，我姐他们都不怎么爱读书。那么，读书就相当于把世界给我打开了。所以说，青少年时期，物质上的面包我没怎么吃过，但文字的"面包"吃了不少。

傅小平：这个比方有意思。看来你最初是通过文字读到面包的气味。以我的阅读感觉，你在小说里也挺喜欢写各种气味的。

李佩甫：是。我最早在一盏油灯下，读到一本外国文学作品叫《古丽雅的道路》。书里写到很多气味，甜点的气味、果酱的气味、沙发和羊毛地毯的气味，尤其是大列巴，也就是大面包的气味，一下子就把我给征服了。书里写吃饭，在桌子上铺上桌布，摆上蜂蜜和鲜花，还有钢琴曲伴奏。我工人家庭出身，一介平民，生活里哪见过这些东西啊，那都是阅读带给我的。很多年后，我出国看到法国巴黎圣母院，英国一些很著名的建筑，还有欧洲老百姓的生活状态，也没觉得很稀奇，因为我在书里读到过啊。不客气地说，我原来想象人民大会堂有多么高大，但第一次去北京开会看到后，也没觉得它有那么高大。因为在书本里，我

生命册

▲

见过太多巍峨的建筑了。说阅读让我走遍世界也不算夸张，阅读对我影响真是太大了。

傅小平：那你很早就开始读《圣经》吗？有没有通读过？

李佩甫：我没有通读过《圣经》，但朋友送了我一本，20世纪八九十年代的时候，这本书放在床头。我经常会打开看那么一段，大多是晚上睡不着的时候看，也只是随便看。我主要把《圣经》作为我思考东方精神思维方向的一种参照。所以，我只是借用《圣经》，并没有把它当作源头，我是把它作为文学作品来读的。从本质上来说，我们的源头，或者说我的源头，仍然是中华文化，或者说是五千年的中华文明史，这是流淌在我们血管里的东西，洗不掉的东西。这当中也许更多是儒家文化的浸泡或桎梏，对我们来说，这既是锁链也是营养钵。

傅小平：说的也是。你的写作从文字表达上，看不出多少西化的痕迹，想来也和你这种认知有关。我倒是在你的好几部小说，尤其是在"平原三部曲"里，看你写到一本叫《修辞学发凡》的书。

李佩甫：这是陈望道先生写的一本书，忘记是从哪儿得到的了。我小时候常读，都翻烂了。我把它带在身边，没书读的时候就翻开来看。也不是认真读，但这样翻翻，对我是有影响的，尤其对我在语言的修饰上有很大影响。我印象比较深的是，这本书里讲到对推敲的认识。有个地方举例说，杜甫写过著名的《秋兴八首》，其中有一联："红豆（香稻）啄余鹦鹉粒，碧梧栖老凤凰枝"。陈望道说，杜甫这诗写得过分雕琢。陈望道要求表达的准确，反对雕琢。他对语言文字的这种认知和解读，对我是有影响的。

傅小平：你有一句话，语言就是思维。我读后印象深刻。

李佩甫：我是觉得，文学语言跟认知有很大关系。你的认识不到那一步，就不会出现相应的表达。语言与思维方向是密切相关的，语言的表达方式也就是作家的思维方式。可以说，每一种表达，都渗透着作家的生命体验和思维过程，都囊括了不同作家不同的生存地域、不同的血脉迁徙、不同的水土气候，等等。在我看来，表达的差别就是思想和思维方式的差别。所以说，语言就是思维。

傅小平：但我们通常只是说，语言是思维的一种体现。

李佩甫：文学语言就是作家思维的体现。文字不只是文字本身，文字作为人类精神的物质外壳，是人类智慧的结晶。它是先导，是标尺，是人类透视力和想象力的极限。从我自己来说，我每次为了找到准确的表达方式，尤其是为了写好开头，会费很多心思。为啥呢？因为开头第一句，会决定整部作品的情绪走向。所以说，写好开头，对我来说是最困难的。为写好第一句，有时需要等一个月，有时需要等上一年半载。比如写《生命册》，我写了八个开头，最长的写到八万字，都废掉，就因为没有找到第一句话。那段时间，实在写不下去了，我就跑到乡下去住了几个月，吃了几箱子方便面。我是去找感觉的，我要把我所理解的声、光、色、味找回来。从乡下回来后，我还从书房里搬出来，换了个房间再坐下来，于是有了那句"我是一粒种子"，这样才算找到了准确的语言情绪，才终于写了下去。

傅小平：还别说，你的小说从细节到整体都是能读出情绪的，这个情绪也可以说是一种势，你顺这个势往下写，虽然在结构上谈不上有很大创新，但语言，还有整体行文给人感觉气韵生动。

李佩甫：刚也说了，我特别讲究第一句，第一句理顺了，用你的话说，文章就有了势。我要求一部作品的情绪必须是完整的，所以最怕中间被打断。要是打断了，气就接不下去，写起来就很困难。我一般得花半个月一个月时间，反复读过去写的，等读到某一时刻有那个感觉了，才能把它给接上去。所以像我这样情绪写作也有问题，常常会有缺陷。跟着情绪走吧，小说设计感不强，设计不太够。

傅小平：倒也是。如果以你讲的"语言就是思维"论，你的小说不是以结构，而是以语言取胜。刚还想问你，引用或模仿的语言，是否同样是作家思维的体现？打个比方说，《平原客》后记《蝴蝶的鼾声》开头一句即是"那只蝴蝶，卧在铁轨上的蝴蝶，它醒了吗？"想来脱胎于伊朗导演阿巴斯说的那句"当车轮滚滚向前时，我们仍要关心那些趴在铁轨上酣睡的蝴蝶"。

李佩甫： 我就觉得阿巴斯说得特别好，特别准确。也因为觉得他说得特别准确，我才会使用。是不是这个道理？时代车轮滚滚向前，没有多少人会关心那些酣睡在铁轨上的蝴蝶，那些生活在边缘的小人物。现在郑州也和其他城市一样在大拆大建，道路每天都在变化。我常常从外地出差回来，就认不得回家的路了。我常常看见那些民工坐在马路牙子上端着大碗吃饭，每当看到，我心里就会疼，我就觉得我是他们中的一个。我作品中的每个人物都是我的"亲人"，当我写他们的时候，我是有痛感的。联系到这三十年翻天覆地的巨大变化，这种痛感会更强烈。如果经过五六十年代到如今这个时代，就会对我这话多一份理解。像我们小时候，天天要背诵《毛主席语录》，要做到早请示、晚汇报。这对现在的孩子来说，是不可想象的。

中华传统文化里头是有很多奇特的东西的，
很厉害，厉害得不可想象

傅小平： 前面交流下来，感觉你应该是在城市里长大，但有意思的是，大概从写《李氏家族》开始，你写作重心却是放在农村，你笔下的人物，也大多有农村生活背景。这在"平原三部曲"，尤其是在《生命册》里，有突出体现。

李佩甫：是啊，按说我在城市生活时间最长，我在郑州都生活了三十六年了。对于乡村也就童年、青年时期的一点记忆，但我确实写乡村更有感觉。这是"根"的问题，童年伴随人一生啊。我生在工人家庭，算是城里孩子，但少年时期有很多时间是在乡下姥姥家度过的。我父母都要上班，没人管我，也只好把我送到乡下去。我记得，我上小学二年级的时候，大约七八岁的样子，每个星期六的下午，都会背着书包到姥姥家去。姥姥的村子离城有二十多里路，我那时小啊，常常走一个下午，走到天黑才走到姥姥的村庄去。另外，每年的暑假和寒假，我都是在姥姥家度过的。那时候乡下也开了食堂，我乡下的一个表姐会把我领到田野里去，就地偷掰红薯、玉米，在地里挖一小土窑，用火烤一烤，半生不熟的就吃了，很香。所以，在那段时间里，我也跟乡下孩子没什么两样。夏天里光身子穿一小裤衩在乡野里跑来跑去，也和他们一样提着个草筐，拿着个小铲割草。在那时，我就认识了平原上各式各样的草，这种草的形状和气味一直伴随我，浸润在我的血液里。我在很长时间里，在人生行走的旅途中，都觉得自己是平原上的一株草。再后来，我又在1971年下乡当了知青，成了一个地地道道的农民。农忙的时候，我干各种各样的农活，农闲的时候，我作为生产队长，还常常与那些支书、队长到公社开会。所以，我觉得平原实际上就是我的家乡，也是我的写作领地。

傅小平：也难怪你写农村底层女性写得出彩，《生命册》里的虫嫂就是其中一个例子。你通过写虫嫂的遭遇，尤其是写她不被进城后的子女善待，对城市病相剖析的力度，甚至不弱于一整本《城市白皮书》。怎么想到塑造这么一个人物形象？

李佩甫：写虫嫂这个人物，我是下了功夫的。虫嫂可以说是中原乡村的底版和基础。我觉得她与城市人的病相还是有很大差别的。她既是活的"细菌"，又是生生不息的源泉。因为，她是有根基的。她与大地紧密相连。她几乎是不死的。她就是那个"春风吹又生"的草族。

傅小平：同感。你塑造了不少个性鲜明的人物形象，平原的背景反倒有些被忽略。同样，你小说的叙述有着坚实的质地，与叙述看似游离的部分就可能不是那么被关注。但就我的阅读观感，这部分带有词条性质的内容，无疑让你小说的大厦更为结实，更何况这些"词条"也写得特别出彩。像《羊的门》里的易筋经和十法则，以及《城的灯》里的"上梁方言"注释和刘汉香种花"观察日记"。应该说，这部分内容对你写豫中平原这个背景也起到了深化的作用。我好奇的是，这些"词条"你是借鉴了相关资料，还是主要出于你个人的解读？

李佩甫：都是我个人的解读。但易筋经是中国传统文化里就有的，我知道也有人在练，我有个朋友，原先也是写小说的，现在也还偶尔写写。我在省文联的时候，每天都要陪他下三盘象棋。他就是练这个功的。他练到什么程度呢，就是一天不练，他会很不安。他原来身体是很不好的，一个月要感冒好几次，但练了这个功以后，三十五年都不吃一片药。他每天练功三次，如果不练这个功，他身体早就垮了。你想这个易筋经有多厉害。中华传统文化里头是有很多奇特的东西的，很厉害，厉害得不可想象。易筋经在我国一些典籍里头也有记载，练功的状态我也是知道，也是有参照的，这些东西我都用在这个小说里头了。

傅小平：那其他呢，像十法则，还有上梁方言等，都是你虚构出来的？

李佩甫：我虚构的，是我个人的创造，但融入了我个人对这块土地的理解。我是贴近这块土地，去理解它的。这都没有虚的，全是真切的。还真是，咱俩今天聊，有两点我是特别高兴的。《生命册》最后一章，我认为是写得最好的，但从来没人跟我说起过，你今天说到了。还有你说到《城的灯》里"上梁方言"注释写得很好，也是从来没人这么说过，你说到了，也说对了，我认为这是我在这些小说里写得最好的部分。

傅小平：这些部分的确容易被忽略。我也读过部分小说加入类似词条的内容，多数是借鉴了各种材料的，读者习惯成自然，想当然以为这些都参考了相关资料，估计也很少有作家像你这么用心去创造词条。而且在多数小说里，这样的词条只能算是旁逸斜出，只是对故事情节发展起辅助性的作用，它们在你的小说里却无疑是重要的，就像方言也在你的小说里起到强化和深化背景的作用一样。

李佩甫：对，我的小说里会融入方言，但不是按原生态的样子放进去，而是经过了思维认知的转化。也就是说，进入我小说里的方言，都是修正过的。我们对"修正"这个词有误解，其实这是最好的一个词。1848 年，马克思和恩格斯写出《共产主义宣言》，那是不得了的，指出了人类最高级的一个前进方向，但那仅仅是一个方向，是没有参照系的。实践过程中会出现很多问题，像东欧、现在的拉丁美洲等都出了问题，中国也出现过问题。出现了问题怎么办，就有必要加以修正。一幢建筑在建设过程中，遇到设计时没考虑到的问题，也得对它进行修正吧。我写平原这片土壤，也有一个调试和修正的过程，围绕的都是对汉文化思维方向的观察和追寻这个中心。我想搞明白我们汉民族是怎么走过来的，为什么成为现在这个样子，有可能成为什么样子。

傅小平：还真是，如果就像你说的，语言就是思维，那我觉得方言更是思维。

李佩甫：相比普通话，方言更具象，它代表的是人们在某个阶段，对某种事物或现象的认知。它的出现和发展是有过程的。像"互联网"这样的新词，也只有到了现在才可能出现，这在过去是不可能出现的。

傅小平：也就是说，通过学习方言、写作方言，加深了你对

生命册
▲

平原这片特定地域在某一个或几个特定阶段的认知。

李佩甫：对，通过方言更能理解这块地方的生存状态。我们这块地方，民间有"出虚恭"的说法。"出虚恭"是指的放屁，这样的词原本不出自民间，是朝代更替时，一些皇家子弟流落民间，藏匿民间后，在民间流传开来的。老百姓一开始应该连听都没听说过。但这个词流传开来后，你去看病，相对高级的中医也会问你，出虚恭不出？意思就是你放屁不放。放了，就是通了。通了就好一些；不通，就有毛病。这样一句问候语的背后，反映的就是地域、时代、生活的变化。你了解这个，对你了解这块地方是有好处的。我也是在了解这块地方后经过反复思考、加工才写出了上梁方言。

人不只是人本身啊，他背后有着一个巨大的、
一般人难以看到的背景

傅小平：可能是你着眼于写地域，你的小说很少线性写一个人的发展轨迹，倒是比较多由一个人串联起一群人，或是先写一个人，再慢慢切入写整个地域。所以，你的"平原三部曲"，还有其他的一些小说，都是偏于树型结构或网状结构，要做到"形散而神不散"是有难度的。

李佩甫：因为我主要写关系，写土壤和背景。马克思有句话

说，人是一切社会关系的总和。人不只是人本身啊，他背后有一个巨大的、一般人看不到的背景。有时候，我们评价一个人很难准确，就因为我们不知道他后面站着什么，他是怎么走过来的。这个背景对人的影响真是特别大。我是主要写背景的，不是写单个的人，我们单个的人都是在这个巨大的背景中生活。我们有时觉得一个人的举动很荒诞、很突然，是因为我们不知道他后面是什么因素在起作用。我是想把背景写出来，我个人认为，这背景的力量是巨大的，比我们通常想象的还要大。

傅小平：那你会不会担心，要是把很多笔墨都用在写背景上，会不会反而把人物给冲淡了？不过读你的小说，感觉这种担心也许是多余的，在你这里两者相得益彰，你分明塑造了一些让人难忘的人物形象，而且还是秉承的看似比较传统的以典型环境写典型人物的写作路子。

李佩甫：我把所有的人物，都放到我最熟悉的环境里写。不然我怎么写？像美国纽约，我只是去过而已，只有那么一点浮光掠影的印象，我不可能深入骨髓去写。只有把人物放到我熟悉的情境里，我写起来才得心应手。

傅小平：我有时候想，是不是在你看来，很多时候背景会把人物给淹没了？

李佩甫：极有可能啊！我们受文化背景影响，还有各种因素牵涉。能从这个背景里走出来的人都是"叛逆者"，都不是一般人，要不是圣人，就是伟人。

傅小平：你的确很少在小说里写叛逆者，是因为在现实生活中很少找到？不过实际看来，真正的叛逆者似乎很少，有些叛逆却像是对传统更深的皈依。

李佩甫：对，我循着汉民族思维寻找啊！但我几乎找不到这样的叛逆者。即使从历史上看，那种能背叛自己民族文化惯性思维的人也太少太少。像毛泽东在青年阶段，应该说是中国传统文化的叛逆者，他在精神上是反儒家文化的，也是反对父亲、反对传统教育的，他希望走出传统文化背景的，但实际上并没走出，他已经是个伟人了，一个普通人就更难走出几千年文化束缚了，很难，很难。

傅小平：这应该是你的肺腑之叹。比如，《平原客》里的李德林从美国留学回来，也算是经过西方文明的洗礼，却选择以"黑道"方式，解决与第二任妻子徐二彩的婚姻冲突。这说明他思想中的痼疾，或者说这片土地的束缚与缠绕，让他没能走出传统文明的思维逻辑和精神窠臼，可以说包含了很深的反讽意味。

李佩甫：实际上，李德林虽然在美国读了博士，拿了一个文凭，但跟美国社会并没有深入接触，倒是比较多受到美国文化中最不好部分的影响，强化自我意识，但他的精神轨迹还是土生土长。这个人物，我是觉得很可惜的，他本来是有可能成为另外一种人的。他是被这块土地培育，又被这块土地淹没了。

傅小平：在《生命册》里，我读到过一个类似的人物，只是名字不同。那个"戴草帽的副省长"，叫范家富。所以我就想，你是觉得那里面写得意犹未尽，所以才在《平原客》里改头换面，再好好写写这个人物吗？

李佩甫：你要不说这个范家富，我都一时想不起来了，因为在《生命册》里，这是个次要人物，我也只是随手起了这么个名字。我发现我这个起名很有问题，当年写《羊的门》，写到一个工商局长刘海成，也就提了那么一笔，结果好了，我们当年河南省一个局的局长就叫刘海成。我还认识他，但我忘了。这个人物在小说里一笔带过，我也就没那么讲究，发现名字不够使，顺手就这么写了，的确不够严谨。那么，李德林在《平原客》里是个主要人物。但这两个人物都来自一个原型。是啥吧，很多年前，我听说一个副省级干部把妻子杀了，我在此后十多年里就一直关注。这个人自幼苦读啊，考上大学后又到美国去深造，成了留美博士，是一个专家型的官员，可他却雇凶杀妻，他为什么要这么做呢？我就想这个问题，还专门到他的家乡去采访。他村里人跟我讲这是个好人，是他家的风水不好，他家盖房子盖到"坑"里去了。我了解下来，也觉得很难说这个人是坏人。当然，这两部小说中间隔了很长时间，当我重新以这个原型写李德林的时候，应该说和写范家富的时候，完全是两码事了。

傅小平：你这么说，倒是想问问你怎么处理原型和人物之间的关系。你一般都是揭人物的短的，要把他们写得太接近原型，恐怕会让人对号入座。

李佩甫：原型跟创作是两码事。我写的人物都是在我脑海里长期浸泡过的。有时在某个场合看到了一件很小的事，当时看到了也不能写，但到了某一个时间，发现这是可以写的，可以用在某一个中篇或长篇里。但你写出来，是经过内部消化，经过思维加工，经过浓缩、修饰，变异过的，跟原型几乎都没关系了。不过我写东西是至少要有所见闻的，我不凭空杜撰。我是写平原的，但这个平原，不是几个真实的县组合在一起的一个地方。我是自己创造了这片土地，只不过我小说里的春夏秋冬，还有人们的生活方式，是源自这块真实的土地。像前面说到的上梁方言，也是出于我个人的认知，是我把它搞成这样，不是它原来就这样的。包括这个李德林，和原型距离其实很大的，原型也没这么优秀。说老实话，我把原型和其他一些官员的特性集中浓缩了，才有了李德林这个人物。

当找到准确表达的词，或者写着写着突然涌现出好的细节，我特别快乐

傅小平：现在恐怕不是很多作家能像你这样下大功夫做实证研究，更少有作家像你这样力求把小说里场景写得如电影画面

一样清晰可感。作家们不这么写，理由也很充分，图像时代到来后，左拉式自然主义写法早已过时了么。但即便这样，我觉得在有些情境下真实再现人物活动的场景，依然是重要的。这方面你堪为典范。写平原等外部空间就不用说了，你写会所、浴场等室内空间，也会给人巨细无遗、纤毫毕现的感觉。你是平常做记录的吗？

李佩甫： 我是从来不做记录的。在某一些场合喝过茶、吃过饭，我会有印象。很多年后，我可能会把这些印象综合在一起，创造出一个我认为最契合小说叙述的场所。比如，一些在北京的河南老乡每年都会举行"吃饭会"，我就把它移植到《平原客》里了。我也知道官员们相互之间结交，他们也会举行类似"吃饭会"的活动，应该比这个更甚，更厉害。当然我写这都是经过改造的，要都把真实写出来，让人对号入座，就会出问题了。

傅小平： 关键是你写得细致、逼真，让人觉得像是你用画笔对着一个真实存在的场景一笔一笔描摹下来的。

李佩甫： 那都是经过长期储备、长期积累，不是一下子完成的。我的很多小说都是准备了很多年才完成的，写《平原客》，我就至少准备了十年。

傅小平： 那真是考验一个作家的耐心！你的写作实际上也考验读者的耐心。像《羊的门》从第二章开始才真正讲述故事，开头一章写的平原，说铺排也不为过啊，而且你用的是长镜头、慢镜头。你就没担心过读者会迟迟进入不了阅读状态？我读的时候想，考虑到阅读因素，当初编辑会不会建议过你把这一章拿掉。

李佩甫：给你说中了。《羊的门》1999年出版的时候，出版社编辑就建议我把第一章拿掉，我说坚决不拿，这是整部长篇的导言，是最主要的一章，怎么能拿掉？我是写人与土壤的关系，写特定地域生命状态，我不是纯粹给你讲故事的，必须得有这个东西。再说这部小说书名取自《圣经》，但我其实都是写东方的。

傅小平：这般工笔细描是要耐着性子的，你写的时候从来没觉得不耐烦吗？

李佩甫：因为什么呢？写作我是有快乐的，当找到准确表达的词，或者写着写着突然涌现出很好的细节，我特别快乐。写作也是有惯性的，时间长了我就发现了生物钟。我是一年当中夏天，还有一天当中上午，写作最自在。这两个时间段，是我写作的黄金时间。在那个时候，我是没特别考虑就可以开写的。我最早当编辑的时候，白天得工作啊，只能晚上写，写得很苦。当了专业作家以后，我就改成上午写，只要往凳子上一坐，点上一根烟，脑子里空空的，都可以开始写。《羊的门》是我写得最顺的，状态特别好，往下写就是了，整个过程都没怎么停过。最不好的情况是，我一天里把一个东西都写尽了，不知道第二天该写什么，我就想完蛋了，接不上气了。今天能知道明天要写什么是最好的。

傅小平：我印象中，海明威说过，等写得差不多时，他会把写好的部分通读一下，知道接下来会发生什么、会写什么就停下来。写到自己还有元气、知道下面该怎么写的时候停笔，第二天再去碰它。看来作家的写作各异，但有些写作上的经验是相通的。那海明威是很在意读者感受的，你写的时候会不会考虑读者？

李佩甫：我不考虑读者，早年写小说更不会考虑。但后期写一些东西会想到，像《平原客》里写郝连东山，一个老警察，里面确实有一些可读性强的东西，但那也不是我有意这么写的。

傅小平：还以为你会说，早年写作会比较多考虑读者，现在不怎么考虑了。一个作家在写作上积累了一定声誉后，就是小说写得可读性弱一点，读者也会追着读么。虽然你出版《羊的门》的时候，写作已经很市场化，但相比而言，现在读者似乎更缺少耐心。如果你现在写，会适当加快叙述速度吗？

李佩甫：不会，我会更认真写，我会把后边情节紧张的部分，处理得更淡一点。现在我写作都四十年了，更加不会为可读性写。到了这个时候，我不是为多出几本书写了。当时多少会考虑一点，这个书有没有出版社出之类。《生命册》我就写得慢，也写得特别从容。我把五十年来对特定地域的理解都放进去了。《羊的门》我写了一年半，但《生命册》我写了三年哪。

傅小平：我读《生命册》，倒是感觉你写得特别快。这可能是因为你以吴志鹏的视角写，比较多呈现他的灵魂状态。这样相比客观叙述，有些部分还带有意识流的特点，我读着特别顺畅。这和你真实的写作状态是两回事。不过写骆驼在上海炒股票部分虽然叙述比较客观，也感觉有点加速度，倒是契合大都市节拍。

李佩甫：我是啥吧……我以前是不炒股的，有人劝我炒股，我就说，一个作家，又没几个钱，去炒什么股，我不干这个。但这个长篇写到骆驼炒股啊，我就为写小说炒了一回股，试了几个月，就一直买卖、捣腾，没挣到什么钱，但也算是有过真实体验了。当然我写骆驼在上海炒股，是因为我觉得上海这个地方特别会激发人去冒险，包括激发像骆驼这样的人去靠投机获得成功。所以我写到了上海，还顺便抨击了一下上海，以中原人的视角。说老实话，我也就去过上海一两次，虽然去逛了逛弄堂什么的，但我写上海不一定准确的。我写到上海，也只是因为骆驼这个人物在上海起步，他第一次炒股就在上海，所以不得不瞎说几句。

傅小平：你为写小说去炒股，倒是让我想到你为写《等等灵魂》，居然研究上百个商场案例，接触形形色色的企业家。在我的视野里，你可以说是极少数能狠下苦功的作家之一了。看来你欣赏有点傻气的人，认为十年面壁高于一朝顿悟，面壁的力量永远大于顿悟的力量，是包含了很深的个人体悟的。说来无论骆驼，还是《等等灵魂》里的任秋风都是绝顶聪明的人，但最后都失败了，这也印证了你说的那句"在大时间的概念里，任何聪明都是不起作用的"。

李佩甫：我这样写任秋风，还有骆驼，是觉得人越过底线，就不成其为人了，人走得太远，就回不来了。我就觉得实际上我们每人心中都藏着一个"骆驼"，都渴望或曾经渴望成为"骆驼"。作为时代的弄潮儿，骆驼也是一个悲剧人物，他坐拥亿万资产最后还是跳楼自杀了。他的悲剧是一开始就种下的，是含在骨头缝里的，杀死他的是他自己。或者说，精神上的"贫穷"，使他有了这个悲剧结局。

傅小平：像骆驼这样的人物，看似因为某种偶然落败，但其中也多少包含了某种必然。我又想到你在《生命册》最后一章写到的那个副厂长，就那么一个不小心，把眼睛在工厂大门的那个小门上碰坏了，读到这个细节，心里猛地一颤。生活中有些微不足道的细节，足以改变人的一生啊。

李佩甫：我在生活中就见过这样一个人，他在外商投资的关键时刻遇到了岔子。有些事情，你看似偶然，其实有轨迹性或命运的必然。发生这样一个事情，对他个人或许是偶然，但也像是冥冥当中注定的。他是副厂长，管招商引资这档子事，他全家上上下下的人又都在这个厂子里，都指着他生活，他有压力啊，不能不急，他个子就那么高，也就在这门上头，把眼睛碰坏了。所以，在那一天，由于生物钟，或是其他各种因素，机缘巧合都聚在这么一个点上。就好比一个人走在路上，恰巧就上面掉下来一块砖头砸在他头上，这个事对他来说是偶然，但对于掉砖头那个地方的这个特定状况来说，发生这样一个事就有必然性。从大的方面来说，我们不得不承认，人类到现在为止，还有很多未破解、不可知的因素，这些因素里或许包含了某种必然。

傅小平：你这么说，像是有点宿命论的。你相信宿命或者命运这回事吗？

李佩甫：我原来是不信命的。我是这么想的，如果命是天定的，那你算也没用。如果命不是天定的，那不用算，靠你自己努力就好了，你也没必要去问。但我后来发现有些因素真是不好说。打个比方说，我们那里有个寺庙的方丈，很多人都信他，他也给一些人指点过。有一次，我们几个人去了那里，他们几个都让那位方丈看了，就我一个人没看。我说我一个写字的，没什么可看的。但是奇怪得很，其中一个人春节前被抓进监狱了，当时那个方丈就说他要出事的，真就出事了。

傅小平：想到《生命册》里的那个梁五方，他的人生轨迹太有戏剧性了，也因为戏剧性，他的一生都充满荒诞色彩，而他的荒诞又凸显了时代的荒诞。

李佩甫：是啊，这个梁五方，他最初是好人，后来变成了无赖，到最后成了半先知。当然，我生活里见识的人，不完全是这样，我是经过集中和浓缩塑造出来的这个人物，但我的确见识过很多这样的人物。

傅小平：倒也是的，你小说里总会有个扮演观察者角色的人物，哪怕他只是在小说引子里露个脸。读的时候也能感觉到你隐身在这些人物背后。

李佩甫：但我用的是草根视角，不是什么领袖视角或上帝视角。

傅小平：不过从你的作品里，还是能读到上帝视角。这可能是因为你在小说里融入了一点近似神性的东西。

李佩甫：一个民族是需要一点神性的。

傅小平：说来也有意思，都说中国社会现实充满魔幻色彩，你着重书写的权力就更有魔幻性了，但你的小说却似乎和魔幻现实主义沾不上边。

李佩甫：马尔克斯对中国作家的影响很大啊，我刚读到《百年孤独》的时候是相当震惊的。拉美各民族与中华民族也有相似性，在近现代都处于被奴役状态。他书里有些带魔幻色彩的细节，像拉磁铁，跟我们童年时候玩的推铁环就很相似。当然他的描写，什么钉子、铁锅跟着满街跑是夸张的。但拉美作家在有些思想意识上是超出中国作家的，他们能穿越历史，穿越具象。

傅小平：这一点我赞同，我们作家容易陷在历史主义和实用主义的泥潭里，相对缺少终极的追问。而且一旦往终极里"走"，就容易演变成荒诞。

李佩甫：我想这跟我们宗教等传统有关。中国，乃至东方实际上信奉的多神论，儒释道三教合一么，我们老百姓信什么灶王爷、土地爷，还有其他什么神都有。但说老实话，多神论等于无神论，乱神等于没有神，一旦求神不大灵，实用主义就猖獗。这不是说中国老百姓就不需要精神神性，他们还是渴望，还是需要的。但他们能得到的只是非终极的神性。中国历史上战乱频繁，人们朝不保夕，使得他们能拥有的都只是暂时性的，但老百姓希望得到上天的庇护或护佑，这内里是有终极的，有理想主义的。理想主义是带有终极性的，只是理想主义在中国推到极致就是荒诞，所以在具体生活中，老百姓又是极端实用主义的。所以才有大荒诞。像农村里有人宣称自己是皇上，也居然有人跟着信，还堂而皇之搞什么三宫六院。所以，一个民族要有灯，没有灯就只有"罪"的苦海。对于一个民族来说，有真正意义上的信仰，才会有神性的存在。只有中国传统里的那些神神鬼鬼是不行的。说老实话，豫中平原这块地方是有大荒诞的。

只有找到自己的领地，写最熟悉的东西，才能做到左右逢源，得心应手

傅小平：所以，还是得回来说说平原。你小说里固然写到一些充满进取精神的活跃分子，但尤其不能忽略的是那些承受者的形象，其中以女性为主，无论是高贵如刘汉香，还是卑贱如虫嫂，都充满勇于承受，也敢于担当的品质和特征。

李佩甫：我写的都是平原这片土地上生长出来的东西，平原上的老百姓只有忍和韧，也没什么革命性。我和陈忠实写的也不一样，因为历史状况不同，写的地域也不同，他写的八百里秦川，站在黄土高原上是可以大声喊出来的，但在河南这块土地上，很多东西都是得咽下去的，所以我是写隐忍的。这样的隐忍靠一口气来支撑，很苦啊。但用"忍"和"韧"这两个字来概括中原文化是最准确的。我有时候觉得，河南老百姓就像土地一样沉默，那是一种集体无意识，他们就靠一口气，一代代存活了下来。

傅小平：说的也是，这是能体现地方特点的，要换成是湖南也很不一样。

李佩甫：河南不像湖南那样有革命性啊，湖南历史上就有"楚虽三户，亡秦必楚"的说法，后来又出了毛泽东这些大人物，那里革命性强啊。但河南不一样，它是块绵羊地，受儒家文化浸染最深的。历朝历代战乱频繁，自宋代、元代以来，一次次杀戮，把这块地方的革命性种子都杀绝了。在这里只要能活下来的，都是特别隐忍的。因为驯服么，革命性弱么，在河南是很好当领导的。当然，这也和不同的地理特点有关。湖南有山有水，有什么进攻来了，有地方藏啊；但河南是平原，一马平川，无处可藏啊。

傅小平：但我觉得你的小说很能"藏"。要说写山写得形态万千，没什么可奇怪的，崇山峻岭能藏东西么！平原一马平川啊，像是什么都一眼能看得清清楚楚，你却能写得丰富各异、有声有色，感觉不是那么容易的。

李佩甫：我身在平原，研究平原，也着重写平原。从历史上看，河南这块地方最适合人类生活，它一马平川、四季分明，全年的平均气温在17摄氏度左右，这里不像西北干燥，也不像南方容易发生瘟疫。这个地方是很开阔的，鸡犬之声相闻，我曾经开玩笑说，灰尘在这里落下来，没有一片树叶是干净的。中国四条大河中有三条，黄河、长江、济水流过平原，所以庄稼也长得特别好，是块插根筷子都能成活的地方。这块地方曾经是最好的啊，它虽不是战略要地，但特别适于治理。历年战乱，中原不断被侵扰、占领，所以有"逐鹿中原"一说。这种政治文化对中原的摧残是很严重的。到了现当代，它既不沿海，又不沿边，就相对落后了。

傅小平：也就是说，中原在历史上曾经是好的、先进的。

李佩甫：唐代、宋代时期，河南都发展得很好，到了宋代是高峰，北宋是中原文化的鼎盛时期，到了南宋，南迁的时候，那些有钱有权、有文化的，或者说只要能跑的人都跑到南方了，这些人还把最好的工匠、厨师等匠人也带到杭州去了，河南饮食文化中最精彩的部分变成了杭帮菜。

傅小平：明白河南何以相对落后了，中原文化精华部分都南迁到南方去了。

李佩甫：所以现在人们说河南有什么不好，那是有历史原因的。这块地方如果是本来就不好，宋代就不会在这里建都。包括河洛文化、殷商文化等等都在河南。即使到现在看，中原地带也还是有很多好处，比如说，郑州是中国十大最平安的地方之一啊，黄河泛滥从来没有淹过这块地方，都是绕着弯儿往下走了，这里也没地震什么的。但历史上一次一次的破坏就造成了现在这样的局面，所以我对这块土地的情感是很复杂的。你想再往远里说，当年孔子、老子、庄子都在河南周围一带活动，老子就是河南当地人哪。

傅小平：刚我在想，你是一直扎根在中原这块土地上，你要是和阎连科、刘震云他们一样去了北京，你写中原还会那么心疼，还会这么深透吗？

李佩甫：也不好说。在京的本土作家写河南，也写得很到位啊。他们视野更开阔，反观能力也强。我就是一个标准"土八路"，不怎么好热闹的，适合当个体劳动者。你看我普通话都不学的，如果有北京什么杂志约稿，我就撇两句河南普通话，但从来没正儿八经学习过普通话。我知道有地道的河南人专门跟着中央人民广播电台学普通话的，那是他们有想法，想往外冲，往上走。

傅小平：那你有没有想过，为何那么多河南籍作家都进京去了，都很少有留下来的，似乎给人感觉这些作家只有离开这片土地再来写它，才能写出大气候。

李佩甫：各人的情况不一样。我就是想写好这块土地，我就是觉得中原太苦了，想写写它。对于中华民族来说，黄河是母亲河，是发源地，但对于中原老百姓来说，黄河泛滥搅得是民不聊生啊。我们说山东人闯关东，这个"闯"字有劲道吧，河南人是走西口。中国地势是西边高、东边低，所以河南人都往西走。他们其实不是走，而是逃。逃啥呢？逃水。黄河连年改道，一直都是在中原大地上滚来滚去的，黄泛区老百姓怕水淹，把锅之类家什都挂在树上，随时都可以逃啊。他们往西最远逃到了乌鲁木齐，乌鲁木齐有很多人是从河南过去的，乌鲁木齐的官话就是河南话。你不知道吧？历史上，乌鲁木齐才是河南人最想去的地方，那里地广人稀，种下粮食能吃饱饭。不像中原连年旱涝水灾，一死就是很多人，那个惨呐。

傅小平：刘震云《温故一九四二》写到了类似的惨状。冯小刚根据这篇小说改编的《一九四二》也把这个惨状部分表现出来了。

李佩甫：对，那一年是死了很多人的。那个啥吧，蒋介石抗击日军，要把国民政府迁往重庆，这得有时间啊。花园口炸开之后，为这个迁移争取了一个月时间，但付出河南上百万人死亡的代价。那个花园口炸开最开始，什么都没说，最后才开始救灾，都已经死了很多人了。所以，老蒋的政权很有问题。震云就写的这一年的事，他是有才华、有智慧的。

傅小平：你也有大智慧啊。你受益于大量阅读，想必也读过不少外国文学名著。但读你的小说，都看不太到西方文学的影响。你像是一直都坚定地走中国化、本土化的写作路子。这看似是一种自然的选择，实则是逆潮流而动，是需要勇气，也需要智慧的。而且你的小说里，还看不太到20世纪80年代先锋文学思潮的痕迹。

李佩甫：我的写作没和西方对接，算是比较中国化吧，比有些作家更本土、更传统一点。但20世纪80年代，我和其他作家一样，都拼命吸收西方各种文学流派营养，也都不同程度受到西方文学的影响。那时，我可以说也吃了一肚子"洋面包"，感觉很胀，消化不了啊。所以在写作上特别迷茫，有段时间每天晚上都像狼一样在街头徘徊。那时，我已经知道文学不仅仅是写好一个故事了，搞好写作需要找到一种独一无二的表达和认知方式。但"洋面包"好吃，我却长了一个食草动物的胃，所以特别痛苦。

傅小平：尝试过西方化的写作吗？

李佩甫：我学着写过意识流作品，但怎么写都觉得不成功，也没好意思发出去。这跟我当时还没找到认知的方向有很大关系。我觉得，认知或者说创造性地透视一个特定的地域是需要时间的，不光需要时间，还需要认识。我说过一句话，时间是磨，认识是光。磨和光都有了之后，我才找到写作方向，也才有了《红蚂蚱 绿蚂蚱》。当然这也不是说我完全回归传统才找到方向。实际上，一些现代派作品，像普鲁斯特、乔伊斯，还有克洛德·西蒙等作家的写作，我还是接受的，也是对我写作有影响的。

傅小平：体现在哪些方面？

李佩甫：他们小说语言里那种声光色味、描写细节的准确程度等等，对我有影响。当然我写出来的味道，还是平原的味道。所以，我不像一些作家那样去仿制。你那样仿制，在刚开始发表作品的时候会沾一点光，新锐编辑喜欢，但长期那样写就不行了。我是觉得我们不能跟着西方亦步亦趋，也没这个必要。我们得写自己的生活，得把根扎在自己的土壤上。你在自己的土壤上，对这个地方熟悉，你就可以感觉到它的味道，你就能看到别人看不到的东西，感知到别人感觉不到的东西。也只有这些东西是真正属于你的，是别人夺不走的，所以我觉得不能一味学西方。只有找到你自己的领地，写你最熟悉的东西，才能做到左右逢源，得心应手。反之，你会捉襟见肘，很难远行。

傅小平：是这样，当然不是说不能学西方，而是学了以后不宜照搬，而是得通过转化、内化变成自己的，或本民族的东西。这得经过一个学习、摸索的过程。

李佩甫：我认为，莫言写得最好的是《生死疲劳》，用中国式的六道轮回的观念来结构整部小说，太好了！西方的思想，我们可以用来借鉴、用来观照，但不能照搬，而是要转化过来，与东方生活、东方思维相融合，不能是西方式的。在 20 世纪 80 年代，我把西方各种风格流派差不多通读了。读乔伊斯《尤利西斯》那样的书，你得具备图书馆的水平啊，里面那么多典故、隐喻，当然好，但人家那也是建立在本民族的历史文化基础上的，你要那样去仿制就没意思。

文学一旦失去了应有的境界和探索精神，结果必然是庸俗化的泛滥

傅小平：想到一个问题，你的写作偏中国化、本土化，你又长年待在不是那么国际化的中原，会不会对你作品的外译有所限制？有些作品像《白鹿原》《平凡的世界》在国内很受推崇，读者群也很大，但估计在作品外译方面不如预期。另外你要在北京、上海这些所谓国际大都市，你和国际出版人或汉学家等有交往接触，作品外译的机会或许就多一些。你作品的国外翻译情况怎么样？

李佩甫：也就主要在日本、韩国有翻译。我跟国际上没任何联系，我就自己写作。《羊的门》出版的时候，有个日本的大学教授，在北京待过很多年，他当时预言我这部小说要得什么奖，他和他的学生一起来翻译，还到我老家考察了一番。我带他在平原上走了一趟，教他认这个草那个草。当然，结果很明显，是他

预判有误。这书翻译成日文后，多少引起了一点反响，卖得没预期那么好。

傅小平：这个事情比较复杂，书写得好坏是一方面，怎样运作也是一方面。

李佩甫：也可能吧。但我觉得创作是个人的事，我只要用心写就好了，写得好不好，写到什么程度，都交给别人判断，那不是我管的事情。到这个年龄，我更加不去管书写出来后怎么样了，只要有人看就行了。我没想到，过了二十年，现在书店还在卖《羊的门》，也还有人看。这就行了。

傅小平：说的也是，二十年时间，足以淘汰很多书了。但我觉得你的叙述抓住了中原的精髓，你对构成中国文化核心部分的权力解析得这么透彻，再加上文学水准放在那儿。你的小说或许五十年、一百年还有人看。即使不说别的，它们是中原文化的一个标本啊，如果要深入了解中原文化，就有必要读读你的小说。

李佩甫：很难说，我写的那些，在多少年后也许就变成历史了。现在的年轻人读这样的书，有可能都不相信曾经有人这样生活过，他们会怀疑怎么会有这样的生活。我一开始也想，年轻人应该不大看我的书了，但我的书出来还是有人在看，《羊的门》现在也卖得还可以，我觉得这都是奇迹了。1999年出版的时候，遍地都是盗版，地摊上五块钱一本，我当时住的小区门口都在卖。

傅小平：那你在小区门口进进出出，有没有被认出来过？

李佩甫：没有，人们不大注意这个。家门口卖盗版的，都不认得我。我觉得吧，人脸是最容易被搞混，是最不容易识别的，除非一个人长得极其有辨识度。从这一点上说，在城市比在农村安全。在农村大家都知根知底，在城里人多啊，到处都是陌生人。有很多人从农村出来以后，都不再认老乡了。

傅小平：是这样。你说人脸不容易识别，你写人脸倒写得有一定的辨识度的。

李佩甫：我自己感觉不善于写人脸，一般也就不写脸。作家是应该会写脸的，有很多作家都很会写脸，写生动的脸，但我不会，写了也达不到那么传神。

傅小平：你这是谦虚了。当然相比而言，你写眼睛更传神。

李佩甫：要说我写眼睛写得好，那是因为我抓住某一个特征、某一个细节反复磨。比如《平原客》里的郝连东山，他是公安部门的一个预审员么，绰号就叫"刀片"的，他以眼睛为"武器"，破过许多别人根本破不了的大案，我就得好好写写他的眼睛。我的写作吧，是看内不看外，外在表达都服从内心需要的。

傅小平：你说反复磨细节，是不是说你会经常修改文字？

李佩甫：我是每天都修改。写好一段，第二天就从写好的那段开始读，觉得行就留下，觉得不行就删掉重新来。每天读一遍改一遍，改着往前走着。

▲

傅小平：一般修改哪些方面内容？

李佩甫：说不清楚。有修改语言，也有修改细节，主要就看对人物的表述是否准确。修改一般从文字开始，改着改着突然出现一个好的细节，我会临时加上去。但不准确的，我会删掉。要是觉得一个章节都不好，就整个都废掉了。我的写作是这样来的，每天都修正一下，一点点累积么。

傅小平：进一步问问你怎么修改语言？你前面说过语言就是思维么，语言对于你的写作有极端的重要性。还有，你的语言应该说是比较纯正的汉语。

李佩甫：我就跟着自我感觉修正。我对文字比较敏感，陈望道先生是我的启蒙老师。比如，他的"推敲"说，对我是有影响的。

傅小平：你修改语言的时候，主要改的具体的词语或句子？

李佩甫：不完全是。陈望道先生在《修辞学发凡》里有很多研究，但他针对的都是词语，这和你写一篇小说要求不一样。写一部完整的作品，情绪是含在行文里的。如果情绪不对，我就写不下去。我必须得找到那个情绪，这不只是对字词的推敲。当然单个字词，我要是能找到很精彩的表达，当然很高兴，但这也是包含在整个情绪里边的。

傅小平：听你这么说有启发。毕竟还是有很多人只是把语言当成一种文学修辞，或者只是在工具的层面上认识语言。

李佩甫：我觉得不是修辞的问题，语言跟认知有大关系，写不准确，是因为写的人没想清楚。他想不清楚，落笔就不准确。对一件事情，肯定有最准确的表达，就看你想清楚了没有。我写时要是想到很好的表述，是最快乐的，会非常高兴。要是找不到，就会气馁，非常不快乐。

傅小平：那在你看来，好的语言有什么标准？

李佩甫：很简单，我认为好的语言，首先是准确，之后是生动。

傅小平：读读你们那一代作家的处女作，再对比后来的写作，回看你们蜕变成蝶的过程会很有意思。你熟读西方经典著作，写的却是中国化的小说，倒是觉得你适合来谈谈什么是"伟大的中国小说"这个话题。

李佩甫：我不知道什么是"伟大的中国小说"，但我知道中国作家都想写出本民族所期待的、好的文学作品。这并不是一件容易的事情。从文本角度，如何突破旧有的文学样式，这是当代作家面临的一个困境。从内容角度，文学应该走在时代的前面，应该是"麦田的守望者"。但面对急剧变化的社会生活，我们思考的时间还远远不够。在这个时期，我们的文学落后于时代。如果文学落后于时代，作家仅仅是描摹现实生活贩卖低劣商品的"故事员"，那么我们的写作是有问题的。

傅小平：但另一方面，网络化时代全民写作。至少从表面上看，我们的写作似乎是前所未有地丰富和多元。

李佩甫：多元化是好事，全民写作也是好事。但文学创作

▲

不只是写一个故事，或者说写一种经历。文学创作也不是生活本身，作家只有用认识的眼光照亮生活，用悲悯的眼光认识生活，用独一无二的方式表达生活，在作品中键入意义的创造、融入自己的思想，才能成就真正的文学作品。文学一旦失去了应有的水准和品格，失去了应有的境界和探索精神，失去了文学语言应有的思辨性和想象力，结果必然是庸俗化的泛滥。一个民族的作家不能成为一个民族思维语言的先导，是很悲哀，也是很痛苦的。所以我觉得，现在还不是谈"伟大的中国小说"的时候。

一

在平原，有一些植物是飞来的，非人工种植的。

那是一种毫无来由的、纯天意的生存方式。来也无踪、去也无影儿，但它仍然是一岁一枯荣。

比如，翎子花。此花长菱形状，先绿后红，会变色。据说，翎子花不知是何方神圣（或是雁儿？或是燕儿？）在何处吃了些什么，经过那小小肚肠消化后，变成了鸟儿在天空飞过时拉下的屎，那鸟屎不知会落在哪里。可它一旦落在平原的大地上，就会化腐朽为神奇，长出一株株奇异的植物来，昂扬地活。

比如：地龙花，当地人俗称"抓地龙"。此物随地蔓爬，有的竟能爬出一丈多远，拖很长的秧子。那秧棵是很不起眼的灰绿，每爬一节都随地扎根，每一节都有扒地的根系，若是剪去一节，余节仍在生长。此花星碎，蔓开蔓长，杂开着白色、紫色、粉红色、米黄色小花，春天里满地生辉，灿若星辰。可至今仍没人知道此花的出处。冬日就不见了，来年再生。

比如，仙人花。也叫"仙人指路"。又叫卦人花。此花朵小，有红有白，水粉样。花上伸一长茎，茎上开黄花后结籽。此花有别于平原上的花，少，极艳，秋死春生。传说此花是"踏生"。是早年那些个牵骆驼的人，从千里之外，一步步走进平原，那花种是从鞋底或骆驼蹄缝儿里沾带过来的……自然也无出处。

比如，野生的喇叭花，城里人叫牵牛花，非人工养殖。没有人知道野生喇叭花的出处，植物学上说它产于南美洲。可它怎么就来到了平原？是风送它来的么？没人知道。可它在平原的乡野，也是一岁一枯荣。正因为野生野长，来去无踪，且无处攀缘，朵要小一些，淡一些，怯生一些。也正因为它的艳丽，后来才被一些人采回家去，培育成了名花的。可野生的喇叭花仍然无种无植，遍地开放。

无来由、非人工的，还有一种，叫作"小虫儿窝蛋"。

在无梁，"小虫儿窝蛋"又被称为"夜里会说话"的花。至于为什么说它夜里会说话，这是老辈人说的，我不懂。

"小虫儿窝蛋"是生长在平原上的一种野花。据说，"小虫儿窝蛋"白日里是不长的。你就是盯着它看，不眨眼地盯着看，它也不长。它只在夜里长，夜里趴下细听，似有滋声。这种花虽说是丛生，却也蔓长，草丛里朝天伸出一细细的长茎，茎上擎着一个盘样的花苞，花苞里托着几个蛋样儿小果，春来果是绿的，熟了的时候紫黑。这种草花看上去小身小样的，却有一种惊天动地的弹射功能，每当冬天到来的时候，寒风一冽，那花苞陡然间就炸开了……送出去的是它们的种子。种子落在地里，能不能活下来，往下就看它们的造化了。

在平原的乡村，"小虫儿窝蛋"一般都生长在沟渠边沿的杂草丛里，数量并不多，不经意你看不见它。它的果我尝过，涩涩的，浆是苦的，有一丝甜意。

我之所以给你说"小虫儿窝蛋"，还因为它与一个女人有关。

你知道，在我最倒霉、最难受的日子里，还让我能笑出来的人是谁吗？我让你猜一千次也猜不到。是的，就是这个绰号为"小虫儿窝蛋"的女人。

在无梁，她被简称为"虫嫂"。

在我少年时期的记忆里，虫嫂是很袖珍的。

虫嫂是老拐的女人。很难说她的个子了，也就一米三四的样子或是更低。她结婚的那天，老拐牵着她走出来的时候，就像一个大人牵着一个孩子。老拐个子高，却身有残疾，一只腿瘸着，走的是"蚰蜒路"。所以，每当两人走在一起的时候，就像一赶一赶的麦浪，给村人带来了很多快乐。

记得，当众人起哄，逼着两人喝"交杯酒"的时候，老拐的腰弯成一弓形，虫嫂踮着脚尖，高扬着下巴，显得极不对称，就像是一只老狼抱着一只小羊。全村人都笑了，笑得很开心。所以，虫嫂自嫁到无梁的那一天，就是作为笑料存在的。拿现在的说法，她几乎就是全村人的"开心果"。

那天夜里，一村人都在听老拐的房……

老拐说：天不早了，灭灯吧？

虫嫂说：先说说，塌了多大窟窿？

老拐说：不多……那个，灭灯吧？

虫嫂说：说说，我心里有个数。

老拐说：三百多。

虫嫂说：恁多？咋花的？

老拐说：还有看腿的，四十七块六。

虫嫂说：你一不全活，我一小人国，咋还？

老拐说：慢慢还。都喂饱牲口了……先那个，灭灯。

虫嫂说：不急。家里还有多少粮食？

老拐说：还有二十多斤红薯干……

虫嫂说：就吃这？

老拐说：窖里还有些红薯。

虫嫂问：见面时，你身上穿那衣裳？

老拐说：借的。

虫嫂说：自行车？

老拐说：借的。

虫嫂说：缝纫机？

老拐说：豌豆家的，明天一早还。

虫嫂说：还有啥不是借的？

老拐说：人。日他姐，你还睡不睡了？嗯？

虫嫂说：……嗯。

老拐说：嗯嗯……

虫嫂说：挪挪。

老拐说：掐我干啥？

虫嫂说：……挪挪你那坏腿。

老拐说：我还有好腿呢。

虫嫂说：你到底几条腿？

老拐说：要、灭了灯……三条。

于是，光棍汉们站在老拐家的后窗外，笑着大声喊：灭灯！
灭灯！

……灯果然就灭了。

在无梁，在男女之间，关乎"性事"，语言极为丰富。暗
语很多。每一家的床头上都有些创造。比如："吃蜜蜜""吃荞
麦面窝窝""睡了再睡""倒上桥"，以及"啊、嗯、哎、嗨"之
类……"灭灯"是老拐的创造。

第二天一早，当太阳挂在树梢上的时候，远远望去，人们看
见村口滚动着一个巨大的"刺猬"。那"刺猬"背对着朝阳，看

上去毛爹爹的，还一歪一歪地滚动着。一直到近了的时候，人们才惊讶地发现，这是老拐家的新媳妇，背着一个大草捆。很能干哪。

老拐的新媳妇已把身上的新嫁衣脱下来了。她本来个小，身上穿着老拐的旧衣裳，背着这捆草，就像是一个滚动着的刺猬。而后，当她去牲口院交草的时候，大队会计五斗给她看的磅，称出来竟有七十二斤！五斗"呀"了一声，会有这么多？低头一看，这才发现，就这新媳妇，虫嫂，咬着牙，一只脚悄悄地踩着磅秤呢。于是，会计说，哎，脚，你那脚，挪挪。她擦了把汗，笑着，不好意思地把脚挪开了。再称，五十二斤半。那时候一个壮劳力干一天才挣十分。队里规定割六斤草算一分。扣了水汽，她一个人早上就挣了八分半。

称了草后，大队会计见她扛上草筐就走，神色似有些慌张，遂起了疑心，就悄悄地跟着她……到了她家的院子，就看见她在灶火前扒开筐底，衣裳的下面，竟然在割草时还偷掰了村里五穗嫩玉米！

大队会计即刻把这事告诉了老姑父。那时候村街里有个吃饭场，男人们都在饭场里蹲着吃饭。老姑父听了，碗往地上一放，说：走。带着民兵就往老拐家去了。可他走着走着，迎面看见墙上贴的大红"囍"字，却又站住了。老姑父摇摇头，笑着说：算了。没过三天，还算是新媳妇呢。改天还要回门……算了吧，下不为例。

民兵们见老姑父这样说，忍不住都笑了，也就作罢。但新媳妇偷玉米的事，全村人都知道了。有人说：这女人，真不主贵。

在平原，新媳妇结婚三天回娘家，这是风俗。老拐送女人回娘家那天，说来还算是体面。老拐仍穿着借来的蓝制服，头戴蓝帽子，手里推着借来的自行车，车把上挂着两匣点心；新媳妇上身穿一红灯芯绒布衫，下身是毛蓝裤子，这女子个小屁股大，那裤子像个兜子，走起来像是兜着两坨肉包子似的。两人一前一后，仍是一浪一浪赶着走。

两人一进饭场，立时就引起了哄堂大笑！人们一个个笑得前仰后合，喷了一嘴饭……两人怔住了，你看我，我看你，又去看各自的身上，看来看去也不知人们笑什么。虫嫂竟不怯，对着饭场的男人说：笑啥呢？没见过串亲戚？而后又低声对老拐说：走，赶紧走。老拐走不快，说：不慌。不慌。

众人又笑。

虫嫂的娘家是大辛庄的，离无梁只有六里地。不久，就有闲话从大辛庄那边传过来，说那天老拐车把上挂的点心是假的。那两封点心，匣子是空的，还有那封贴，都是在代销点花了五分钱买的，每个匣子里装了两穗煮熟了的嫩玉米。这一切都是为了撑面子，为了体面。传话的人说，虫嫂的娘当即哭了。她偷偷对她娘家一嫂子说：那老拐都穷成这样？真是把闺女害了。咋嫁个这人？

闲话传回村里时，村里人不怨老拐，只说这女人假气。都说：呸，那玉米还是偷的呢。她就是个"虫儿"。在无梁，"虫儿"就是小的意思，也是低贱的意思。通常是对一些看不起的人的蔑称。

就为这件事，刚嫁过来不久，虫嫂就落下了很不好的名声。从此，人们给她起了个绰号：小虫儿窝蛋。简称：虫嫂。

在无梁，虫嫂就像是一个童话。

最初，人们戏称她为虫嫂。也不仅仅是蔑视，这里边还有宽容和同情。每每她挑着一副水桶走出来，人们不由得就笑。她人小一号，水桶也是小一号的，从娘家带来的。她挑水就像是走划船步，踮着脚尖，磕磕碰碰，试试摸摸的。在井上打水时，她不让人搭手，说：会。我会。就是辘轳把儿太长了。人们又笑。

在村里，虫嫂割草、割麦都是一把好手，工分也是不少挣的。可她不会编席。她是无梁村唯一不会编席的女人。她身量小，指头太短，编不了丈席，也试着编了几次，每次都欠尺寸，不合格。收席点的老魏说：她的尺子小一号。那时候，粮食是队里分的，而油盐钱全靠编席来挣（编一张大席可挣一毛五分钱）。虫嫂不会编席，就从娘家逮了一窝小鸡，靠着"鸡屁股银行"，总算能换个油盐钱。老拐腿瘸着，干不了重活。再加上两人结婚时，老拐塌了一屁股的债，那日子就更加艰难些。

日子虽然难过，可也过了。她会爬树，身量小，却灵活，猴子一样。春天里青黄不接的时候，就捋些槐花、榆钱，掺和着吃。她还会做"鲤鱼穿沙"，就是玉米糁加榆叶儿煮着吃，我吃过一次，也挺香。这年夏天，队里菜地先是少了一垄茄子，而后又少了一垄辣椒。于是人人都怀疑是虫嫂偷了，却没有证据。治保主任曾建议说：搜，挨家挨户搜。却被老姑父否决了。老姑父说：几个茄子，算了。

再说，没有多久，虫嫂就怀孕了。挺着个肚子，也编不成席了。所以，她每每走出来时，身上总挎着一个草筐子。她身子重，走路一挪一挪，走走歇歇，很艰难的样子（很久之后，人们才知道，那草筐是双底的。她身上还缝了很多兜，浑身上下到处都是口袋）。

虫嫂生下第一个孩子后，头上勒一方巾，三天就下地了。人们说，虫嫂，可不敢哪，迎了风，就出大事了。她说，没事。我皮实。

等到了这一年的秋天，谷子、芝麻、豆下来了。打场时，虫嫂每天抱着吃奶的孩子到场里去晃一晃。接连几天，就被人盯上了。于是干部们在场边上拦住了她，在她的袖筒里、孩子的肚兜里，还有鞋窠儿里各倒出了半斤芝麻和黄豆！罪证终于查到了，就罚她在场里的石碾上站着，问她为啥偷芝麻？

她说：孩子馋了。

人们问她：你呢？你不馋？

她说：也馋。

人们说：馋了就偷？

她竟说：叔叔大爷们，饶了我吧。

一个结过婚的女人，竟一声声地喊人"叔叔大爷"，喊得人一怔，心也就软了……人已一贱到底了，"叔叔大爷们"听她这么求告，又看她如此小的身量还抱着个孩子，也就放过她了。说：以后可不能这样了……就此，"小偷"的名义已坐实了。

奇怪的是，就虫嫂这样的小小身量，却一拉溜生了三个孩：两男一女。据说，每次生孩子，她睁开眼的第一句话就问：全乎么？接生婆怔了，说：啥？她说：查查胳膊腿啥的？接生婆告诉她：全乎。她这才松一口气。她个小，生怕生下的孩子"不全乎"。也许是因为她个子低的缘故，她对"大"有无限的向往。她的三个孩子统称为：国。大国，二国，三国（老三是女孩，也叫花，国花）。她生了一群"国"。她说是"国家"的"国"。全是嗷嗷待哺的货色。由于头生儿回了奶，她的三个孩子都是靠她嘴对嘴喂活的，她先把蒸好的红薯嚼一嚼，而后用嘴，或是手指头抿在孩子的嘴里。当三个孩子牙牙学语、满地滚的时候，她已经是村里有名的小偷了。

一个人一旦有了贼的恶名，她就是"贼"了。

此后，在我的记忆里，村口几乎就是虫嫂的"展览台"。每次放工回来，村里的治保主任都会把虫嫂单独留下来，当着众人搜一搜。她割的草，她背的草筐，都要翻上几遍。一旦查出了什么，就罚她站在一个小板凳上，浑身上下摸了一遍又一遍。她不在乎，一摸，她就笑。再摸，她还笑，咯咯地笑。治保主任四下看看，说：老实些。她说：痒。治保主任吓唬她：再不老实，捆起来。她说：真是痒。我胳肢窝儿有痒痒肉。治保主任问她：你要脸不要？她先说：要。又说：不要。治保主任问：那你要啥？她说：娃饿了。

一个小个女人，就那么让她站在小板凳上，摇摇晃晃的，显得很滑稽。每当这时候，总是有许多人围着看，一般人是受不了这个的，多丢人哪。可虫嫂在小板凳上站着，不管你搜出了什么，她都神色坦然，还笑嘻嘻的。人们劝她说：虫嫂，你咋这样？老不好啊。

她还是那句话：娃饿了。

此后人们也就习惯了。一天劳动下来，很累，在村口上拿虫嫂逗逗趣儿，人们很快活。于是虫嫂就成了人们日子里的"盐"。日子很苦，人们还是笑嘻嘻的，有盐。

人们都知道，她衣服上缝着很多的口袋，见什么拿什么。偷玉米，偷红薯，偷场里的黄豆、绿豆、黑豆，偷……有一次，她竟然偷去了拴牛的"鼻就"（牵牲口用的）。人们很奇怪，问她，你要那"鼻就"干什么？就一截皮条拴个铁圈子。她先是不说，问急了，说：我看那皮条怪结实。人问：你有啥用？她说：头绳太费了。给国花扎个小辫儿啥的。人说：那么宽的皮条，怎么扎？她说：用剃头刀（她还会剃头，剃光头，老拐的头就是她给剃的）割成一绺儿一绺儿的，结实。气得喂牲口的老料跳着脚骂娘！

当我仍在各家轮流吃派饭的时候，每次轮到老拐家，都要隔过去，或是饿上一天，那是因为他家的饭食实在是太差了。她家细粮少，红薯多。我估摸着她家的红薯有一半都是偷来的。她家五口人，老拐身有残疾，是个吃货。三个孩子也都是吃货，只有她这么一个半劳力。麦子下来的时候，一屋子嘴，蝗虫一样，仅一个夏天就吃光了。所以她家日常的饭食顿顿都是黑乎乎的红薯面饼子加上菜汤。虫嫂手小，却是一个拍饼子的高手，她把家里的红薯面都在鏊子上拍成饼，挂在一个篮子里，饿了就拿一张。那饼子是坏红薯又加了豆面、红薯干面在鏊子上炕出来的，热着吃还凑合。放干了的时候，吃着又硬又苦，难以下咽。三个孩子都说苦，不吃。老拐也不吃。这些黑饼子大多都是虫嫂自己吃的，黑面饼子蘸辣椒水，只有她吃得。一屋嘴，怎么办呢，也只有偷了。庄稼下来的时候，有什么就偷什么。偷成了她的习性，她的一种生活方式。要是一天不去地里拿点什么，她着急。

村里开"斗私批修"大会的时候，虫嫂常常被勒令站出来。

生命册

她就站出来。村民起哄说：看不见。看不见哦！于是，就让她站高些。有一次竟让她站在了桌子上，她就站在桌子上。她往桌上一站，人很袖珍，人们哄一下就笑了。有时候，有人喊：小人国，翻个跟头。她真就在桌子上翻个跟头，看上去就像是玩猴一样。

搞"运动"的时候，虫嫂还多次游过街。大队治保主任押着她，脖子里挂着玉米，还有偷来的蒜和辣椒，甚至白菜萝卜，红红白白，一串一串的，像是戴了项链似的……治保主任在前边敲着锣，她在后边走，小短腿罗圈着，从东到西，再从南到北，一个十字街都走遍了，惹了很多人跟着看……人们说，虫嫂的脸皮比城墙拐弯还厚呢。还有人说，这是虫嫂，要是换了人，非上吊不可！

游街时，走到家门前，她的三个小屁孩子，一个个趴在墙头的豁口处，偷偷地看她。虫嫂也不在乎，还对着门里说：线哦，别蹭了那线。墙头下，有虫嫂在小学校偷来的粉笔头画的白线，那是给三个"国"量个头用的，一共三道儿。那白道有擦过的痕迹，一痕一痕的，擦了再画。她很害怕国们长不高，像自己一样……这时村街上有人喊：老拐老拐，快出来。你出来看看，你媳妇披红戴花！……老拐嫌丢人，躲在屋里，说啥也不出来。

虫嫂是惯犯。哪怕是游过街之后，一到晚上，她就又出门去了。夜晚就像是虫嫂的节日。一到晚上她就异常地兴奋。她那小小的身量隐在夜幕里，有时拿着一把小铲，有时还拖着一个麻袋，在无边的田野里，凡是能拿的，她都背回家去。有人说，她真是土命。连土地爷都佑她。那无边的褐土地就是她的依托，田野就是她的衣裳。连那些草儿、虫儿、杂棵子都会给她以庇护。只要一进地里，花花眼，就不见了。

在田野里，虫嫂就是一个魔。一个具有神性的偷儿。她在田野里如鱼得水，青纱帐给了她充分的庇护和自由。一年四季，什么下来她偷什么。当豌豆还青的时候，饱满着的汁液的时候，她专拣那最鲜最嫩的摘，挑最好的偷回家给孩子吃。她偷豌豆随手薅一把格巴皮草，把摘下来的青豌豆缠上格巴皮草，捆成一把儿一把儿，包得严严实实的。草成了她随处采用的绳子，谁也看不出来。有时候，她还会在庄稼地里挖出一个四四方方的小土窑儿，带上一匣火柴，捡一些干树枝儿，把偷来的嫩玉米或是红薯就地放在窑窝里烧一烧（这样连家里的柴火都省了），一边烧一边在四周割草，草割到一定时候，玉米、红薯也就烤熟了，一个个包上桐叶，再用草裹了，拿回去给孩子吃。有一段时间，若是想知道她家孩子都吃了什么，看看嘴唇就知道了，三个"国"，那嘴唇一时是狗屎黄，一时草叶绿，一时又锅底黑……按现在的说法，在那样的年月里，她的孩子吃的全是"绿色食品"。

由于虫嫂在村里名声不好，提防她的人多，到处都是眼睛……可若是本村偷不成了，她就偷外村的。有一年，邻村的瓜地被她多次光顾，一亩西瓜被她几乎偷去小一半。邻村人都认为是招了黄鼠狼了，还不是一只。不然，谁能背走半亩西瓜呢？这年夏天，虫嫂家的三个"国"一个个肚子吃得圆嘟嘟的。奇怪的是，不知从什么时候起，连狗都被她收买了。每次她背着麻袋趁着夜色回村时，狗从来都没有叫过。

一天夜里，老姑父突然对我说：丢，今晚我领你长长见识，捉鬼去。你见过鬼吗？我说：没见过。老姑父说：要不，咱当一回试试？我说：咋当？他说：就蹲在坟地的边上，别吭声就是了。接着又问：你怕不怕？我说，不怕……可我怕。

老姑父拍了拍我的头说：没事，有我呢。而后，夜半时分，老姑父领着我潜入玉米田旁边的老坟地里。天很黑，四周寂无人声，萤火虫一闪一闪亮着，我吓得头皮发麻，头发梢儿都有点抖了，忙把眼闭上……只听老姑父说：就快出来了。

可是，等了很久之后，才听玉米地里传出了沙沙的声响……老姑父揪了我一下，说：看，出来了。我大着胆睁眼一看，就见一团黑影，像旋风一样从玉米地里冒出来，时隐时现，一忽儿一忽儿地飘……怪吓人的。

玉米叶沙沙响着，一股黑气像是拨云穿雾一般从玉米田里游出来。在黑森森的玉米田里，在弥漫着夜气的星空下，先是有波浪一样的夜气把玉米棵分开去，接着是风的响声，随风流出来的是一个圆滚滚的东西，就像是滚动着的老鳖盖子……看得我眼皮都要奓了。

就在这一刻，我明白了，那不是鬼。是人。

是虫嫂。

后来才知道，其实那是她背着的、蒙了黑布单子的一袋偷来的玉米棒。虫嫂趁夜色从玉米田里走出来，绕过一片老坟地正呼哧呼哧走着，猛然看见前边坟地里突兀地站起一人，手电筒一照，她一屁股坐在地上，叫一声：我的娘啊！

这时，老姑父咳嗽了一声，说：拐家，你怎么屡教不改呢？——我知道，在无梁，也只有老姑父称她为拐家或是老拐家。这是她在无梁村得到的唯一的也是少有的“尊称”。

虫嫂坐在地上，喘着粗气说：你叫我匀口气。

老姑父说：你不能改改吗？

虫嫂仍呼呼哧哧地说：匀口气，我匀口气。

老姑父拿手电照了照她，只见她浑身上下湿涝涝的，头发乱奓奓的，头上挂了很多玉米叶子。她靠着那袋偷来的玉米瘫坐在地上，嘴里呼哧着，大口大口地喘气，就像是一只汗腌的老雀儿。老姑父叹口气，对我说：走吧。说完，竟扭头走了。

虫嫂却追着他喊：我没偷咱村的。——这村里人谁都知道，虫嫂偷是偷，可她只偷生产队里的，从不偷一家一户个人的，所以并没有多大民愤。

我曾经有很长时间想不明白，是什么样的日子，可以把一个人的脸皮练到如此程度？

后来听说，虫嫂六岁时曾被本村一个玩猴的本家叔叔拐出去卖过艺，锣一响就跟着翻跟头，去了一年……后来被公安局的人解救回来了。

每个人似乎都有一条心理防线，当防线被突破后，她就彻底"解放"了。

据传说，虫嫂的"防线"是她的裤腰带。

在平原的乡村，一个女人的"品行"主要表现在两个方面：一怕"三只手"，二怕"松裤腰"。"三只手"倒还罢了，说的是小偷小摸；"松裤腰"说的是作风问题，当年，这是女人的"大忌"。一个女人若是两样都占了，那就是最让人看不起的女人了。

记得有一年秋天，全村人都在津津乐道地传诵着一个故事，关于虫嫂的故事：虫嫂在邻村的一个枣园里被人捉住了。看枣园的是一个老光棍，有五十多岁了。此人年轻时瞎了一只眼，但这独眼老汉极聪明，为了防备人们偷枣，这老汉在枣园四周暗暗布下了一根细绳，每根绳上绑着一个牛铃铛。夜里，虫嫂曾多次潜入过枣园，她知道枣园里拴有铃铛，头几次去，她躲过了那只铃铛。可等她再去时，她不知道那老汉又挂了铃铛，且一个时辰换一个地方。一天晚上，当她偷了一布袋枣，从一棵棵枣树沿上过，摸黑从树上跳下来时，刚好碰响了拴在绳上的铃铛……于是虫嫂就被人捉住了。

那老汉用手电筒照着虫嫂的脸，说：是个妞？

虫嫂手里紧抓着布袋，说：大爷，饶了我吧。

那老汉说：还是个小妞？多大一点儿，不学好？

虫嫂说：头一回，饶了我吧大爷。

那老汉说：不止一回吧？

虫嫂说：头一回，真是头一回。

那老汉说：我也是头一回，碰上个妞儿。

虫嫂说：不是妞，是妞她娘。我都仨孩子了。

那老汉说：不像。我这枣可是论斤的，偷一罚十。

虫嫂说：你放我一马，我再也不来了。

那老汉说：放你一马？也成。把裤子脱了。

虫嫂说：草里有圪针。

那老汉说：我铺个袄。

虫嫂说：我……吆喝你。

那老汉说：你吆喝吧，偷一罚十。

虫嫂说：……我喊了，我真喊了！

那老汉说：你喊。你一喊，这枣就背不走了。

虫嫂说：这，大月明地儿……

那老汉说：走，去草庵里。

……后来虫嫂就背着一布袋枣回家去了。一路走一路哭。到了家门口，把泪擦了擦，才进的门。大国、二国、三花围上来，说：枣。枣！虫嫂一人给了一巴掌，而后说：一人俩。花小，给仨。老拐从床上爬起来，说：枣？笨枣还是灵枣？灵枣吧？给我俩，叫我也尝尝。虫嫂眼里的泪一下子就流下来了，她抓起一把枣，像子弹一样甩了过去，说：吃死你！……老拐弯腰拾起来，在被子上擦了，咔嚓一口，说：嫁接的，怪甜呢。

看看天快亮了，虫嫂背上枣，重又出门去了。老拐说：又回娘家呢？这枣多甜，给孩子留一半吧？大国、二国、三花也都眼巴巴地看着那布袋枣……虫嫂扭过头，恶狠狠地说：光知道吃？枣我背镇上卖了，得给娃换作业本钱。

据说，这些情况都是邻村那老光棍在一次"斗私"会上交代之后，才又传出去的。他说，那一年枣结得多，虫嫂又接连去了几次……老光棍还交代说，后来，两人"好"上了，啥话都说，也说床上的事。他甚至还供出了两人最私密的话，说老拐办那事只一条腿使劲，不给力。待事过之后，虫嫂一见那老光棍就"呸"他，说：啥人。

有一段时间，村里人见了老拐就问：老拐，枣甜么？

老拐腿一拐一拐画着圈儿，扭头就走，边走边说：母（没）有。母（没）有。

村里的孩子们也满街追着大国二国三花问：枣甜么？而后跟在他们屁股后大声吆喝：甜，甜。甜死驴不要钱！……问得他一家人不敢出门。

也许，虫嫂的"解放"就是从那天晚上开始的。有了第一次，就有第二次、第三次……此后，虫嫂一旦到了无路可逃被人捉住的时候，她就把裤子脱下来，往地上一蹲，露出白花花的屁股……有那么几次，倒是让她侥幸逃脱了。后来就不管用了。后来这种行为就变成了一种诱惑，变成了半交易式的自觉自愿。好在虫嫂生完第三个孩子就被强制结扎了，不怕怀孕。就此，虫嫂的名声越来越坏了。

她的名声最先是在周围的几个村子里败坏的。常有外村人在集市上对无梁人说：恁村那小虫儿窝蛋，就那小人国，老拐家的，头前，在高粱地里……慢慢地，话传来传去，真真假假的，惹得本村人也动了心思。人们再看虫嫂，那目光狎狎的。

在这样的情况下，虫嫂自己也不把自己当人看了。她破罐破摔了。

在一段时间里，虫嫂夜里常常被村里人叫去"谈话"。先是治保主任，而后是生产队长、小队记工员、大队保管、看磅的、看菜园子的……到了最后，传言满天飞。据说，老姑父看不下去了，把她叫到大队部，狠狠地批评了她一顿。接着，就又传出话来，说连老姑父也加入了"谈话"的行列，气得老姑父直骂大街！

不管怎么说，还是不断有风声传出来。据传，村里的治保主任就特别喜欢找虫嫂"谈话"。他觉得"谈话"这种方式好，很有教育意义。于是，就一而再、再而三地找虫嫂"谈话"。"话"都"谈"了，还有什么不能做的？虫嫂也乐于让干部们找她"谈话"。在场院里，在牲口屋，在苇荡里，在瓜棚或草庵里，夏日里拉上一张席，秋天里夹着一个老袄……谁也不清楚到底谈了些什么。后来"谈话"的内容有几句就传出来了，再一次成了村里人的笑柄。最有名的一句是：你怀里揣的啥？——"枣山子"！（"枣山子"是过年时蒸的敬神用的供品，白面馒头上加一红枣，这里暗喻乳房。）就此，虫嫂便成了一个卖"枣山子"的女人。

往下，虫嫂就更加地肆无忌惮。有时候她竟然当众撒泼，疯到了让村人都看不下去的程度。比如，分菜时她甚至当着众人的面拿上两个大茄子就走。在地里掰玉米时，她一边掰一边拣大的往裤腰里塞。治保主任说：干啥？你干啥？她说：不干啥。治保主任说：你裤腰里塞的是啥？掏出来。她说：你裤腰里是啥？掏出来。治保主任开始还硬气，说：掏出来也是"虫"。你是虫，它也是"虫"，咋？虫嫂说：掏，那你掏！治保主任扭头看看，这才不好意思地说：走，你跟我走。她说：走就走。不就是谈话么？不就是虫对虫吗？谁怕谁呀。治保主任脸一红，再也不吭了。

有一年冬天，下半夜了，虫嫂家窗外突然有了咳嗽声。虫嫂说：啥？外边的人说：白菜。虫嫂说：放那儿吧。过了一会儿，又有人咳嗽，虫嫂又问：啥？外边的人说：白菜。虫嫂又说：放那儿吧。再过一会儿，还有人咳嗽，一串咳嗽……隔着窗户，虫嫂说：不就是棵白菜么？还咳个没完了？滚！

后来村里种了花生，那一年花生大丰收。一到夜半时分，虫嫂家房后的院子里就不断地有咳嗽声传出来（也有的是故意看她笑话。不好意思，我也去咳嗽过），那咳嗽声此起彼伏，就像是赶庙会一样……据说，连村里最老实的德发叔也提着一毛巾兜花生"咳嗽"去了，结果被赶了出来。后来，德发叔咬着牙，见人就说：听说了吗？真不要脸呢！

在那些日子里，大国、二国、三花就再也不缺吃的东西了。那一年，老拐家换了很多花生油……灶房里时常飘出油和肉的香味。年幼的三花甚至跑出来对人说：俺家炸油馍了。

很快，虫嫂的行为遭到了全村女人的一致反对。

先是有女人指桑骂槐，比鸡骂狗，敲洗脸盆骂街之类，虫嫂却浑然不觉。或者说是你骂你的，她走她的，听见了也只当没听见。对虫嫂来说，那脸面就是一层皮，撕了也就撕了。那"嚼裹"（在平原，"嚼裹"泛指剥了皮可以吃的东西）却是可以吃的，实实在在的。女人们一个个恨得牙痒，说：人没脸，树没皮，百方难治！

一个女人，一旦豁出去，就什么也不当回事了。可她不知道，嫉妒和仇恨，只要生了芽儿，日积月累，总有爆发的时候。

　　这年秋天，在一个下雨的日子里，全村妇女都集中到几个烟炕屋里往烟杆上挂烟叶。女人们一旦聚在一起，必然生事。于是，村里有二十多个女人私下里一嘀咕，趁机把虫嫂堵在了烟炕房里。这天，由村支书的老婆吴玉花带头，众人一起下手把虫嫂按在了地上，剥光了她身上的衣服，说非要看看她到底是不是"白虎星"转世……此时此刻，女人们终于找到了报仇的机会。她们一个个醋意大发，下手挺狠的。先是撕她、掐她、罗她……等她号叫着好不容易逃出炕房时，女人们又嗷嗷叫着追出来，四处围追堵截，把她赤条条地包围在场院的雨地里。

　　这一日，女人们恨她恨到了极点。她们把虫嫂包围在场院里……虫嫂十分狼狈地在雨中奔跑着，她的下身在流血（那是让女人掐的），血顺着她的腿流在雨水里，她一边跑一边大声呼救，一声声凄厉地喊叫着：叔叔大爷，救人哪！救救我吧！婶子大娘们，饶了我吧！……可是，在这一刻，无梁村的男人们都成了缩头乌龟，没一个人站出来，甚至没有一个人敢走进场院。他们全都躲起来了。特别是那些吃过"枣山子""谈过话"的人，这时候一个个都躲得远远的。虫嫂围着谷垛在场院里一圈一圈奔跑着，躲闪着，一边哭喊着求饶……直到最后跑不动了，一头栽在了泥水里。

　　在我的记忆里，这是我见识过的、女人群体性的第二次发狠。没有一个人同情她。也没有一个人出来救她。男人们都躲在短墙的后边，偷看一个光肚儿女人在场院里奔跑的情景。也有的慌忙找来梯子，爬上树杈，为的是看得更清楚一些……坦白地说，我也一样。

我必须承认，那时候，我无比快活。我抢先爬上了场院边一棵老柳树，骑在树上看风景：我看见虫嫂赤条条地在雨地里奔跑着。她胸前晃悠着两只跳兔儿一样的"枣山子"，不时跌倒在泥水里，而后爬起来再跑，就像一只可怜巴巴的小泥母猪……女人们大喊着在泥水里围追堵截，各自手里都拿着"武器"：有的手里拿着赶牲口的扎鞭，有的甚至是木棒、桑叉，还有扫帚、牛笼嘴、木锨、皮绳子、箩头，女人们一边追着打她，一边还嗷嗷叫着：浪，叫你浪！浪八圈！浪呗！

虫嫂那凄厉的哭喊让人头皮发麻……后来还是辈分最长的句儿奶奶发了话，句儿奶奶站在烟炕房门前，说：教训教训她算了，难道还要出人命不成？老蔡呢？！

到了这时候，老姑父才敢站出来了。老姑父站在场院边上，大喝：够了！而后，他喊来民兵，让人找一床单子把虫嫂裹上，送回家去。

而后，女人们仍气不过，又把老拐拽到了烟炕房，手指头点着他的头，齐伙子数叨他。有的说：老拐，你还是个男人吗？你要是男人，你就去买把锁！把那烂 × 锁上！有的说：老拐，你家开肉铺呢？你卖肉去吧！有的说：老拐，你连个女人都看不住，干脆找根草绳兜住屁股上吊算了。有的出主意说：老拐，你把她绑了，夜里不许她出门！有的说：老拐，屎盆子都扣你头上了，你也不生气？有的说：你把她的腿打断，看她还野不野了？有的说：老拐，你是个骡子吗？你咋不天天日她个半死？看她还疯不疯了？有的说：老拐呀老拐，你太监了？你看看你，灰毛乌嘴的，你还像个人吗？你就是个乌龟王八……可是，无论女人们说什么，老拐蹲在地上，一声不吭。

这天夜里，老姑父派我偷偷地观察着老拐家的动静。看两人打不打架，别出了人命。我在他家窗户上抠了一个缝儿，只见虫嫂在床上躺着，像个死人一样……

老拐在床头蹲着，他手里端着一只大海碗，一直在喝水，一碗一碗地喝凉水，他喝了一肚子凉水，呼呼地喘着气，不住地打嗝……水喝多了也醉人。而后，只听他大声说：脸呢？还要脸么？这以后，叫我怎么出门？我只有把脸装在口袋里了。我已经没脸了，我的脸就是屁股。我得去磨刀，我得把刀磨得快些，杀了你，再杀了这三个娃，一了百了！

而后，他突然像猴似的猛地往上一蹿，咯噔了两下，做一金鸡独立，说：谁说我站不直？我能站直，我站起来他妈的也是顶天立地！磨石呢，大国，去给我找块磨石！刀呢，拿刀来！……老拐的声音很大，老拐像是有意让外人听的。

三个"国"也都吓坏了，像雀儿一样蹲在一个角落里……

等到夜静的时候，老拐突然蹿到床前，恶狠狠地说：我杀了你。我真想杀了你！……而后，他在屋里走了一圈，说：还有吃的么？

虫嫂躺在床上，一声不吭。

老拐说：离。说离就离。我打一辈子光棍，也不能要这样的女人！

虫嫂突然说：我要走了，娃咋办？

老拐又喝了一气凉水，把水瓢摔在水缸里，说：滚。要滚就带着娃一块走。我可养不了……

虫嫂说：人家都说，买起猪打起圈，娶起媳妇管起饭。你管过吗？

老拐说：我真想掐死你。

虫嫂说：掐吧，你掐死我算了。

老拐却突然恶狠狠地说：灭灯，灯里快没油了。

往下，虫嫂突然求饶说：老拐，老拐，老拐，我疼啊……

经过了这事之后，虫嫂有二十多天没有出门。她脸上青一块紫一块的，头肿得就像个发面馍，出不得门了。三个国，一个五岁，一个七岁，一个十岁，大国眼最毒，那眼里全是蚂蚁。他时常站在院子里，恶狠狠地说：……死去！咋不死呢！也不知说谁。只是，从此以后，没有一个孩子再喊妈了。谁也不喊，该叫她的时候，实在拗不过去了，就"哎"一声。

一月后，等虫嫂能下地出门的时候，她用头巾包着脸，顺着墙根走，人也老实多了。村里女人见了她，仍像见了仇人一样，谁也不理她。可地里的庄稼，她该偷还偷。

那时候，虫嫂的名声已坏到了极点。村里的男人谁也不敢当众跟她说话了。在村街里，只要看见有男人跟她说话，就有村里女人呸他。

在村子里，情绪是蔓延的。

尤其是女人，女人们的窃窃私语……影响着一个村子的空气和氛围。

有一段时间，虫嫂家的三个"国"，每次放学回家，身上都带着伤。

虫嫂有点诧异，说：又跟人打架了？

三个孩子，谁也不吭……最初虫嫂并不在意。也许虫嫂觉得，都是野孩子，满地滚，受点皮肉伤，不算什么。谁家孩子不淘气呢？

可是，有一天，当她走到村口时，却发现有人在村口摆了两个小石磙，石磙中间放着一根苇子秆，她的三个"国"，正背着书包，依次从苇秆下爬过去……虫嫂"嗷"一声就扑过去了。她大声嚷嚷说：谁让俺钻秆的？真欺负人哪！

周围是一群学生孩子，学生们都在笑……当虫嫂扑上来的时候，他们一哄而散。

虫嫂上去揪住大国的耳朵，说：谁让你钻的？

大国不吭。

二国不吭。

三花也不吭……

后经虫嫂一再逼问，三花"哇"一声哭了。三花哭着说，一个绰号叫"屁帘"的孩子（治保主任家的老二，他哥绰号"屁墩"），因为丢了一块橡皮，就怀疑上了大国。从此，他纠集了一群上学的孩子，说她娘是贼，他们一家都是贼，要教训教训"贼娃子"……大国已跟他们打了十几架了。他们人多，一哄而上，实在是扪不过，就投降了。

虫嫂知道，这是村里女人调唆的结果。虫嫂没有办法对付那些女人。她男人老拐瘸着一条腿，也是被人耻笑的对象……于是，虫嫂采取了一个很极端的方式。她手里拿着一个药瓶子，瓶子里泡了"八步断肠散"。她把药水背在身子后边，来到大队部，对老姑父说：你不是要谈话吗？你怎么谈都行，就是不能让人欺负我的孩子。

老姑父一脸尴尬，怔怔地说：你……不要瞎说。谁找你谈话了？

虫嫂说：你是没谈过。你嫌我脏。我揭发，治保主任谈过。

老姑父张口结舌地说：谈，谈……什么话？

虫嫂说：我就是那黑豆。磨不成豆腐，也可以当药吃。我是没有办法。我不要脸了。我孩子要脸。今儿我可是把身子洗干净了，你"谈"吗？

老姑父说：你说清楚，到底怎么了？

虫嫂说：治保主任欺负我，他儿子也欺负人……你管是不管？

老姑父说：你让我管什么？

虫嫂伸出手，亮出手里的药瓶，举起来，说：你信不信？你要不管，我一口喝下去，死在你大队部门前！

老姑父慌了，说：你别。你可别。你说。

后来，老姑父先是把治保主任叫来，狠狠地日骂了一顿：管好你的鸡巴！……而后，又把那些孩子集中起来，狠狠地训斥了一顿。那一段时间里，老姑父常在学生放学的时候，黑着脸，在村口站着……就此，那些孩子再也不敢胡闹了。

这年夏天，学校放暑假的时候，大国突然跑了。他才十岁多一点，一跑就是三天，虫嫂急得到处找他……后来，从县上传来消息说，大国在县城的火车站一个人偷偷地扒火车，说是要去乌鲁木齐。结果被火车站派出所的警察扣住了……还是老姑父骑着那辆破自行车去把他保了出来。老姑父问他：狗日的，蛋子大，你去乌鲁木齐干什么？大国不吭。老姑父说：乌鲁木齐远着呢，能是你去的地方？你娘在家都快急疯了！大国斜一眼，恨恨的。

大国回来后，人们问他：这孩子，去乌鲁木齐干什么？

大国还是不说。回到家，当他看见虫嫂的时候，鼻子里重重地"哼"了一声。

很长一段时间，村里的孩子见了大国就喊：乌鲁木齐！乌鲁木齐！抬炮尿一路！

大国考上县城中学那一年，是虫嫂彻底改邪归正的时候。

大国平时不大说话，闷闷的。可他知道发狠，一个孩子若是发了狠，是没有什么事办不成的。在那一届毕业的学生里，就他一个人考上了县一中。虫嫂当然高兴，她见人就说：国，俺大国，考上了。

在我的记忆里，大国比我小七岁，他考上县城中学那一年，经老姑父托关系保荐，我正好在县一中代过一段课。我是在校园内碰上虫嫂的。她一个小人，背着一袋蒸红薯，被一群学生娃嘻嘻哈哈地围着。后来我才知道，虫嫂背着一袋蒸红薯，进了校园后，逢人就打听大国。她一次次骄傲地对学生们说：看见我儿子了吗？我儿子叫个国。国家的国。

县一中有一座两层的青砖楼房，红瓦，名为"蛐子房"。"蛐子房"前面是个大操场。在操场的一个角上，一些县城里的调皮学生丛围着她，一个个逗她说：你儿子叫国？她说：国。大国。

国家的国。俺国也是县中的学生，今年才考上的。学生齐声嗷嗷着喊道：国。大国。国他娘来了！

虫嫂背着一袋蒸红薯，就这样被学生们包围着，先是顺着"蛐子房"走，一个教室一个教室去找。每到一个教室门前，学生们就大喊：国，国家的国，国他娘来了！于是，围观的学生就越来越多，像玩猴一样。

接下去，这群调皮学生又把虫嫂骗到后院去了。他们领着虫嫂在校园里转来转去，一会儿说在前边教室，一会儿又说在后边教室……就这么从前院到后院，从一排一排教室走过，不停地骗她、戏弄她。她在校园里转了一圈又一圈，却一直没有找到她的儿子……最后，还是一个打铃的工友实在看不下了，才把虫嫂领到了蛐子房的二楼。可是，在楼梯处，当学生齐声高叫：国，国家的国！国他娘来了！……不料，虫嫂刚从左边的楼梯上去，大国听到哄闹声，仅是在楼梯上露了个头，一晃人就不见了。

等我碰上虫嫂的时候，她仍可怜巴巴地在楼道里站着。学生们仍轮番地上前戏弄她：国，是吧？她明知学生在逗她，却仍很认真地说：国，大国。国家的国。学生们再一次齐声大喊：国，国，国家的国。日他娘找你呢。国，国，国家的国。日他娘找你呢！……引得一个楼道里的学生们都哄堂大笑。

大国嫌丢人，躲起来了。

坦白地说，我也是爱面子的。看学生像玩猴一样地戏弄她，我也很不好意思。见了面，她追着口口声声地喊我的小名"丢"。这不是丢吗，见俺家国了吗？……当我硬着头皮把她领到了大国的教室门前，一直到上课铃声响了的时候，大国仍然没有回来……我只好领着她下楼，去我临时的住处。我让她把红薯留下，她不肯。就那么背着那袋红薯在学校门口等着。

县一中旁边是个公园。引颍河水弯出来的一个很小的公园。公园与学校一墙之隔，那时候，常有学生翻墙到公园里去。公园里引了一湾水，起名梦湖。据说，后来，自大学开始招生后，每年大考前，总有学生想不开，跳到梦湖里去了。于是学校就加高了围墙，防止学生跳墙到公园里去。可还是有调皮学生一次次在墙上挖个窟窿，溜到公园里去，屡禁不止。

梦湖边上，有一条砖铺的甬路，通往一个小土丘，丘上有个八角凉亭，那也是县城唯一的景观。大国就在那个亭子里躲着。等我找到他时，天已经黑了。我说：大国，你妈看你来了。大国站起身来，冲下凉亭。我以为他后悔了，要跑去见他妈了，可他却冲到一棵松树前，对着树撒了泡尿。他一边撒尿一边冷冷地说：管她鳖孙呢。我怔了，说：说谁呢？谁是鳖孙？你妈？！他抬头看了看我，说：她把人都丢尽了。她不是我妈。我说：你妈给你送吃的来了。可他却提上裤子，重新回到凉亭里，往栏杆上一坐，默默地望着远处。

我也凑过去坐下，拍拍他。我说：大国……

大国突然说：你知道乌鲁木齐吗？

我笑着说：库尔班大叔（那是小学课本里讲过的）？

大国仍说：乌鲁木齐。

我说：你想去乌鲁木齐？远着哪。

大国说：二栓他舅说，乌鲁木齐，地广人稀，抬炮尿一路。

大国咬着牙说：我要是乌鲁木齐有亲戚，我早就跑了！

那时候，在平原的乡村，人们逃跑的首选地就是乌鲁木齐。乌鲁木齐很遥远，是走投无路的一种选择。抬炮尿一路，是对自由的向往。还有吐鲁番的葡萄。

一直等到天黑了，县城里的学生都放学回家了，我才把大国拽起身。他很勉强地、慢慢腾腾地从公园墙外的一个豁口处跳进来，在我的一再催促下，一步一步地朝校门口走去……虫嫂一直在学校门口等他。

大国看四下无人，快走到虫嫂面前，猛地夺过那袋红薯，恶狠狠地说：谁让你来的？谁让你来了？！

虫嫂可怜巴巴地说：我给你送吃的来了。

大国说：走。赶紧走。以后你别来了。

虫嫂说：我想趁热给你送来，怎么了？

大国瞪着眼说：你在村里丢人还嫌不够？又跑学校里来嚷嚷？你嚷个啥？我还没死呢！……

虫嫂看着儿子的脸色，很委屈地说：我、我也没说啥呀。

生命册

大国连声说：你来干啥？你是想让我死呢？！

……虫嫂仍然很巴结地望着儿子，赶忙从兜里掏出一个脏兮兮的手绢，解开来，里边是钱，说：我给你拿来五块钱，卖花生的钱。

大国接过钱，往兜里一塞，看了他娘一眼，再次恶狠狠地说：我警告你，以后别来了。

虫嫂说：那你……吃啥？

大国说：你别管。

虫嫂说：孩儿，孩儿……我知道，娘给你丢人了。

大国冷冷地说：记住，别再来了。

虫嫂回身望我一眼，说：丢儿，你看，他不让我来。吃啥呢？

大国突然满脸是泪，说：你敢再来，这学我不上了！

虫嫂心疼儿子。她怔了一会儿，小心翼翼地说：那，下回，等下回了，我给你送到桥头上，行不？

大国扭头就走。

虫嫂喃喃地说：孩儿，都怨我了。都是我不好。

据我所知，此后，虫嫂仍是每星期给大国送一次馍。她每次都拿着馍兜等在桥头上。一直等大国下课后，从学校那边腾腾走过来……每每大国接过馍兜，一句话也不说，扭头就走。

有一年，下雪的时候，我在小桥上碰上了虫嫂。虫嫂站在桥头上，手里提着一篮子馍，还有一罐她腌的咸菜。我骑着老姑父的那辆破自行车，上桥后，看见她的时候，权当打招呼，我按了一下车铃。可当铃声响的时候，就见虫嫂在那边的桥头上一闪，人忽然蹲下来了。

她蹲在地上，抬头像贼一样地四下瞅着。当她看见是我，虫嫂松了口气，说：丢儿，看见俺国了吗？我说：你怎么蹲这儿呢？她说：我给俺国送馍呢。一星期送一回馍。我说，你怎么不去学校？她说：不去了。净让人笑话。我说，你给我吧，我给你捎过去。她说，不了。俺国，学习咋样？我说，成绩不错，排在前十名。她笑了笑，说：你忙吧。我再等等。而后，她突然弯腰小跑着，追上说：你可别告诉大国，你见我了。

当时我愣住了。在我眼里，无耻到极点的虫嫂，连游街时还敢涎着脸笑的虫嫂，在儿子面前，却成了个受气包。大国不让去学校，她就不去，一直在这小桥上等。她的手肿得像发黑的面包，手里拿着个破手绢，手绢里包着厚厚的一叠子钱。我知道，那手绢里几乎全是毛票。那是她走乡串村收鸡蛋、卖鸡蛋挣的。

虫嫂改邪归正完全是因为孩子。那时候，三个孩子都不喊她妈了。特别是大国，看见她鼻子里总哼、哼的，很蔑视的样子……这让她十分伤心。是啊，家里的孩子大了，不想再听那些风言风语了。虫嫂一定是从孩子的眼神里看到了什么。

此后，我又听人说，那年放寒假的时候，由虫嫂提议，老拐主持开了一个"家庭会"。虫嫂很主动地搬了一个小板凳，放在屋子中间，而后，她站在小板凳上，对着贴在墙上的毛主席像，那张领袖像已被烟熏得有些发黄了，庄严地举起右手，郑重地宣布说：大国，二国，三花，你们大了……我保证，我向毛主席保证，我改。我一定改。从今往后，你娘再也不干丢人的事了。你娘再不会让人戳脊梁骨了。

她说完了，而后又可怜巴巴地看着三个孩子。可大国、二国、三花谁也不说话，就那么默默地看着她，像不认识似的。

虫嫂望着大国，可怜巴巴地说：我真改了。

大国却恶狠狠地说：下来吧，别丢人现眼了。

等到二国上中学的时候，老拐去世了。

老拐走得很急。老拐的腿从小就坏了，是摔坏的。现在，那条坏腿上长了个流水的疮，整天烂。开初他也没在意，后来一直不见好，越来越重，路也走不成了。虫嫂拉着他进了县城，经县医院的医生看了，说是骨癌。一听说是骨癌，虫嫂说：啥是骨癌？后来，县里医生用土话说：在乡下，这就是"铁骨瘤"。虫嫂听懂了，一屁股坐下了。

老拐笑了。老拐恶狠狠地笑着说：别愣着了。回去借钱吧。

……老拐明知道她在村里名声不好，借不来钱。老拐是故意说的。老拐说了之后，很得意地望着她。也是很久之后我才明白，老拐腿上有疮，心上也有疮。也许，他憋屈得太久了。人们的耻笑声一起在他心里藏着、捂着。在那些日子里，他心里存了太久的恶意和毒气。他说：我死了你再走一步，找个全乎人。

虫嫂慌慌地站起身来，就地转了一个圈儿，喃喃地说：我借。我回、回娘家去借。

这时，老拐才说：算了。不看了，回去吧。

虫嫂说：既来了，咋也得吊瓶水呀。

老拐说：不看了。

虫嫂说：还是吊瓶水吧。

老拐说：你要是还念我是你男人，就给我炒一盘"星星"吧。——炒星星是豆面、红薯面加红柿子做的，油要大，甜的，沙沙的。

虫嫂说：馋了？

老拐嗯了一声。

虫嫂说：你等着。

虫嫂本打算跑回去借钱的。可她走到县防疫站门前，看见有人在排队卖血，于是就排上队，让人抽了一管子血，挣了二百六十块钱。拿上这二百六十块钱，虫嫂跑回来，喘着气说：吊水，吊水吧。又一问，住院的话，光押金至少三千。老拐说：不治了。你手里有多少钱？虫嫂说：二百六。我还能挣。老拐说：回家。

在回村的路上，老拐说：我想吃一盘炒星星。

虫嫂停下车，说：吃啥？

老拐说：炒星星。

虫嫂说：家里没有豆面了。

老拐说：你再偷一回。

虫嫂停下车，就到路边的豆地里去了……过了一会儿，她竟空着手回来了。说：他爹，再偷一回不算啥，我怕收不住手……我给孩儿保证过。

老拐恶狠狠地说：屁。那你坦白吧。

虫嫂说：坦白啥？

老拐说：作风……

于是，虫嫂像挤牙膏似的，走一路坦白了一路……最后说：我改了。真改了。

老拐恶狠狠地说：我不信。你赌个咒。

虫嫂说：我要说一句假话，叫我死你前头！

虫嫂拉着老拐回村后，先是还想用土法治一治。听说吃活蝎子能治，虫嫂就发动三个国晚上去老屋子里捉蝎子……老拐虽说了狠话，可他还是想活的。再贱的人，也想活呀。老拐闭着眼吃了一段活蝎子，吃得嘴唇都紫了，仍不见好，腿疼得更厉害了。再后，老拐两眼一闭，坚决不吃了。老拐说：去吧。给我买盘肉包。从今往后，每天给我买一盘肉包，二两小酒。我净喝水了。

后来，老拐拄着根棍，每天在村口坐着，跟人谝闲话。他把虫嫂说的话都对人说了，笑嘻嘻的。他甚至说，那仨鳖孙孩儿，也不一定都是我的。村人里说：瞎说，不是你的是谁的？他说：难说。难说。仍笑嘻嘻的。其实，他是在等那盘肉包，要热的，还有二两散酒……虫嫂每天跑十八里去镇上给他买用荷叶包着的肉煎包。吃到第十天，老拐咽气了。

老拐临走时，把大国、二国、三花叫到跟前，说：蚂蚁钻心了。我很疼。真是疼。肉包真香。你娘不欠我了。十天，让我吃了十盘肉包。我也算是有福人了。娘再不好，也是娘。看我面子，叫声妈吧。

大国、二国、三花都看着他，似也想叫……可他们已经叫不出口了。

虫嫂说：别再难为孩子了。不叫就不叫吧。

老拐说：叫。得叫。

三花先叫的，三花说：妈。

二国含糊地叫了一声：买。

大国不叫，他叫不出来，但鼻子里哼叽了一声，也算……就此，虫嫂已经非常满意了，她捂着脸哭了。

老拐很权威、很幸福地说：哭啥，我还没死呢。

老拐临咽气时说：就是差一盘炒星星。

虫嫂说：我去借一把豆面……

老拐说：不用了。还是肉包好吃……值了。

葬老拐的时候，经老姑父做主，村里出了两棵桐树，给老拐做了口棺材。那肉包不是白吃的，村里人对虫嫂的态度有了些转变。说人虽然有贱毛病，对老拐不赖。所以，老拐下葬时，也没有多难为她。大国是长子，他摔的"牢盆"……按说，往下的事，就该大国负责了。可大国葬了父亲后就连夜走了，再也没有回来。

也许，大国是不想再看村人的目光了。是啊，我们都生活在别人的目光里，大国一定是在村人的目光里看到了什么。他早就想离开村子了。他一分钟也不想多停。他一直想去"乌鲁木齐"。"乌鲁木齐"是他离开村子的念想。

老拐死后，二国上中学时，虫嫂又去卖了两次血，给二国交了学费。二国和大国一样，不让她到学校里去。不去就不去。最初，虫嫂仍是每星期把馍送到桥头上，等着二国来取。

在一些年份里，每一个路过小桥的人，都会看到她，一个小个女人，手里提着一个手巾兜，站在桥头上。

到了三花上中学的时候，虫嫂已经到县城里去了。

虫嫂也算是很早就离开无梁的女人，她在县城里收破烂。

虫嫂之所以能在县城里搞"商品经济"——收破烂，还得亏了三花。当三花考上县城的中学后，虫嫂担心她是个女孩儿，怕她受人欺负，就跟过来了。在虫嫂眼里，三花就是她的"国花"，是世上最漂亮的姑娘。她是怕她出什么意外。再说，她常年在县城边上走，给一个个孩子送吃的，一来二去，就此认识了一个收破烂的老头。听老头说，在县城里收破烂能挣不少钱呢。于是，她思摸了一些日子，就到县城里收破烂来了。

按说，三花上中学时，大国已经参加工作了。这时候，大国有了工资，完全可以顾一顾家了。可他却是一毛不拔。大国不但不给家里拿一分钱，而且，连个面都不见。大国师范毕业后，原是想报名支边，去乌鲁木齐的。他是想走得远远的……可他没有去成。他先是分配在外乡的一个学校里当教师。那时候他刚参加工作，工资低，顾不上家也就算了。可他后来调到县城里来了，却仍然不回去。就此，他断绝了与乡村的一切联系。

据说，大国能调到县城是沾了他老丈人的光。跟大国结婚的是他师范学校毕业的一个女同学，这女同学的父亲是县教育局的副局长，大国因此调到了县教育局一个教研室工作，成了国家干部了。大国不但不回村，就连结婚也没让家人知道……大国先是住在城东的老丈人家里，后来自己也分了房子，单住。

那些年，虫嫂一直在县城里收破烂。突然有一天，她在大街上吆喝着收破烂时，碰上了她大儿子……

听村里人说，那一天，虫嫂推着一辆收破烂的三轮车在街边上一边走一边吆喝：收破烂了！收破烂了！收旧纸箱、旧报纸……可是，突然之间，她看见他的大儿子穿着一身西装、骑着一辆破自行车从东边走过来……虫嫂捂着嘴，怔怔地望着他的儿子，就那么眼睁睁地看着大国从她面前骑过去了。

可大国没骑多远。他大约是走神儿了，跟人撞了车，把自行车给撞坏了。大国把自行车推到附近的一个修车铺去修。大国没有看见她（或是装着没看见），她也没敢上前叫他，就一直在路边上站着，可她记住了那个修车铺。第二天，虫嫂用自己收破烂挣的钱，给大国买了一辆新自行车，一直在修车铺门前等着。她终于见到她的大儿子了。

多年不见，儿子看上去已是个有身份的人了，穿得很体面。看到儿子后，她怯怯地叫道：国。大国一回头，看见是她，竟有些惶然。他四下瞅瞅，说：你、你……怎么来了？虫嫂说：我在这儿收破烂，都好些年了。大国怔怔地看着她，先是鼻子里哼了一声，而后他把手伸进兜里，从兜里掏出十块钱。而后，他迟疑着……又掏了一张，一共二十块钱放在一起，又四下看看，这才把钱递给了虫嫂，说：给，拿着。走吧，赶紧走。虫嫂说：大国，钱你自己花吧。我不要你的钱。我、我给你买了辆自行车。你是国家的人了……虫嫂说着，赶忙把那辆新自行车推到大国面前。大国望着那辆新自行车，闷了一会儿，说：真是你……买的？虫嫂赶忙把发票递上去，说：有发票。你看……大国接过发票看了，这才问：二国，还好吧？虫嫂说：好。快毕业了。大国说：高三了？虫嫂说：高三了。大国说：三花呢？虫嫂说：都好。都好。大国怔怔地望着她，又看了看她身后的那辆新崭崭的自行车……好久说不出话来。终于，大国说：我，那啥，过几天要出差。去、去那个……乌鲁木齐。得一段时间才回来呢。虫嫂说：放心吧，我不去家找你，我不给你丢人。这时候，大国突然眼眶湿了，他喏喏地说：我真的要去乌鲁木齐……出差。等我回来吧。你让二国找我，我给他出出主意。

就这样，大国推着那辆新自行车走了。临走，他吩咐说：那辆车，还能骑，给二国吧。记住，让二国去找我。他走了几步，又回过身，小声说：县城里有浴池，去洗个澡吧。

虫嫂嚅嚅地说：我，在家天天洗。

那时候，虫嫂在县城收破烂已有些年份了。她在城郊租了一个小趴趴房，先是每日里沿街收，收了之后还要分拣，把各样的废品分类……那地方还有个臭水沟。到处都是苍蝇和蚊子，整日嗡嗡的，是繁殖细菌的世界。可以说，她每天都生活在细菌之中。一个长年生活在细菌中的人，反倒是最不怕细菌的。虫嫂长年与苍蝇蚊子做伴，与细菌为伍，她已成了一个"细菌人"。细菌人身上早已有了抗体了，反而很少生病，一般的头疼脑热扛一扛也就过去了。可细菌多了，汗多了，身上没别的，有味。所以，她终年拿着一把芭蕉叶扇子，扇那些不好闻的味。

那一日，经大国提醒后，虫嫂开始注意穿着，也知道讲究些了。

她狠狠心，第二天傍晚就去了县城的一家浴池。她怯生生地走进去，随着人家排队买票，她问人家洗一次多少钱，卖票的说：五块。她说：这么贵？卖票的翻眼看看她，她赶忙说：买。我买。卖票的又说：要膏吗？她说：啥高？洗个澡，还量尺寸？卖票的说：洗头膏，你要不要？她说：不要。我有肥皂……那也是她此生第一次花钱洗浴。五块钱洗一澡，挺贵的。她有些肉疼。后来，她对三花说，那池子里的水真热呀！真舒服呀！我差一点泡晕过去了。真好，真是好！……后来，再去洗的时候，在浴池里，有好心的女人告诉她，别在那池子里泡，不卫生。可她就喜欢在池子里泡。她说：烫烫的，多解痒啊！她先是嫌贵，半年洗一次，后来仨月洗一次，一直到一月洗一次……每天收工回来她都要烧上一锅热水，浑身上下擦洗一遍。见了三花，她第一句话就问：你闻闻，我身上有味吗？见了二国，她也问：我身上还有味吗？而后就说澡堂子里的事，说忒贵。再上街的时候，若是偶尔碰上个熟人，她也说：你闻闻，我身上有味吗？人家说：啥？她说：味。有邪味吗？

再后来，她出门收破烂的时候，也尽量穿得整整齐齐的，常走那条街……可她再也没碰上过她的大儿子。

其实，不光是老大，老二也嫌弃她身上的味。二国在县中上学时，仍然不肯让虫嫂到学校里去看他。二国性格绵软些，不像大国脾气那么倔，可他更爱面子。二国虽也不大爱说话，但心思缜密。先是约在小桥上见面，后来他不停地更换跟虫嫂见面的地点，每次见面都是事先约定好的。

从二国上高中开始，虫嫂就成了一个"地下工作者"。无论是送钱还是送粮，都是按二国指定的接头地点见面。那些年，每逢到了让家长签字时，二国先是自己冒名签……到了万不得已时就去找大国，让大国代"家长"签字。其实两人早就见过面了，只是不让虫嫂知道。弟兄俩达成了一种默契，大国仅是代"家长"签字，别的不管。钱粮仍由虫嫂负责，一直到他考上大学为止……二国有一点好，见了娘，他不多说话，也不厉害人，还知道问一声冷暖。就这一点，虫嫂就很满意。一直到二国考上了大学后，仍然是虫嫂每月初一从邮局给他寄钱。

三花最小，心善，也是兄弟姊妹三个中唯一喊妈的。这一点让虫嫂十分欣慰。她虽然在县城边上住着收破烂，离三花上的中学很近，可她早已习惯了避人，不到学校里去，不给孩子添堵。她仍然是私下里跟三花见面，是她主动要求的，这种联络方式已成了一种习惯。偶尔，放假的时候，三花也会偷偷地跑到她收破烂的趴趴房里帮她干些活，整理一下那些收来的书报杂志。可虫嫂坚持不让她出门，怕万一让人看见，丢了孩子的脸。

那时候县城还未大面积地扩建，就那么几条主要街道。在那些年份里，在县城工作的人隐隐约约都会记得一个收破烂的小个子女人，推着一辆比她还高的破三轮车，很挣扎地在路上走着。这女人有个特点，无论冬夏，她手里都拿着一把破芭蕉叶扇子，一路上拍拍打打的。忙的时候，那把芭蕉叶扇子就挂在三轮车的车把上。那扇子已破得不成样子了，扇把儿上缠着一圈一圈的毛蓝布，把儿上的毛蓝布已被脏手摩挲得油污污的，成了黑的了。就这样，一年又一年，虫嫂每日里推着那辆破三轮车，在县城里吆喝着收破烂。她供了老大，供老二，供老二，又供老三……一直到把三个"国"全都供出来，都有了工作，且先后成了家。

据村里人说，街口上一家邮电所的人全都认识她。她一去，邮电所的人就说：来了。她说：来了。办完了事，她人一走，邮电所那个给她办汇款手续的姑娘逢人就说：你别不信。就她，就这小个女人，收破烂的，养了仨大学生。

这是一个奇迹。也是一份快乐。在县城的那些年，是虫嫂最快乐的一段时光。有一段时间，她的三轮车把上，除了那把扇子，还挂着一个小收音机。那小匣子也是人家不要的，匣子用胶布粘着，摇一摇还响，她还听戏呢。常香玉、申凤梅、七品芝麻官之类，她都喜欢听。还听人说，隔墙那收破烂的老头看她利索、能干，也常去帮她拾掇拾掇。夜里，也敲过她几回门，有点"那个"她的意思……被她拒绝了。

虫嫂是后来得了腿疼病，实在走不动了，才回村的。

据说，虫嫂是打了一辆"面的"回村的，这也是她平生第一次。

虫嫂回村那天穿得十分体面。她穿着一件新买的栽绒小大衣，脚上还穿着一双新买的半坡跟的皮鞋，显得很阔绰。只是手黑。她回村引起了全村人的轰动。谁都知道，她的三个孩子，全考上了大学，都成了国家的人了。在平原的乡村，母以子贵啊！虫嫂这次是彻底翻身了。她大大方方地走在村街上，见人就打招呼。人们说：呀，这不是拐嫂吗？回来了。她说：回来了。人们说，可有些日子了？她说：是呀，是呀。

虫嫂这次回来，买了整整一布袋大白兔奶糖！每一家都去送了礼，一家一小袋大白兔奶糖。她逢人就说：大国很好。二国很好。三花也中了。都是国家的人……分开这么多年，人们也不再嫉恨她了，都说：仨大学生，你该跟着享福了。她还谦虚了一下，说：腿疼，指头疼，也享不了几天福了。

全村人都看着这个小个女人，人人都摇着头，觉得不可思议。是呀，一个偷了一辈子的女人，如今竟也衣锦还乡了。这就像是一个奇怪的梦。夜里，村里有好多人都睡不好觉了。有人私下议论：啥理呀？没理。你说，她一个偷儿，她教育谁呢？她怎么教育的？可她的三个孩子，怎么就一个比一个出息呢？有人叹道：这世道真是变了呀。

在村街里，人们互相见了，指着虫嫂家的房子，一个个感叹说：三十年河东，三十年河西，她真是命好啊！

不料，虫嫂回乡下住了几个月后，突然又要到城里去了。这年的麦罢，三花回村看了她……而后，她逢人就说：家里蚊子忒多，咬得慌。仨孩子非让去，都争着养活。我说了，也不在一家住。就三家轮着住吧，一家一月。

村人摇着头说：看看人家。看看人家！

又过了一年，虫嫂去世了。

虫嫂是那一年的年关，让人拉她回村的。回来时，她已下不了车了，是让一个拉三轮的背进屋去的。村里人都跑去看她，一个个说：拐嫂，你也不言一声，大过年的，咋这时候回来了？她见人就说：孩子们都很好。都孝顺。可她享不了这福。她又说，城里啥都好，可连个说话的人也没有。她说，这人一闲，病就出来了，腰也疼，腿也疼，浑身哪儿哪儿都疼。也说不出啥病，是闲的。她还说，她不想连累孩子，就偷着回来了……村里人都说：这人，说回来就回来，孩子们能不着急吗？她说：说了。走后才让人捎信儿的。怕他们不让。人们听了，觉得她话里有话，也不便多问。

她是三天后咽气的。临死前，她伸手去够那把破扇子，她说：扇子，这把扇子跟了我多年……她身上没有力气了，够了几次，没够着。临咽气时，她伸手指了指，喃喃地说：我不连累人。我还有把破扇子。

后来又有传闻，说虫嫂之所以回来，是因为大月和小月的缘故……

据说，把虫嫂接到城里，本是三花的主意。按三花的话说，她一是心疼娘，二是想让虫嫂帮她带一带孩子。于是就出面跟两个哥哥商量，要把虫嫂接到城里来，由三家轮流供养。大国开始不愿。可他是老大，不便拒绝。再说了，在家里他也是个怕老婆的主儿，不当家。后来大国只答应出钱，坚决不让去家住。于是就由二国和三花轮流养活，一轮一个月。开初还好，虫嫂帮他们看个孩子，做做饭，一天到晚也不闲着……只是时常会遭受媳妇和女婿的白眼。她都忍了。小心翼翼的，免生气。

虫嫂就这么在两家住着，一轮一个月。可轮着轮着，就出了嫌隙了。一年三百六十五天，大月三十一天，小月三十天。二国、三花偏偏在这件事上没有商量好……到了这一年年关的时候，这个月是小尽，只有三十天。就在三十号晚上，三花出差在外，她女婿按一月一轮的规定，把生了病的虫嫂送到了二哥家门前。可这天二国也不在家，二嫂不愿接，问大月小月怎么算？二嫂这人大学本科毕业，理性，有洁癖，为人偏执，非要争个道理。她很认真地对虫嫂说：大月三十一天，小月三十天，这不是钱的问题，谁也不缺这俩钱，是时间的问题……可这边，三花的男人是做生意的，年关这一段生意好，他急着去办年货呢，不想跟老二家啰唆，说：自己老人，差这一半天哩？二嫂说：你别走。话不能这样说。谁也没说不养老人……三花女婿不吃她这一套,急着要走,两人吵了几句,把虫嫂放下就走了。

于是,就把虫嫂晾在门外了。天寒地冻的,虫嫂在二国门前坐了很久……那会儿,虫嫂一定很伤心。她怎么也没想到,她会让女婿和媳妇晾在门外。

无梁村人又一次愤怒了!

安葬虫嫂时,村人还以为她很有钱。她收了十二年破烂,都说她发了。可是,找遍了整个家,却没找到一分钱,只找到了一百零四份邮局的汇单,那一张张汇单上写着吴大国、吴二国、吴国花的名字……还有那把破扇子。

全村人商量说,要把大国、二国、三花揪回来,好好羞辱他们一番!不然,就去县上告他们!还有的说,把那些邮局的汇单贴出来,举着拿到县上去,看他们脸往哪儿搁?!

一村人正闹嚷嚷地商量着如何惩罚这些不肖之子!大伙又一次兴奋起来,想了很多办法……可就在这时,突然有心细的女人拿起了那把破扇子,说:怪了,这虫嫂为啥老提扇子呢?有人说,是啊,她咽气时,指了又指,一再说:扇子。她还有把破扇子。这啥意思?……于是,女人们拿着那把破扇子,你看我看,众人传来传去,终于发现,那缠着布条的扇子把儿上果然有蹊跷。待解了那缠在扇子把儿上的破布,那布黑污污的,一层一层的……发现里边裹着的竟是一个存折,存折裹在扇子把儿上,由一层层的黑布缠着，存折上有三万块钱！

人们惊叹一声，说：这个女人哪！

一听说扇子把儿上缠有存折，大国回来了，二国回来了，三花也回来了，都说是要争着行孝的……可村人们把着村口不让他们进村。大国本来嚷嚷说要跟村里本家人打官司，可问了律师后，就再也不吭了。

有了这三万块钱，在老姑父的带领下，经村委会出证明取出来后，给虫嫂办了一个风风光光的葬礼。于是，村街里搭了灵棚，置了桐木棺材，请来了四班响器，还租来了三个哭丧的"孝子"，一人给一百块钱。租来的"孝子"很卖力，又哭又唱的，声震屋瓦，一街两行围了很多人看。丧宴也办得很体面，院子里整整摆了四十桌酒席，上的是全鱼全鸡，很隆重的丧宴……那些曾经打过她、骂过她的女人，一个个哭着，把虫嫂洗得干干净净的，送进老坟里去了。

虫嫂与老拐合葬后，还用剩下的钱立了一通碑。

据说，后来，大国、二国、三花也翻脸了。

三家就"大月与小月"大吵一架！……从此以后，再也不来往了。

每到清明节，三花回来一次就哭一次……可她回来并不到村里去，只去坟地，烧一烧纸钱，哭了就走，不见村里任何人。

大国二国再没回来过，人们说，他们是没脸回来了。

又过了一些年，大国提拔了，当上了县教育局分管招生工作的副局长。

无梁村人听说后，又开始主动找上门去。去的时候，带些土特产：小磨香油、柿饼、花生什么的。还怕人家不让进门，心里打鼓，怯怯地、很孙子地叫一声：吴局长，吴局长在家吗？……吴局长倒也大度，客客气气的，不与村人计较……凡能办的事，也办。就这样，大国又与村人来往了。这时候，人们又说：其实，大国人不赖，虽说当了官，挺仁义。当然，为的是孩子……

虫嫂的事，没人再提了，一句也不提，好像世上根本就没有这个人。

地里的草，该长还长。谁都知道，有一种草，那叫"小虫儿窝蛋"。

我告诉你：至今我手里仍放着老姑父为虫嫂写的五张"白条"。一张是二国考大学的时候写的，另一张是为三花找工作时写的……还有三张是虫嫂收破烂时，她的三轮车数次被工商局没收的事……老姑父的"白条"，首句仍是：见字如面。

二

　　什么是"好"？

　　"好"的标尺在哪里？

　　楚以蜂腰为美，唐以丰腴为美，汉以点唇为美，赵以燕行为美……这说的是形体，是外在的"好"，而内在的"好"，就难说了。那是每一个个人眼中的"好"，千差万别，就说不清了。

　　有人说，好女人是培养男人的"学校"。

　　我是不同意这个观点的。好女人就是好女人，好女人不是"学校"。

　　在我的记忆里，坏女人同样可以养出好男儿；反之，好女人也同样会生出坏孩子……这不能一概而论。在这里我就不举例说明了，举这样的例子是会伤人的。

　　我说过，骆驼是最"懂"女人的。

　　在这方面，骆驼有三大法宝：一是"钓鱼法"。骆驼钓鱼的方法与别人不同，他的专注点不在"鱼"，他只是不停地下饵、喂窝儿，他是要"鱼"自己上钩。二是"另类法"。这叫与众不同，或者按现在的说法叫"秀个性"。记得有一次，在临毕业的一次晚会上，骆驼突然出人意料地走到一个姑娘面前，说：请您跳个舞。那姑娘长得很丑，坐在最边边儿的一张桌子前，正剥着橘子吃呢。也许，她知道没人会请她跳舞，就那么一直剥橘子吃，面前堆着一堆橘子皮，两手沾满了汁液……那姑娘扪掌着两只手，显得很尴尬。她说，我不会跳。他说，我带你。她说，我真不会跳。可骆驼仍然再次伸手示意：请。两人就那么僵在那儿了。在大约有半个小时的时间里，骆驼一直伸着那只手，执着地站在她的面前……最后，整个会场的人全都望着他，可他依然站在那姑娘的面前。那姑娘被逼得就快要哭出来了。骆驼脸上很僵硬地微笑着，说：请起来吧。那姑娘含着泪说：……为啥呢？骆驼说：你要是不起来，我的面子往哪儿搁？等他把姑娘拉起来，正好赶上一段乐曲的曲尾，两人就跳了三步，骆驼扭头就走。其实，他要的是一种效果：全场注目。三是"苦难法"。骆驼是最善于讲个人阅历、讲苦难的……这就不多说了。

据骆驼说，卫丽丽，就是他使用"钓鱼法"钓到手的。在骆驼所接触的女人中，也只有她，可以无视骆驼身上的残疾，是真心实意爱他的女人。

卫丽丽出身于干部家庭，上边有两个哥哥，家里就这一个宝贝女儿。可卫丽丽自从爱上了骆驼之后，几经谤诽磨难，在骆驼被免职后，冒着与家人决裂的风险，竟然勇敢地辞去公职，义无反顾地追到北京去了。当年，我们上了老万的当，像老鼠一样窝在北京的地下工事里……每每走投无路的时候，唯一的依靠就是卫丽丽。那时候，卫丽丽在北京的一家杂志社打工，暗暗地接济我们。就连骆驼说的，卖"细节"挣来的三百块钱，也是人家卫丽丽给的……我也是后来才知道的。骆驼一直瞒着我们。我们四个大男人，在北京的那段岁月，有一段穷困潦倒的日子，就是靠人家卫丽丽打工才勉强撑过来的。这些，卫丽丽过去从未对人说过。

后来，骆驼下决心要到南方发展。卫丽丽又辞了工作，跟他来到了深圳。卫丽丽原是学外语的，是外语系的高才生。她来到深圳后，又依着骆驼办公司的需要，自修了电视大学的会计专业，并一次次地通过了会计师资格考试……最终拿到了高级会计师的证书。在深圳的公司里，卫丽丽作为财务总管，一直不显山不露水地帮衬着骆驼。骆驼的天分极好，这也是卫丽丽最痴迷于他的地方。可骆驼又是个急躁的人，常常暴跳如雷，发起狂来六亲不认……刚好，他身后有一个卫丽丽。卫丽丽容颜好、性情好，说话声音甜美。她的微笑就像是一剂良药，她的发问方式也是春风化雨式的，她会说：是吗？是这样吗？……每每在骆驼发狂之后，有了卫丽丽在幕后的安抚，事情就有了转圜的余地。

一个有着好品格的女人，在与男人的交往中，是占上风的。我还知道，只有在卫丽丽面前，骆驼才会低下他那骄傲的、时时高昂着的头。骆驼是个很矛盾的人。他平时说话高腔大口、慷慨激昂的，可只要一面对卫丽丽，他会显得很和气，声音立时就降下来了。有时候，他还会像小媳妇一样，在卫丽丽面前赔着小心……也许是卫丽丽身上那种天然的母性滋润了他？也许是卫丽丽身上那种很纯粹的东西在感染着他？也许，在他的内心里，还有些自惭形秽的意思……每当骆驼在不同的女人面前周旋的时候，他都能准确地说出打动女人的话来。可是，每每在卫丽丽的面前，他却总是显得有些迟疑，有些力不从心的样子。在卫丽丽面前，骆驼每说一句假话，就像是自己扇了自己一个耳光，显得很羞涩。后来我才知道，正是处于下风、或者叫作道德上的劣势，使骆驼在家庭生活中变成了一个"演员"。一个很优秀的、有百变之能力的"演员"。能让一个品位很高的女人爱他爱到了这种程度，可以说骆驼的演出几近化境。

　　记得，有一次，在电话里，骆驼说：我们正在开会……

　　卫丽丽说：是吗？

　　骆驼说：老吴也在呢。你跟他说两句？

　　卫丽丽说：不用了。你们都要注意身体，不能总熬夜。

　　骆驼说：老吴，吴总，刚才还在夸你呢。

　　卫丽丽说：是吗？人家跟你客气呢。

骆驼说：你跟他说两句？

卫丽丽说：不用了。代我问候他。

……挂了电话，骆驼扭过脸，讪讪地说：你瓜笑啥呢？——那时候，我们两人正躺在省城的一家洗浴中心的按摩床上，做全身按摩呢。

骆驼做的事，可以说，有一半是卫丽丽不知道的。卫丽丽若是发现了什么问题，一经骆驼解释，她也就释然了。当然，在感情上，骆驼也是很注意细节的。在骆驼新买的公寓房里，有一个很大的冰箱，冰箱里有一层是放冰激凌的。这是骆驼专门给卫丽丽准备的。卫丽丽爱吃冰激凌。卫丽丽时常幸福地对人说：我家冰箱里有十二种冰激凌。你可以说卫丽丽单纯。可卫丽丽那一份爱，却是真实的、纯净的。

对心爱的人，卫丽丽一直很注意维护他的形象。每一次出门，骆驼身上的每件衣服都是卫丽丽亲自打理的。过去骆驼不太讲究，可自来深圳后，骆驼的形象就大变了。他的西装一套一套的，分春夏秋冬，都系列化了。当然，这里边也有小乔的功劳。小乔是学服装的。据说，卫丽丽对小乔似有天然的敌意和警觉。在公司里见面，两个女人，隔着办公室，常常互相打量着，在穿戴上也暗暗地较着劲……总的来说，两人相处，还是得体的。

让我迷茫的是，骆驼的"那点事儿"，不晓得卫丽丽知道不知道？这对一个女人来说，是很不公正的。按说，她也应该有所耳闻。可是，无论是公开还是私下的场合，卫丽丽从未向他发过难。

卫丽丽也有痛苦。一个女人，当她深爱着一个男人的时候，她会为他牺牲一切。但一说到孩子，她就有些不忍了。记得一天深夜，卫丽丽突然给我打电话，她在电话里哭着说：吴老师，你劝劝国栋吧，这次，我一定要把孩子生下来……听了她的话，我愣愣的，不知该怎么说。卫丽丽哭着说：他总说事业、事业……可我们……我，已经打了三次胎了。我怕以后再也不能生了……当时，我尽力安抚她。而后，我立即给骆驼拨了电话，我说：你狗日的想绝后吗？骆驼不以为然地说：你别听她说。绝什么后啊？我说：我告诉你，你得保证我儿媳妇的健康！骆驼一怔，说：谁？……我说：你不是要跟我做亲家吗？你的女儿赶紧生下来。骆驼说：屙屙灰，你才生女儿呢。我的是儿子！我说：好哇。我喜欢女儿。你要生了女儿就认给我好了。骆驼说：你想得美。

作为朋友，或者说共过患难的弟兄，我说骆驼的人生有表演的成分，这显然有失厚道。也许，这是他着意弥补生理缺陷的方法……是的，他一直在暗暗地修饰、弥补着先天的生理缺陷。在这方面，他甚至超越了正常人。我曾经暗暗地观察过他。每当他走在大街上，没有一个人能看出他是身有残疾的。他着意地展示着他外在形体的完整，他甚至故意表现出一种大咧咧的随意和洒脱状。甚至在公司里，也很少有人知道他身有残疾。

客观地说，骆驼身上有很多迷人的地方。就在我打算跟骆驼分手的时候，我对他仍然怀着一份敬意。骆驼最大的长处，是他的口才。他具有超常的说服能力。他脸上染着很质朴的高粱红，是高原阳光照射出来的那种自然红，黧黑里透红，给人以天然的信赖感和诚恳。他燃烧的时候，眉头一皱一皱的，眼里放出一种慑人的光芒，必定要把你同时燃着，不把你点燃他是不会罢休的。每每，他坐在那里，望着你的眼睛，就像是要把心掏给你似的。他可以滔滔不绝地给你讲两个小时，甚至三个小时、四个小时……他说的每一句话，都经过一定程度的渲染，极富煽动性，且有理有据，不由你不信。

现在，卫丽丽又怀孕了。卫丽丽很坚决地要把孩子生下来。一个女人，一旦下了决心，那是九头牛也拉不回的。三天前，卫丽丽突然跟骆驼分居了。一个离骆驼最近的人，却以生孩子为理由，悄悄地离开了他……这就更加重了我的担忧。

所以，根据种种原因，我决定辞职。

那天傍晚，回到深圳后，我跟骆驼再次上了深圳国贸大夏的四十九层，面对面坐在了旋转餐厅的雅座上。喝了一会儿酒，当我跟骆驼摊牌的时候，骆驼最初没接我的话头，他说：还是深圳好。我喜欢这个地方。

是啊，深圳是个新兴的移民城市。走在大街上，谁也不认识谁，没有背景，没有渊源，没有猜测……是一个让人情绪放松、心灵自由的地方。我也说：是好。

骆驼说：哪里是家？有钱有女人的地方就是家。

而后，我们四目相对，默默地坐着……

沉默了一会儿，骆驼说：兄弟，非要辞职吗？

骆驼说：你要真想回到过去，执意要当一个苦孩子，我也不拦你。

骆驼说，现在咱们已经倒不回去了。如果退一步，咱们就会重新成为穷光蛋。这还不说，咱还会欠下一屁股的债，一生一世都还不完的债……你说怎么办？

骆驼说，我把底都亮给你了。必是要上市，不上市没有活路。咱也不过是养一两个替咱说话的人……我听你的，适可而止。你怕了？

我说：骆哥，人走得远了，就回不去了。

骆驼说：你放心，会回来的。必是回来。厚朴堂只要一上市，一盘棋就活了……到时候，你说，咱挣钱干什么？骆驼说着说着又激动了。他说：兄弟呀，我手里要是有十个亿，我会拿出五个亿，给我们西部山区的父老乡亲，每家每户修一个水窖。我手里要是有一百个亿，我会豁出来，拿出五十个亿，修一个大水库，让西部的乡亲们祖祖辈辈都不缺水吃。我要是有五百个亿，我就炸开唐古拉山口……骆驼说到这里时，又一次泪流满面。

我看着骆驼，骆驼的激情又一次打动了我。我差一点又要臣服了。我对骆驼一直都是相信的。我相信他说的每一句话。可是，近年来，他的野心太大了，他身上逐渐释放出来一种让我恐惧的、说不清的东西。我想，假如钱到了一定的级数，可以买通一个县一个省的时候……又该是什么结果？不敢想。

最后，骆驼看我去意已决，说：兄弟，你告诉我，你究竟想干什么？

我说：骆哥，我跟你不一样，我身后有人。

骆驼很诧异，说：啥意思？

我说：不是一句话两句话的事……我身后有眼。

骆驼很警觉，说：屌屌灰，你到底想干啥？

我和骆驼分手，还有一个最重要的原因：他身上藏着一把"刀"。我所说的这把"刀"，不是一般意义上的刀。那是他在银行里租的一个"保险箱"。这个保险箱里装着"双峰公司"一些交易上的秘密。我想，我们是患难弟兄啊。纵然是对我，骆驼仍还保留着一丝警惕……我说：也不干什么。先读点书，休整一下。

骆驼说：那好。职位还给你留着，你随时可以回来。股份先不动，还是你的，等上市之后再说。另外，我特聘你为本公司的高级顾问，终生的。兄弟……保重。

我们毕竟是共过难的兄弟，骆驼还是仁义的。不知不觉，我

▲

眼里涌出了泪水……

我说：好。你也保重。

骆驼说：别女娃气气的。记住，二十四小时开机，我随时给你打电话。

卫丽丽真是个好女人。

我要说，像卫丽丽这样的女子，是很难遇的。

只有她和骆驼知道，我就要离开深圳了。

临行的那天早上，我听见了敲门声。很有礼貌的那种。当我开了门，见门口站着一个"服务生"（"服务生"的说法是从香港那边传过来的）。服务生手里推着一辆行李车，行李车上放着一个包装精美、打有十字绢花的大纸箱……服务生是个小伙子，他用粤语说：先生，您好，贵姓？

我说：免贵，姓吴。

接着，他嘟嘟噜噜地说了一串话……我不明白。可我知道，他是要我签字查收的。于是，我在他拿的收货单上签了字。

服务生弯下腰去，小心翼翼地把那个纸箱子给我搬进了房间，放在了桌上……这时候，他看了我一眼。那一眼，意味深长。当时我很诧异，心想，这小伙子是怎么了？可没等我想明白，他已退着身子，很有礼貌地告退了。

当我一个人站在纸箱前的时候，我才明白，那是花。

纸箱上贴着一个条子，条子上的字迹绢秀、工整，是卫丽丽的：阿比西尼亚玫瑰。产于"非洲屋脊"埃塞俄比亚。花色：二十五种。花期：六十天。数量：一百朵。

我一下子愣住了。我脑海里"轰"的一下，这就是我要找的阿比西尼亚玫瑰？！这是当年我答应……梅村的。我一句诳语，日白到非洲去了。它竟然真的是产于非洲的屋脊，产于遥远的埃塞俄比亚……我看了纸箱上贴的航邮标记，大吃一惊：它先是从非洲的埃塞俄比亚空运到了欧洲的阿姆斯特丹而后又从荷兰的阿姆斯特丹空运到亚洲的香港花市……人心都是肉长的呀！这份情义太重，我真的不知说什么好了。

我用手摸了摸纸箱，却猛一下又缩回去了。纸箱仍然是凉的。阿比西尼亚玫瑰，是横跨了三大洲，在保持恒温和相对湿度的冷藏间里空运过来的。我再看纸箱上的条子，字虽是卫丽丽的笔迹，但落款却是：骆国栋。

记得，跟骆驼告别时，他并未提及玫瑰的事。骆驼一直在忙着借壳上市的诸多事项，他也顾不上……显然，这是卫丽丽办的。卫丽丽永远是站在男人后边的女人。

我小心翼翼地打开纸箱，从里边取出了一朵玫瑰。玫瑰枝凉凉的，花瓣上还沾着一点点露珠儿，一点点儿异国的泥土气息。我把这朵玫瑰插在一个玻璃瓶里，浇了一点水，仔细打量着。只见花瓣儿在空气中慢慢地舒展，一点点地媚。渐渐，就有花香溢出来了，醉人的、幽幽的暗香，就像是醇酒一样。啊，这就是我曾经说过的……阿比西尼亚玫瑰。我甚至很想把这一朵玫瑰花送给卫丽丽，以此来答谢她。可我没有这样做。

纵然是这个时候，有着身孕的卫丽丽仍然没有忘记要帮衬骆驼……是她替骆驼给我订购了阿比西尼亚玫瑰。这是一个好女人的善意。我记下了。

我看着装在箱子里的玫瑰，来自非洲的九十九朵阿比西尼亚玫瑰……一时百感交集。是啊，坦白地告诉你，我想梅村了。

梅村是我一生一世都不会忘记的女人。

可是，梅村，你在哪里？

在我的记忆里，梅村仍然是最美丽的。

梅村曾无数次地出现在我的梦境里。她站在金灿灿的阳光下，身材修长，皮肤似凝脂的白玉，就像是一株缀满了红樱桃的、鲜艳欲滴的临风玉树！……有一段时间，我眼前总是飘动着她的影子，她说：来，让我暖暖你。

就是这句话。就是这么一句话，让我终生都不会忘记。

还记得那天晚上，我们头挨头躺在一起……她说：你摸摸我。摸摸我吧。我靠着梅村，一寸一寸地用手抚摸着她那细嫩的、像绸缎一样的皮肤，真好。那时候，我已混乱得不成样子了，只知道：好。这个"好"是从手上传到心里去的。梅村的皮肤，梅村的气味，整个把我淹了。也许是我手热，梅村的皮肤凉凉的，摸上去似象牙一般光滑，或者就像是玉……真好。在我心里，她的两只乳房像灯泡一样，一下子就把我烧着了。她就像是一座肉体的火焰，凉凉的火焰，带着波涛汹涌亮光的、液体般的火焰，火焰发出的亮光把我给吞没了。后来，我哭了，满脸都是泪水。她把我搂在她的怀里，头靠着她的饱满的、弹软的、光滑的、混合着奶味和芝兰之香的乳房。她说：别难过。咱们就这样……躺一躺，也很好。那时候，她传达给我的，是一种母意。我自生下来母亲就去世了，我像是第一次躺在母亲的怀抱里。那时候，我真想喊一声：妈。

说实话，这就是我体验过的、最温暖的怀抱。梅村在我眼里，就像圣母一样。我爱她，却被家乡的一个个"电话"逼着，不得不远离她。

遗憾的是，自分别后，打过一次电话……此后就再也没有梅村的消息了。我也曾试图联系过她，可她一直杳无音信。当然，在那样的日子里，我先是漂在北京，后又漂在上海……终日为生计奔波，也顾不了那么多了。我坦白地告诉你，我并不纯粹。在上海那些年，我也曾跟人谈过恋爱，有过短暂的婚史。不说了。

现在，我终于可以兑现自己的诺言了。我背着这箱玫瑰，九十九朵阿比西尼亚玫瑰，就此踏上了寻找梅村的路程。我心里清楚，不管结果如何，我一定要找到她。这是一个男人的承诺。

这一次，我没有坐飞机，我怕来来回回地搬运，伤了我的阿比西尼亚玫瑰。坐在北去的火车上，我打量着每一个面容姣好的女子，她们都不是梅村，她们比我心中的梅村差得太远。每每看到穿裙子的女子，我眼前就会浮现出梅村那两条修长的玉腿……偶尔，有那么一两个，或是背影，或是侧影，或是某一个习惯动作，凡有一点点像梅村的，我都会注视很久。

当然，我也有不好的预感。毕竟过去这么多年了，一个空头的承诺，不足以让一个女子等这么多年。况且，我也隐隐约约地听说过一些传闻……可是，我仍然期望着，这也许就是男人的自私吧。

算一算，多少年了？当我回到昔日的学院时，学生宿舍门前的一排杨树已经长成大树了。是的，梅村早已离开这里了。可我寻找梅村的路也只能从这里开始。

教室依旧，操场前的宿舍依旧，可宿舍里早已换了人了。我遇上的是一些更年轻的脸。现在，当我又一次站在学院的操场上，望着那一排学生宿舍，就见梅村一步步向我走来……这是幻觉。

记得，关于梅村的第一个消息是魏主任告诉我的。那天傍晚时分，我在学院的操场上见到了系里的魏主任。魏主任是出来散步的，他已经退休了。退了休的魏主任显得很苍老，整个人瘪下来了。曾经高大、威严、庄重的魏主任，看上去矮了许多，像个木呆呆的瘦老头。他仍然习惯性地戴着一顶软塌塌的鸭舌帽，额头上布满了皱纹，戴着一副近视眼镜，手里举着一个小收音机，一边小碎步走着，一边收听新闻。我站在魏主任的面前，这是个值得尊敬的好老头。当年，他曾一再劝阻我，他说我是做学问的料子。可我……

我说：魏主任。

魏主任头都没抬，说：哦哦。新闻你听了吗？南边又发水了。

我说：魏主任，不认识我了吧？

魏主任抬起头，怔怔地望着我，说：哪一届的？

我上前两步，说：……是我，志鹏。吴志鹏。

魏主任说：噢，志鹏？哎呀……志鹏，志鹏。这一晃都多少年了……听说你都坐上奥迪了？看来，我当年不该拦你。你走对了。走了好哇。你看看现在这些学生，一个个……他摇了摇头，伸手一指，又说：这学校也不像个学校的样子了，避孕套都挂到树上了！

我说：魏主任，身体还好吧？

魏主任说：疼。浑身疼。唉，主要是心口疼……

我说：怎么了？

魏主任摇摇头说：还不是你嫂子，鬼迷心窍，养了一头"鹿"，把我气的。

我吃惊地说：鹿？学院里还让养鹿？

魏主任气愤地说：什么"鹿"？非法集资。多少年了，就积攒了那点钱……全让她拿去买"鹿"了。画饼充饥呀，这世上还真有画饼充饥的事！一个公司，还说是大公司，到处拉着让人集资入股，有虎，有鹿，还有兔，说是替我们养着，什么也不用管，按年分红……结果，人跑了，公司也查封了。到最后，分了两箱卫生纸……气得我住了一个多月的医院。

什么是潮流？这就是潮流。在潮流里，你要想独善其身，很难。魏主任一家，一辈子克勤克俭。魏主任的老婆，买一棵葱，都要掂一掂分量的，可她却拿出全部积蓄，去买了一只"鹿"。人家告诉她，鹿茸、鹿血、鹿肉、鹿鞭都是贵重药材；鹿养大了，还可以生小鹿，小鹿再生小鹿……除了高额的利息外，三年回本，五年翻番。于是魏主任的老婆就认购了"九号梅花鹿"。其结果是写在纸上的"鹿"，数字"鹿"。而且，听魏主任的口气，不止他一家，很多教师，很多机关干部，也都买了……魏主任拍着膝盖说：血本无归呀！

我不知道该怎么去安慰他。我甚至不敢告诉他我这些年的情况……

魏主任说：你在的时候，多好。朝气蓬勃的……你走是对的。

我说：是啊。那时候，还是统一分配……

魏主任说：是。统一分配。那一届，有个女学生，长得真漂亮。可惜呀。

我的心怦怦乱跳。我说：你说的是梅村吧？

魏主任说：对。梅村。是叫梅村。长得真好。后来这几届，再没见过那么漂亮的女孩子了。

我说：梅村她分配到哪个单位了？

魏主任说：你不知道？临毕业的时候，她背了个处分。

我一怔，说：为啥？

魏主任说：这个事，还是经我手办的……要搁现在，也许就不算什么了。那时候，学院要求严……不过，也就是背了个处分，学籍没保住。

我急切地问：因为……

魏主任说：人长得是漂亮，就是品性有些问题……临毕业的时候，追她的人很多。我也是听说，最初，她跟一个省委的干部子弟好，那小伙我也见过，穿一米黄色的T恤衫，经常坐一奥迪车来学院门口接她。后来，她又跟一个写几句爱情诗的人好上了。据说两人还是在火车上认识的，经常通信……后来嘛，她跟那诗人两人偷偷地租了间民房，干脆同居了。这边，那"T恤小伙"像疯了一样到处找她……再后来，"T恤小伙"通过关系追到了那诗人的单位，查出那诗人家里原来有老婆。结果，闹来闹去，诗人被他们单位辞退了……反正乱七八糟的。

接着，魏主任出人意料地说：这小女子，还用眼勾过我呢。

我怔怔地：勾……勾你？

魏主任说：可不。那天，阳光从窗外照过来，她穿着一件米黄色带黑点点的短裙，那两条腿光光地露着，整个人……呀呀。那天，她坐在我的办公室里，啥事我忘了，也许是为不让她毕业的事？或是论文的事？……她就坐在我对面，眼睫毛一眨一眨，就用那眼角角儿勾人……说句不好听的话，我这么大岁数了，都不敢看她。怎么说，那个那个啥，是吧？怦然心动哇。我还算把持得住吧。要是年轻人……这女子呀。

我想，魏主任疯了？人怎么都疯了。他都这么大岁数了，对一个女学生，怎么说出这样的话？

我沉默了一会儿，说：那，后来呢？

魏主任挠挠头，说：太不像话，听说又结婚了。跟那个、那个谁……

告别魏主任后，我心里五味杂陈。

那是五里岗十七号院。

是城中村里的一个杂居院落。据说，这就是梅村曾经住过的地方。

在省城，我找到了我当年的一个学生，也是梅村最要好的同学。这位名叫秋燕的同学，毕业后留在省城工作。是她把我带到这里来的。

近年来，城市在不断扩展，道路在不断地延展，一个个昔日郊区的村庄，成了城市里一个个将要消失的最后"堡垒"。这里的农民（现在已是市民了）靠着卖地、靠着出租房屋，也已成了城市里最早富起来的一批人。五里岗就是这样的一个村落。秋燕告诉我说：在这样的村落里，最响亮的是麻将声。

在城中村里走了一趟，一街两行全是出租的摊位。一个一个的摊位全是卖各种小吃、水果、杂货的。街边上挂着音箱，卖豆腐还配音乐，有摇滚，有民乐，喜气洋洋的；隔不远有新开的网吧、电话吧、歌厅、美发厅之类。但在这样的街市上，又到处都是污水、瓜子皮什么的。还有人就坐在街边上，一边嗑着瓜子一边打麻将。一切都显得乱糟糟的、生气勃勃的，却仍然是乡村集市的感觉。

秋燕领我走进了一条胡同，伸手指了指，说：右边第三个窗户。当年，梅村就租住在这个院落里。

这是个天井院，院里的楼房是在旧房的基础上临时接上去的，整个院落所有空地全都接起来了，像个碉楼似的，一共五层，每层都隔成一间一间的很简陋的小房，房间里只有一个 15 瓦的小灯泡，水管和厕所都在院子里共用……这是出租给那些进城打工的人住的。院子里还拴着一条狗，狗汪汪叫着。

秋燕说：三楼，梅村就租住在三楼右手的一个小房里。也许是过去的时间长了，问了一些住户，却没人记得有这么一个人……

秋燕说，当年，梅村在这里租了一间小房，就躲在这样一个城中村里。后来，也是在这里，梅村与一个号称是"从巴颜喀拉山走来的诗人"偷偷地同居了。

秋燕告诉我说，两个人在这里，一共住了四十六天。那还是冬天，天太冷了。梅村曾哭着对她说，有一天，她跟那诗人两人就那么脸对着脸坐着，手插在对方的胳肢窝里，背雪莱的诗："冬天已经来了，春天还会远吗？"后来，两人冻得实在受不住了，梅村跑到街上买了一个小电炉取暖。没想到，居然还惹出了事端，失火了。那一天，两人一块看电影去了，苏联爱情片：《两个人的车站》。走时忘了关电炉。回来的时候，消防车已经把城中村的路堵死了，到处都闪着红灯，到处都是警笛声！两人开始还并不在意，说怎么这么多人？谁家失火了？一到院门口，见一院子水，立时就傻了……后来，房东让他们赔钱。那位从兰州来的诗人没有钱，只有"嘴"。还是梅村，跑回学院，四处借钱。好在屋里并没有多少值钱的东西，也就赔人家一个柜子、一张桌子，还有电器之类，总共赔了两千六。在一个漫天大雪的日子里，那诗人被村人扣在那个小院。据梅村说，那诗人被扣住后，隔着铁窗棂，还在给梅村朗诵诗呢。那诗人两手抓着窗上的铁栏杆，竟一遍一遍地给梅村大声朗诵："数数杏仁，数数苦的、让我们醒着的，把自己数进去（这是一段外国诗人的诗）……"之类，感动得梅村满眼含泪。梅村只好到处跑着找人借钱赎人……最后，赔了人家房东的钱才放那诗人走的。

秋燕说，梅村的私奔，就这样狼狈地结束了。

我很清楚，住在这里的梅村肯定不是为了钱。假如是为钱，她就不会住在这里了。我知道，像她这样漂亮的女子，追的人一定很多。她躲在如此简陋的城中村里，甚至放弃了她上了四年的大学文凭，又是为了什么呢？

女同学秋燕说，那时候，追梅村的人很多。不单单是有人给她送花，还有写血书的。一个从部队来的学生，临毕业时，专门给梅村写了血书，就贴在宿舍门外的墙上……据说，那位住在省委家属院里的子弟，那位穿黄色T恤衫的姓徐的小伙子，不光送了玫瑰，还每日里开着奥迪车在学校门口等她……却仍然不能打动她。

秋燕说：梅村搬到五里岗，最早是为了躲一个人。

我问：躲谁？

她说：就那姓徐的。那人又是送玫瑰，又是写血书……当然，也还有别的原因。

我说：什么原因？

她说：有一次，梅村悄悄地告诉我，她在等一个人。

我心里动了一下，问：等谁？

她说：梅村没说。

我问：学院为什么要开除她呢？

秋燕说：吴老师，你别听那些人瞎说……梅村其实是一个很好的人，特别善良。说实话，她长得太漂亮了。那时候，追她的人很多，连我都不免嫉妒她。我猜，梅村一直想找一个她真心相爱的人，她等"这个人"等了很长时间。后来，她还悄悄地去了一趟北京。从北京回来后，她消沉了很长一段……再后来，那个诗人追来了。听梅村说，他们是在黄河边上偶然碰上的。这个人名叫苦水（后来才知道是笔名），是个诗人。放着研究生不读，独自一个人背着行囊，徒步走黄河……不知怎的，一下子就把梅村给感动了。怎么说呢？也许，梅村是为了避开那姓徐的……两人就好上了呗。

秋燕说：其实，那诗人原是学考古的。在大学里混了四年，嫌专业不好，后来突发奇想，要徒步走黄河，说要当李白那样的大诗人……于是弃学不上，就一个人走黄河去了。当年，报纸上对他还有过报道。其实人长得很难看，戴一近视镜，瘦得猴样，一嘴龅牙……梅村怎么就看上他了呢？我真是不理解。

秋燕说：梅村还是心太软。有一次，我实在憋不住了，就追着问她，你爱他什么？不就是在报纸上发表过几首诗吗？长那么丑，牙还龅着……你究竟爱他什么呢？

我问：她怎么说？

秋燕说：你猜？梅村说，苦水是个有志向的青年，他徒步走黄河，是要创作一部关于黄河的巨著。她还说，苦水爱她爱得发疯，给她写了很多诗，整整一百首诗！我说，那又怎样？梅村说，一百首诗，他一首一首地背给我听。他说，他如果见不到我，他就疯了。跳壶口瀑布了。真的。他就是这样说的。梅村说，有一首诗，她一听眼里的泪就下来了："小小的手，不属于我的。爱人，我来了。曾经想过把彼此的灵魂分开，但苦水（诗人的笔名）和梅村这两个名字，就像是提琴的泣诉，震撼着忧伤的琴弦……"梅村说，你不知道，就为这首诗，她哭了一整天！……吴老师，你说她幼稚不幼稚？

我知道，在这个世界上，有许多奇奇怪怪的人。也有许多看似正常的人会做出一些常人所不理解的奇奇怪怪的事情。这是在我有了那样的童年……又读了一些书之后，才明白的。每个人都背负着自己的历史，或者叫作隐私。也都有说不清楚的时候。也许只是一念之差，就把人的一生给改变了。

我问：她跟那诗人结婚了吗？

秋燕摇摇头，说：后来不是出事了嘛。闹得一塌糊涂。那诗人，老家是甘肃的，好像是一个很穷的地方，家里还有老婆……这么一来，闹得满城风雨的。这个"苦诗人"，因了徒步走黄河造成的影响，在发表了一些诗作之后，被聘到了一家诗刊社工作，也是刚找到工作不久，就找梅村来了。后来，一闹这些风流事，又有人查出来他的那些诗作，有一部分竟是抄袭人家外国人的……于是那家诗刊社就把他给辞退了。学院这边，也把梅村给开除了。可梅村并不知道他家里有老婆……你叫梅村怎么办呢？

我说：听着怎么这么乱呢？

秋燕说：就是乱。那么多男人，围剿一个漂亮女人，怎么不乱？你想想，有一年，过中秋节，她的寝室里堆了一床月饼，也不知道谁送的。

我说：那她到底……想嫁一个什么样的男人？

秋燕说：那就不知道了。她身上有很理想化的东西。梅村太善良，诗人一下子就把她给征服了。可后来，当她发现苦水的那些诗，特别是写给她的诗，都是抄袭的，梅村一下子绝望了！……结果，她挑来挑去，最后呢，却还是嫁给了那个姓徐的。

我问：啊？就那……子弟？

秋燕说：是。

我再问：就那"黄 T 恤"？

秋燕说：就是他。那刚好是梅村走投无路的时候。他呢，一直追，追得最紧。据说，失火后，梅村四处借钱，她家里，继父虽然是个高干，可退休后瘫痪了，没钱接济她了。实在没有办法，她只好去找这姓徐的……你想想，这有多狼狈？！后来，两人结婚的时候，我去了。那一天，在一家五星级宾馆办的酒宴，梅村看上去很幸福的样子，穿着白色的婚纱，和那男的一起到各桌去敬酒……当时，我都傻了。她躲来躲去，末了，还是跟人家结婚了。

我说：只要幸福，也好。

秋燕说：幸福什么！两年，过了不到两年，就离婚了。

我问：为什么？

秋燕迟疑着，说：谁知道呢。

过了一会儿，秋燕说：我想起来了。有一次，梅村跑到我这里，哭着说：实在是过不下去了。他整天就像审贼一样，隔上一段就审一次，审我跟那诗人在五里岗的事……我都告诉他了，他还不依。

我说：后来呢？后来她又到哪里去了？

秋燕说：听说，她离婚后，又嫁了一个画家。

我默然。

为了打听到梅村的下落，我硬着头皮，又去见了那个姓徐的。

我们是约在一个茶馆里见面的。省城现在也兴起喝茶的风气了。在这里，所谓喝茶，其实是一种消闲或交流的方式，真正来这里喝茶的并不多。茶在这里是一种媒介，人们大多是来这里打牌、谈生意或是约会的。这里装修豪华，情调雅致，氛围好。如今喝茶也成了一种时髦，或者说是一个时期的风尚。

这姓徐的，我侧面打听过他的情况。他叫徐延军。徐延军原是省政府的一个干部子弟，他父亲曾经是一个要害部门的厅级干部。所以徐延军曾有过一段要风有风、要雨得雨的日子。他曾经先后换过三个单位，父亲还有权的时候，想调哪儿就调哪儿。他先是在报社，后又在电视台。再后，又调到了一家进出口公司。那几年，对外贸易搞活了，他也下海做过一个公司的经理。再后来，赶上了国营单位转企改制，国营公司成了一个没娘的孩子，渐渐争不过私营企业，公司做着做着也垮掉了。自从他的父亲退下来后，日子每况愈下。

当这个人走进来的时候，穿着一身休闲装，夹着一个包，看上去懒洋洋的。从神情上看，依稀还能辨出当年眉清目秀的过去，他曾经是一个很帅气的小伙。可他现在一切都往横处发展了，头也秃了顶，挺着一个啤酒肚儿，人显得臃肿、虚胖。看样子，架势虽还在，内里却垮下来了。

我是通过小乔联系上他的。所以，最初的时候，他显得很热情，进门就先递上了一个名片（一看就知道是"皮包公司"的路子）。他说：吴总，你是大公司，多多关照。

我们坐下来，喝着茶。当我提到梅村的时候，他一下子变得很警惕，说：你、你找她干什么？

我说：听说她外语不错，我们公司需要翻译。

徐延军脱口说：千万别找她。那是个烂人。

我问：怎么……

徐延军语无伦次地说：这女人，作风不好。跟人胡搞八搞的……一个烂货。

我望着他，很想朝他脸上狠狠地揍一拳！这是什么样的男人哪？对当初拼命追过的一个女人，怎么能这样说呢？

我说：你……听谁说的？

开初，徐延军的语气里还有些玩世不恭，他说：实话告诉你，我是她前夫。那是我玩过的。那会儿，我追了她整整四年，结婚之后，她仍然……很不像话。接下去，他心里的恨一下子溢出来了，咬牙切齿地说：真是一个贱货！我对她够好了。她要啥我给啥，可她仍不满足，背着我，跟人勾勾搭搭的。

看他一眼，我就可以断定，他早年条件优越，也曾经是个好孩子……可他现在，人到了中年，失去了父辈的庇护，就想破罐破摔了。言语里充满了恨意。可他已经没有时间、或者说是没有条件变坏了。他只是嘴坏。

我默默地坐在那里，一时心潮起伏，不知该从何谈起。是啊，梅村曾跟过这样的一个男人……梅村，你值得吗？

没想到，说着说着，不知触动了哪根神经，徐延军竟然掉泪了。他说：……那些年，我经常出国，每次从国外回来，都给她带礼物。那时候，我们家什么样的电器都不缺，全是进口的。去日本，我给她带"资生堂"的化妆品。去俄罗斯，我给她带黑海的鱼子酱。去美国，我省吃俭用（那一个月净吃方便面了），在纽约的明星大道上给她买一LV的女式坤包……可以说，我没有对不起她的地方。

我说：那她究竟想要什么？

徐延军突然说：有啤酒吗？来罐啤酒。我只喝"青岛"。

我招了一下手，服务员上了啤酒……他把啤酒打开，咕咕咚咚地喝了下去，接连喝了两罐啤酒后，说：对女人，就像养鱼。热带鱼。水温要讲究，空气也要讲究，鱼食更要讲究，哪一点做不到，就会死鱼。你明白了吧？可是，你看，黄河里的鱼，或是小河沟里的鱼，就没那么多穷讲究，只要有水，它就能活……比如我现在娶这个女人，你一天打她三顿，她也不会跑的。

在徐延军面前摆了六个空啤酒罐之后……他仍耿耿于怀地说：那女人，烂人。她明明不是处女。她早就不是处女了。早年，她还被她继父强奸过……她一直隐瞒，这还是我审她审出来的。先前，她还老在我面前装样子，装清高呢。一天到晚要你哄，其实都是装的。出了门就不一样了，出了门打扮得花枝招展的，那是去勾人呢。她用眼勾人。你绝对想不到，她竟然跟一个奇丑无比的人一块混。跟一个"龅牙"在一块混，那"龅牙"家里竟还是有老婆的……这也是我侦察出来的。想起来我就气不打一处来，什么人哪！

徐延军还说：我说她贱，是有原因的。你知道她睡觉什么姿势吗？她得抱着东西才能睡着。夜里睡觉，她老是抱着我的一只胳膊，胳膊都给我抱麻了。不然，她睡不着。要是哪一天夜里，她怀里没抱东西，她会揪着床单，死揪，能把整个床单揪成一团……还有呢，她是为了那两千六百块钱才跟我结婚的。她跟人胡混，在城中村租了个房，跟人同居。谁知两人胡搞八搞的，床都搞翻了。半夜里一下子失火了，那男人被扣住了。还说是诗人，屁。那就是个大流氓！……她是没有办法，走投无路，才来找我的。

我说：那你……

徐延军说：我让她写了保证书。她是给我写过保证书的。那保证书我现在还放着……结果，她还是跟人跑了。

我问：跟谁跑了？

徐延军说：画家。一个画家。

我不想听他再说下去了。我问：梅村，她现在……在哪儿？

徐延军说：那就不知道了。离婚的时候，她说什么都不要，净身出户。说是一分钱不要，可还是偷偷地把存折带走了。

我说：你跟她再没见过面？

徐延军说：没有。

临分手时，徐延军给我递了一张名片，他说：吴总，我现在办了个影视公司。要拍宣传方面的片子，你可以找我。

我点了点头。

徐延军走到门口，又回过头，说：对了，那画家姓严……你要是见了梅村，替我捎个话，她要是走投无路了，还可以回来。

我愣愣地望着他，说：你不是……

徐延军说：离了。刚离。没意思。

在北京，我又找到了那位姓严的画家。

这位画家在京城已很有些名气了，他的笔名叫：雁九天（似有"揽月"之意）。

在他的画室里，画家雁九天嘴里叼着一个大号的烟斗，坐在题有"康熙年款"的一把清朝的花梨木椅子上，这就是派头了。即使是在首都北京，能坐得起这种古董椅子的人也不多。

雁九天的画室里挂满了油画，那都是他的作品。最吸引人的，当是那幅裸女图。在红色天鹅绒的卧榻上，半躺半靠地坐着一个身材修长的裸女……我一看就知道，这是以梅村为模特的作品。雁九天手持雪茄，说：这幅画，他们出价三百万，我没卖。

看着这幅油画，我愣了很久……

后来，一听说我要买画，雁九天的话匣子就打开了，侃侃而谈。

雁九天说，画上的这个女人，最早，我是在火车上认识她的。我最先看中的，是她那双手。她的手长得太好了。我迷恋她那双手。在火车上，我对她说：我能看看你这双手吗？她下意识地缩了回去。我说，我是北京画院的，是个画家。没有恶意。此后，她才慢慢地、略带羞涩地重新把手放在了桌上。我不客气地端起她的手，看了很久。她的十个指头像葱白儿一样，长得干净、匀称。我问她：你是弹钢琴的吗？她笑了，笑着摇摇头。她手上没有一点点瑕疵，指甲油亮，掌纹的脉络清晰，白里透着红，手背上的亮光像是镀了一层釉似的，肉肉的，握上去软软、弹弹的，生动而富有质感。我掏出随身携带的草稿本，当即把它画了下来，拿给她看。她笑了。雁九天说：这是艺术。

雁九天说，等她站起来的时候，我突然发现，她不光是手好。她身材修长，腰好，臀好，是天生的画本……我说：你愿意做模特吗？她摇了摇头。我又说，这样，你把地址留给我，也许，我路过的时候，会去找你。我看她迟疑了一下，有拒绝的意思。我说，我真的没有恶意。就这样，临下车前，她把地址留下了。

雁九天说，回到北京后，大约有一个多月的时间，我眼前总晃动着那双手。她的手真好……我觉得是灵感来了。一想到她，我手都是抖的，真的，我心中有一种不可遏制的创作冲动。于是，我买了张机票，找她去了。到了这时候，我才知道，她已经结婚了。可她的婚姻不幸福，当时我从她眼睛里就看出来了。她不幸福。

雁九天说，那天，我把她约到了宾馆里。我们两人在西餐厅要个雅座，面对面坐着。旁边有人在弹钢琴，小施特劳斯的《蓝色多瑙河》，氛围很好。可这一次，她却显得很沉默。她一言不发，就那么静静地坐着。当时，我望着她，一下子就迷上她了。

她一言不发的时候，有一种高贵的、梦幻般的感觉，很端庄，很忧郁，很美，像诗一样。我告诉她，我想以她为模特，创作一幅画。她笑了，她的笑带一点苦意。我说，真的。我真的需要人帮忙，创作一幅画。这幅画的名字叫"春天"。你别介意，我不画别的地方，就画你的手。她微微地笑了一下，说：我知道，给你们画家当模特，都是要脱光了画的。我再三向她保证，我只画手，就画她那双玉手。绝没有别的意思，绝不会伤害她。我还说，如果你需要钱，我可以给钱。没想到，她说：我不要你的钱。我要是答应了，一分钱不要。你让我考虑考虑。

雁九天说：我在那座城市里待了三天，一共跟她见了三次面。每次见面，我们都谈得很好，她喜欢文学艺术，我就跟她谈文学、谈艺术。我给她聊文艺复兴，讲凡·高，讲毕加索、罗丹，讲莎士比亚，讲达·芬奇、高更、列宾、马蒂斯、丢勒……每当我讲到她笑了的时候，就有一个男人出现了。那人是她的丈夫。她丈夫悄悄地跟踪她，每次都大煞风景。有一天，她丈夫带着两个小伙子冲进来，说要揍我，说我勾引他老婆……后来我一看不行，就主动退出了。可我还是给她留了地址、电话。

雁九天说，其实，那时候，我已经迷上她了。我不但喜欢她的形体，我还喜欢她的声音。她说话声音不大，甜甜的，富有磁性。我曾问过她，我说：你是南方人吧？她说，她母亲是南方人，嫁到了北方。我后来忍不住又去了。我一共偷偷地去见了她五次。那时候我把她看成了女神。真的，我把她当成了心目中的女神……到了最后一次，她仍然没有答应我，她还在犹豫。最后我说：我看你不幸福……她说：是吗？我说：我看你很挣扎。你这样生活有意思吗？她说：怎么才有意思？我说：你愿意不愿意到北京来？你要是想离开这座城市，我可以帮忙。她没有说话。她只是沉默着。

雁九天说，没想到，半个月后，她来了。她一个人，进了我的画室。而后，她默默地脱光了衣服，说：你画吧。

雁九天说：她脱光衣服的时候，实在是太美了。美得让人战栗。我看她都看呆了……于是，我改了思路，我决定画一幅大画，题目开始叫"凝视"，后又改了名。我坦白地说，艺术的母体就是女性，艺术就是要女人来滋养的……这幅画，是我多年心血的结晶。

雁九天说：最初，我只是想让她给我当模特……后来，她告诉我，她丈夫天天审她，像审贼一样。她实在是不堪忍受，离婚了。这时候，我也只是同情她的遭遇。再后嘛，应该说是我雁九天迷上了她。她的美丽使我陶醉。我痴心于她的形体曲线美，我们就……结婚了。坦白地说，我雁九天完全是为了艺术，为了完成这幅画，才跟她结婚的。当时，婚结得很草率。男人嘛，是吧？初稿，我画她就画了六个月……这幅画几经修改，几乎用了我整整五年的时间才完成，画的名字现在叫"秋天"。

雁九天说，我这个模特，她来北京不到四个月，肚子就显出来了。很明显，我敢肯定，这不是我的孩子。可我并没有嫌弃她，我还是让她把孩子生下来了……那时候，我已经打算给她办户口了，我得办两个人的户口。你知道，进京的指标是很难办的。为给她办户口，我的画，都送出去好几张了……那时候，我正画她呢，没话说。再后来，没想到，反而是她开始干涉我了。我一个画家，当然要用各样模特。一个画家，一个大画家，怎么能没有女人？没有模特呢？可她竟然不让别的模特进门，她说：你画我。我还不够你画吗？这叫什么话？我是个画家，总不能只用一个模特吧。总之，我们开始有矛盾了。矛盾越来越深……再后来，她一个人带着孩子，跑了。

雁九天说，我承认，我迷过她很长一段时间。可人，尤其是女人，不能走得太近，一旦走近了，就会产生离心力，各种毛病都显现出来了……后来，离婚的时候，她闹得一塌糊涂，很不像话，完全像个泼妇。说到感情，她把我写给她的信，一共三十二封，当作证据，在法院上当众拿出来，要挟我。她还对法院的人说，我曾经跪在她的面前……我那是跪她吗？笑话，我那是拜倒在了"美神"的面前。是我对艺术的崇拜，是对形体美的顶礼。现在她身上已经没有这种"美"了。哼，她是看我这两年画卖得好……她说她要孩子的抚养费，一下子给我算了一百多万。呸，你想我会给她吗？我一分钱都不会给她。当着法官的面，我说，要抚养费是吧？我给，我可以给。可有一条，他必须是我的孩子。只要是我的孩子，你要多少，我给多少。去做 DNA 吧。

雁九天说，那时候，就这一条。我就提了这一条，一下子就把她治住了。她坚持不做 DNA，也不提要钱的事了。她说，是为了孩子，她怕伤了孩子……呸，她是怕到时候，一旦 DNA 结果出来，伤了她自己。她堕落了。一个女人，一旦堕落，是很可怕的。有一段时间，她就像小母狼一样，天天夜里给我打电话，又哭又闹，闹得我一点灵感也没有了。她是一计不成，又生一计。后来她又说她什么都不要了，就要这幅画。你想，我会给她吗？这是我的创作，是我五年的心血，是艺术品！我会给她吗？再后来，我想了想，还真有点同情她……可等我再打电话时，已经找不到她了。

雁九天的话，就像是针，一根一根地扎在我的心上！我不知道该说什么，我无话可说。

临走的时候，有两个人进了雁九天的画室……就在这时，雁九天突然站起身，高声说：你一直在看我这幅画。我知道你喜欢这幅画。可我不卖。别说一百万，笑话。五百万一千万也不卖。走吧，你可以走了。

我愣了一下。顿时，我明白了，那两个人是来买画的……这是商人的伎俩。一个著名的画家，也成了商人了。其实，我跟人打听过，五年前，仅仅是四五年前，他雁九天的画，一千块钱一幅，他也是卖过的。现在，他狮子大张口，敢说一千万了。

我忍不住笑了。雁九天不知道，厚朴堂上市后，我的身价一亿六，我完全可以把这幅画买下来。可这种人，算了。

看我笑了，雁九天有些不自然。他故意仰着脸，傲慢地说：艺术是无价的。

在寻找梅村的日子里，我带着的玫瑰，九十九朵阿比西尼亚玫瑰，一朵一朵枯萎了。

花瓣儿在一天天变黑……到了最后，那九十九朵玫瑰，光剩下枝了。

说实话，我很失望。我知道，我再也找不到过去的那个梅村了。梅村在我的心目中正在一天天远去……不知道为什么，到了最后，我只是希望能见她一面，仅此而已。

在一个时期里，当一个人迷茫的时候，会做许多荒唐的事情。

我说过，我曾经堕落。在寻找梅村的那些日子里，一天晚上，百无聊赖之际，我独自一人，阴差阳错，走进了一家歌厅。在这家霓虹灯闪烁的歌厅里，在一个服务生的引领下，我上了铺着红地毯的二楼。在二楼转过一个弯，服务生把我领到了一个大玻璃窗前，我一下子就傻了。那是一个巨大的玻璃窗面，窗面后是一个很大的四面都挂满了镜子的房间，在这么一个挂有巨大镜面的房间里，我一下子看到了上百个姑娘。全是穿超短裙、露着肚脐的姑娘。每个姑娘腰间挂着一个号牌……服务生托着一个盘子，盘子里有一堆塑料做的小白牌，白牌上写有号码，服务生说：先生，你点一个。

当时，我迟疑了一下，在众多的姑娘面前，我点了一个身材、模样看上去有点像梅村的姑娘。服务生拉开玻璃门，喊一声：12号，梅花，跟客人走……当她跟我走进KTV包间之后，我又一次问了她的名字。我说：你叫什么？

她说：梅花。我叫梅花。

我说：是梅村？

她说：梅花。梅花的梅。

我说：你个子挺高的，哪里人？

她说：北边。

我说：北边什么地方？

她说：不就玩玩嘛，查户口呢？

我哑口。

她看了我一眼，说：黑龙江的。

我说：东北人？

她笑了，说：是，东北那疙瘩的。

片刻，我说：你是叫……梅村吧？

她说：梅花。

我说：就叫梅村吧。

她说：梅花。先生，你耳朵有问题？

我说：梅村。

说着，我从兜里掏出一沓百元票，一张一张地往桌上放，放到第五张时，她看了我一眼，说：好。梅村就梅村。这名儿不好，晦气。

我叫道：梅村。——叫她"梅村"，其实，我心里并不舒服。

她说：哥哥，叫我呢？

我又叫了一声：梅村。

她大声应着，说：哎！哥哥，好哥哥，我是梅村。我就是梅村。

一时，我心里百感交集……脱口说：你整过容吧？

她一惊，说：你怎么知道？

我默默地望着她，我总觉得她的五官有什么地方不对劲……可我，只是一种感觉，一种说不出来的不舒服。

可突然间，她的声音低下来了，她说：哥哥，你别嫌弃我，我命不好。

我问：怎么不好了？

她说：小时候，月子娃娃的时候，我才一个多月大，娘下地干活了。屋棚上掉下一只老鼠，老鼠把我的鼻子尖给啃了……后来，又过了两个月，娘又出门了，在院子里铺了张席，我在席上躺着。你猜，猪，我们家的猪，从圈里蹿出来，又把我的耳朵给咬了……你说，我怎么这么倒霉呀？！

我很惊讶，一个女孩子，怎么会有这样的遭遇？凭什么连老鼠都欺负她？还有猪，猪也欺她……一个人两次遇难，如果不是命运，那又是什么？

她说：我从小发奋读书，就想着有一天挣了钱，可以整整容。我九岁时，发烧后鼻子淌水，娘把我送到了县里的医院，听县医院的大夫说，鼻子、耳朵都可以做整容手术，只有北京可以做。从此，我记下了……我大学毕业出来做这个，也是为了整容。不瞒你，我已经整过三次了。还要再做三次。医生说，再做三次，就可以做出一个最美的脸……人不能没有脸吧？

于是，整个晚上，我都跟"梅村"在一起……

"梅村"说：哥哥，咱这儿有洋酒，法国的，一千六一瓶，你要吗？"梅村"说：哥哥，我渴了，上一果盘吧？这个便宜，八十。要不，来盒"牵手"，纯果汁，飞机上才卖的，一百六。"梅村"说：哥哥，要不来啤的，"青岛"还是"嘉士伯"，要不，"蓝带"？"梅村"说：哥哥，你怎么老坐着，不跳舞呢？起来，跳一个。跳一曲翻一个红牌（五十）。我知道哥哥是大老板，不差这点钱……"梅村"说：哥哥，你不唱也不跳，这么老坐着，啥意思吗？起来，起来嘛哥哥……哥哥，是要我出台吗？我可是大学生，一般不出台，出台就贵了。

我真是欲哭无泪。此"梅村"非彼梅村，我不再叫她梅村了。她不是梅村……她只是一个为整容而拼命挣钱的女孩。可她不是坏人。

也许是包房装修的缘故，也许是在她大力推销下我喝了两罐啤酒的缘故，我坐在包房的沙发上，只觉得头有些晕，空气里弥漫着一种塑料的气味。包间是新装修的，墙纸是塑料的，茶桌是塑料的，沙发布是塑料（纤维丝）的，吊灯是塑料的，电视机是塑料的……那味道漫散在空气里，很难闻。这是一个塑料化的时代，人、衣、食、物，全塑料化了。我突然忍不住想笑。

"梅村"说：哥哥，你不是笑我吧？

我也不知道笑什么，只是想笑。

"梅村"说：你别看我的鼻子。我鼻子不歪吧？我鼻子里镶了个托，进口玻璃钢的，不大，一点点儿……过一段，再做个小手术，就去掉了。

我大笑。

"梅村"说：你还笑？还笑？

我仍在笑，眼里的泪都笑出来了。

"梅村"说：哥哥，你是想梅村了吧？我就是梅村。我是梅村哪。——小妹妹坐船头，哥哥在岸上走……

我站起身来，说：别唱了。你不是梅村。

后来，当我几近绝望的时候，机缘巧合，我找到了梅村的三本日记。

据说，梅村出国了。临出国前，她的一些东西放在一个朋友那里托管……在这三本日记里，梅村详细地记述了她的心路历程。就此，我挑出十二篇，不做任何评价，展现给你：

五月七日

W课上得真好，整个梯形教室里坐满了人。他引用林肯的话："人生最美好的东西，就是他同别人的友谊。""我要站在所有正确人的那一边，正确的时候和他们在一起，错误的时候离开他们。"

……我知道他是在看我。他站在梯形教室的讲台上，目光很忧郁。他的目光里有一种说不出来的东西。就像我小时候那样。就是那样的：带着一种渴望，一种胆怯，一种好奇，一种犯罪感……还有矜持。

九月十六日

W在操场上跑步。

我已忖了好多次了。他是个很勤奋的人。围着操场跑一圈四百米，他的脚步在拐过弯来的时候，就慢下来了，节奏慢下来了，一踏一踏的，像是要探寻什么，像是要寻人说话……最慢的一节，是快要到寝室门口方向的时候，就是这时候，他几乎就要停下来了。可他没有停，只是顿了一下。我能感觉出来。他是在看我吗？

半夜里，睡梦中，寝室的门突然响了……我们六个人都醒了，一个个都说：谁，谁呀？可没人应。脚步声，咚咚的脚步声，跑去了。我知道是他。只有我知道，肯定是他。

我在去饭厅的路上碰上他好几次，他装着若无其事的样子……那样子很好笑。我跟他打招呼的时候，他有些讪讪的。我不会揭穿他。我有点心疼他了。

我喜欢听他说话。他把他读过的每一本书说给我听……他的记忆力真好。他说"田中角荣"、说"西西弗斯"、说"蓬皮杜"、说"艾森豪威尔"、说"罗斯福"、说"阿喀琉斯"、说"尼克松"、说《尤利西斯》里的"布卢姆"，他说的时候微微地仰一下头，很愁的样子，像是在沉思。

两个人，就那么坐着，说一说书，说一说书上写的人和事，多好。

十月二十一日

W就要走了。

他在临走前，给我讲了他的乡村，他的童年……那种无助感，一下子打动了我。我也恐惧过。我知道人恐惧的时候，是什么样子。他让我想起了我的童年，在黑夜里，当一个黑影儿向你扑来的时候，那黑影儿就像是一只突如其来的大鸟，一个喘着粗气的大鸟把我整个覆盖了，我真的好害怕……那时候，我紧咬着牙，一声不吭。母亲就在隔壁的房间里，可我不敢叫她。那时候，我就像是一个叫天天不应的婴儿。

他说，他曾经对着一块烤热的砖头说：妈，暖暖我……听着真叫人心疼。

这句话，就是这句话，让我夜不能寐。我睁着两只眼睛，一晚上都在想着这句话……我真的是被他打动了。半夜里，我从床上爬起来，在操场上走了很长一段时间。我想，就让我暖暖他吧。让我用身子暖暖他。我的身子不干净了，我的心是干净的。

也就是这晚，他说，让我等他。他回来的时候，要送我阿比西尼亚玫瑰……

这像是个梦。世上真有这种玫瑰吗？

……

一月十六日

下雪了。小雪。

K来了。K从大西北来，顶着一头雪……

有很多人问我，你怎么会喜欢他呢？这么丑的一个人，你怎么就偏偏喜欢他呢？我答不出来。他是个诗人。原是学考古的，可他读着读着，眼看就要毕业的时候，毅然罢学不上，"读"黄河去了。他告诉我：黄河是一本大书！一个诗人，只有诗人，才会有这样的气魄。我们两人是在黄河边上认识的。那时候，他一个人背着行囊，餐风饮露，长发披肩，像个野人似的，正徒步走黄河……其实，我不在乎他的相貌，是他的意志，他的诗情，征服了我。我甚至不怎么看他，或者说不敢看他，每当我注视他的时候，我都会心痛。他的笔名"苦水"，这样的笔名，我还是第一次听说。他目光里有一种让人心碎的东西。还有他眉头上的那条刀痕，没人相信，那条刀痕也是我喜欢他的理由。真的，那是一种说不出来的忧郁、苍凉还有疼痛。他就像镜子一样，能照出我内心的一些东西。还有，他献给我的那一百首情诗，如那首："一见到你／我的心就匍匐在地／低到了尘埃里／在尘埃里结出诗的果实／奉献给我亲爱的人……"如"屋里没人了／唯有黄昏／你会在门口出现／身穿素雅的白衣／仿佛为你织就衣料的／就是那漫天的飞絮"……真好!

另外，K身上有一种气味。是什么我说不清楚，可每逢我跟他在一起的时候，就觉得很平静，很舒服，很坦然。这是我多年来从没遇到过的……一个人跟一个人在一起，他身上有一种气味，能让你着迷的气味，那是他的汗味。很奇怪，在他面前，一闻到这么一股味的时候，就有了哭过之后的那种感觉，这是一种可以在他怀里做梦的感觉。和他在一起时，心里会疼。奇怪的是，正是这种疼，会让人平静。我可以像小猫小狗一样，偎在他的怀抱里，听着他的诗歌打盹……在童年里，我就是在疼痛中睡去的。

……

二月一日

最终，我跟K分手了。

分手，也是一种解脱……当然，先是他欺骗了我（有人告诉我，他的诗作竟然有一大半是抄袭外国人的。开初，我不信。当有人把证据摆在我面前，我拿着诗集当面质问他时，他说，这不是抄袭，是爱的见证)，这是我不能原谅的。这就是我们两人分手的原因。

而后，我不得不承认，是我又伤害了他。

因为我，X追到了兰州，去那家诗刊社告了他，把K好不容易得到的编辑工作给告掉了。他被单位辞退了……这样去伤害人家，非我本愿。我恨自己，我怎么是这样一个人呢？

我本期望着找一个我爱的人，一个靠在他的肩膀上，能说一说知心话的人……可我有什么办法？

X整整追了我四年。有时候想想，他也不容易呢。想想，四年里，他打了多少电话，送了多少次玫瑰，记不清了……那电话铃声，我原本是很讨厌的。可一天天，一月月，一年年，有人不停地给你打电话，有人时时刻刻地记挂着你，你还要怎样？你还能怎样？他送我的BP机，不时会"滴"一声，就像是裤腰上拴了个人一样……你烦它。你烦那"滴滴滴"的声音，可是，当你需要它的时候，当你无助的时候，那声音真的起作用。听多了，就有了亲切感了。走在路上，"滴"一声，你心里会很安定。况且，现在你连个落脚点都没有，家里又出了状况，那样子……也只好这样了。

不这样还能怎样？至少，他是爱我的。

六月三日

我有点过不下去了。结婚才一个多月，我们就开始吵架了。

X 说他爱我。他不能没有我。可是，每到半夜时，他都会把我叫醒，把我从床上拉起来，脸对脸，审我。

我在他眼里成了一个"东西"。成了他衣兜里的一件"东西"。按他的说法：是淫贼惦着的一种"东西"。他不停地追问我跟 K 在一起时的情况，每一个细节他都问得很细……这叫人痛不欲生。其实，我早就告诉他了，我的一切，都告诉他了。可他还不依不饶的。这日子，我真是过不下去了。

有一天夜里，睡着睡着，他突然说：你等着，我安全局有一朋友，听说他那里新进了一台测谎仪。我准备借来用一用。我睡得迷迷糊糊的，惊出了一身冷汗！我问：干什么？他说：测测你。看你到底说的是不是假话。他又说：怕了吧？你等着吧。要不，你该交代的，赶快老实交代。省得到时候被动。这可是现代化的仪器，你藏不住的。我一下子就醒了，说：我交代什么呀？他说：你自己知道。我说：不都给你说了么？他说：没说清楚。你肯定有隐瞒。坦白从宽的道理，你总该知道吧？我说：求求你，别再逼我了。你要再逼我，我就从这楼上跳下去了。他怔了一下，说：你跳。我看着你跳。可是，我真的是万念俱灰！

生命册

▲

我一跃而起时，他又扑上来，抱着我，跪在地上，吻我的脚趾……反复道歉说：他对天发誓，保证再不这样了。

可是，过不了两天，他一切如旧。

天天这样熬，我实在是受不了了。我要求跟他分床睡，他坚决不答应……遇上这么个人，还怎么活呢？

……

三月一日

我在火车上遇上了Y。

Y是个画家。温文尔雅。说我的手好，他想画我的手……不知为什么，稀里糊涂的，就把地址留给了他。我也说不清楚。人，有时候，真说不清楚。也许我是个坏女人。就像X说的那样。

一星期后，Y来了，就住在宾馆里。接了他的电话，我突然有一种冲动，想哭，就像是遇上了亲人一样。我跟Y根本不认识，仅在火车上见过一面。可是，就觉得他是亲人，就有亲人的感觉。怎么能这样呢？我还没离婚呢，我是什么样的人哪？

在西餐厅见面的时候，Y很绅士地、周到地把座位给我拉开，待我坐下后，他才重新坐下。周围有音乐，曼妙的音乐，氛围很好。Y说，他要创作一幅画，要我当他的模特。他一直不停地赞美我。他说：美是一种艺术。美是全人类的……我有些恍惚。

三月八日

仅仅隔了一个星期，Y又来了。

我就像一个地下工作者似的，悄悄地去见他。我也恨自己，我是不是很无耻？

这次见面，他跟我讲了很多关于美术界的一些知识，听来很新鲜……

Y说：毕加索早期的画是偏蓝的，是那种淡蓝，有童气的蓝，立体的蓝，就像他心灵里升起了一轮蓝色的月亮。那时候，他心里有爱。你知道吗，爱是一种能力……后来他成了印象派的鼻祖，那蓝就不是蓝了，那是蓝色的血，有愤怒在里边。后来他的画风不断地变化，他的画已经让人读不懂了，他把生命切割成一块一块的，试图想凸现一种荒诞的印象，或者说是感觉，他画的是感觉。

Y说：凡·高跟他不同。这与性格有关，凡·高的画暴烈。凡·高也是印象派画家，但凡·高心里全是悲怆和欲望，他心里有垒积。比如蓝，他也画蓝，光线极为明亮，他的《鸢尾花》蓝得很极致，让人窒息。他的画越来越浓烈，大块大块的色团，疯狂的色团，就那株《向日葵》开得像火焰一样，就要燃尽的火焰，是最后的明亮。一个人要把自己燃尽的时候，才会有这样的情绪。所以他后来疯了，割了自己的一只耳朵。

Y说：在这个世界上，画手画得最好的是丢勒。丢勒的《祈祷的手》，让人战栗。这里还有一个真实的、极生动的故事。丢勒原是画版画的，雕工极好，他画的手，天下第一。手上的每一根筋，每一条血管都是活的，你可以感觉到青筋暴凸的血管里流淌着的热血，那是一双劳动的手，伤痕累累的手……那手会说话。

Y说：我想画你的手。我要画你的手，这是一双美手，是美的极致。我闭上眼睛的时候，就想起你这双手，纹路是那样的细腻，那样的丰满，连泛青色的血管都是鲜艳的，指甲亮着红润。我还要在画里加上中国画写意的成分，因为你每一根手指都是诗，或者是琴，是音乐，发出美的呼唤，这是上苍的杰作，我必须让它留下来……这是我的责任。你一定要答应我。我祈求你答应我吧。

我实在是不想承认，可自从这次见了面之后，我真的是被他征服了。我就迷上他了。我对自己说，也许这就是你一生一世要找的人。我找到他了。

七月九日

今天，我又收到了Y的信。

这年月，写信的人已经很少了。用小楷毛笔写信的人更少。Y的信写在印有红竖格格的宣纸上，有一股墨的清香……信是不能放在家里的，放在家里就成了我的罪证了。我只能把它暂时存放在小雪家……每次都要跑到小雪那里去看信。小雪人好，她给了我一把收藏爱情的钥匙。

我数了数他寄来的信，已经有三十封了。他每封信里，都有很炽热的句子。他说：来吧。在一个笼子里关着，花会萎的。人活一世，让美尽情开放吧。

他在信里说：每个人都有选择生活方式的权利。

他在信里说：我会让后人记住你的。能给后人留下一幅美人的画，那就是永生。

在每封信的结尾，他都会画一个燕子，燕子嘴里衔着一个桃形的心……

到了该下决心的时候了。

十一月七日

在Y的画室里，我愿意为他的艺术献身……

可是，他画着画着，突然抱住了我。他说，他要体验一下。他是用舌头体验的，他用他的舌头把我全身舔了一遍，我仿佛又回到了童年时代……那一刻，我说不清楚是什么感觉。也许，最初时，我有些怕，有些慌乱，可后来，我受不了了。我说，是我自己说的：你要了我吧。

就这样，在他的画室里待了三天后，我就成了他的人。他说他爱我。我是他的人了。

这是我愿意的。我还是有些怕。我怕我再一次成为……"东西"。

可是……我怀孕了。

八月四日

我想，我终于可以安定下来了。我终于找到了一个我喜欢他、他也喜欢我的男人。我愿意让他画我。就像他说的那样，我愿意化成水彩，来滋润他的画笔……而后，跟他好好过日子，给他洗衣、做饭、生孩子……我们的孩子就要生下来了。

可是……

可是……

可是……

二月七日

这是爱吗？这……就是爱情？我不能再忍了，我再也忍不下去了。

一个艺术家，一个终日大谈良知、悲悯的人，为什么这么仇恨一个孩子？

我已经多次发现，半夜里，他一个人从床上爬起来，偷偷地去看孩子，一看就是几个钟头。他拿着一只手电筒，当孩子睡着的时候，用手电筒照着孩子的脸，扒着头发看了又看，他说，他头上有两个旋儿，他家男人辈辈头上都有两个旋儿，可这孩子头上没有旋儿。他说他看了，这孩子头上一个旋儿也没有……而后，他就断定，这不是他的孩子。

我发现，他一个艺术家，竟然偷偷地掐孩子……他心理这么阴暗，心胸这么狭窄，这日子还怎么过？！
……

看过了这些日记之后，你说，这还是我心目中的那个梅村吗？

可我，还是想见她一面。不亲眼看到她，我是不会死心的。我甚至想，假如上天有眼，也该让我们见一面。你说是不是？

我说过，我原是不信命的。

早些年，无论在生活里遇到了何种挫折，我从不相信那些命相之类的东西，也从不找人算卦。那时候，我认为：假如命是天定的，那就是说，一切后来的努力都是徒劳的。你只有认命了，还算什么呢？从另一个意义上说，假如命不是天定的，那你就该做什么做什么，好好努力就是了。也不用算。

我还认为，所谓的"命相说"，其实是对人的一种麻醉。每一个去看命的人，或多或少都抱有一种侥幸心理。比如说，你找人算命，假如算得好了，你会暗自得意。算得不好，你会黯然神伤。这都会影响到一个人的情绪。所以，我认为：不管命是不是天定的，都不必去算。你算的不是命，是一种生活态度。

我是学历史的。在大学里，也曾读了一点这方面的书，比如《易经》之类。于是就更坚定了自己的看法。我曾经跟人辩论说：你看，《易经》的易理上讲的是"变量"。它的大意是：大千世界，人间万物，都是在变化之中的，是包含着多种可能性的，结论是"或然"的。既然《易经》讲的是变化，是"或然论"，而所谓的"命相说"定然是要给人讲前定、讲"恒量"的。那么，"恒量"何来？所以，我不信命。

后来，我又有些犹疑。

不错，《易经》这本书，虽然在易理上讲的是"变化"，它的结论应该是"或然"的，是有多种可能性的……但是，事物或者说物质在外力的作用下，在千变万化之中，当某一种因素（或倾向）逐渐成长为主要因素的时候，我们所需要的"恒量"，是不是就会出现呢？

当然，这是唯心的。

可怕的是，这种唯心的东西，曾经在一个历史时期里被判了死刑的东西，在当今多元化的时代里，它又重新复活了。它开始从地下走上了街头，逐渐地，社会生活又重新被一种神秘主义笼罩，一直在广阔的社会生活底层流行着，有着极为丰饶的空间和土壤……你信或不信，都不要紧。它是一种文化上的存在。

我曾经给你说过，在我的家乡，曾经有一位怪人。他叫梁五方，告了一辈子状。可到了晚年，阴差阳错，他居然成了一位"算命先生"。早些年，我在北京碰上他的时候，曾见他在火车站追着一位白领女性要给人家算命，被人拒绝了……显得很狼狈的样子。可当我再次见到他的时候，有那么一刻，却突然想请他给算一算了。

我知道，这是一念之差。其实，我不信他……可是，在寻找梅村的那些日子里，在我最苦闷的时候，当我在省城再次碰上梁五方那一刻，我一时心血来潮，专门又请他吃了顿饭。饭后，我随口说：五叔，你也给我掐掐？

梁五方喝了两口小酒，眯着眼睛，说：报上八字来。

他所说的"八字"，我是略知道一点的，那指的是一个人出生的年、月、日、时。当时，我愣了一下。那时候，我对骆驼的做法已经不放心了。我觉得他野心太大……客观地说，当时我也是百无聊赖，抱着试一试的态度。对命相说，我仍然心存疑虑。于是，我报出的不是我的生辰，是"骆驼"的。

不料，梁五方说了一句话，立时让我目瞪口呆！他说：这不是你的八字。这人火大，躁。而且命犯桃花，情感漂移。

我很吃惊。可以说，在此之前，我一直是轻看他的。我甚至……可就是这么一句话，就像是子弹一样，一下子就射中了我。我再次看着他，他老眼昏花，眼眨巴眨巴的，目光很浑浊。难道说：一个人，当他目光浑浊的时候，才能洞明一些东西吗？

我说：五叔，就这个人，你好好看看。

梁五方嘴里念念有词地掐算了一阵……说：不用看。此人满盘皆火。性躁。烧起来不得了。可这个人，后势不好。赶紧地，赶紧离开他吧。

我有些怀疑。我问：怎么就……后势不好呢？

梁五方说：此人有一灾。大灾。怕是躲不过去了。

此时此刻，我脱口而出。我说：你再给我掐掐……于是，我即刻报了出生的年月日。

梁五方想了一阵，说：你是寅时生的？

我说：我也记不得了。好像，听老姑父说……

梁五方说：是。我还记着呢，五更天，是寅时生的。

接着，他说：丢啊。你跟他不一样。你满盘皆水。虽说水大，可不要紧，水大有治。水大的人聪明哇。再说了，你的用神是火。你身边必有火人。虽说水火不容，可火人是你的贵人，起水火兼济之效。好虽好，但得意之地，不可久留……

我说：五叔，我想找一个女人，怎么才能找到她？

梁五方掐着指头，说：她不是你的。

我说：我就想……见上一面。

梁五方说：北边。往北边找。

当时，我一下子蒙了。

我要说，有时候，唯心的东西，是很吓人的。寥寥几句话，它一下就把你打倒了……我坐在那里，愣了很久。

我告诉你，我曾经有过一段走火入魔的日子。

说实话，梁五方说的话，虽然惊了我，可我仍是半信半疑。我想，一个命运如此多舛的人，怎么能看透世间万物的各种变化呢？

于是，在一直找不到梅村、几尽绝望的那些日子里，我又一头扎进故纸堆里去了。

一段时间里，我读了许多关于命相的书籍……看了以后，我真是大吃一惊！老天爷，古代的先贤们竟然花这么多精力去研究所谓的命理？书是越看越多。而且流派支脉纷繁，简直是浩如烟海。

之所以读这些杂书，原本我是为了证伪的。我不明白，古人，为什么要花那么多的时间、那么多的心血，去制造这多么浩如烟海的"文字垃圾"（如果是"垃圾"的话）呢？首先，它在逻辑上是无根的。你无法、也找不到逻辑的基点。那些句子，就像是从天下掉下来的。一句一句，都非凡人所能道出来的。

是啊，仅凭这些字句，它怎么就能、怎么就可以界定一个人的一生呢？而且，一代一代的先贤，又一次一次地在传播着、阐释着、补充着、修饰着这些看似无法证伪又无法证明的东西。他们这是为了什么？

在那段时间里，我像是得了魔怔，完全陷进去了。掉进了这些文字的陷阱里……叫人无法理解的是，在我接触到的各种各样的命理学说里，全都留有曲笔，或叫作"草蛇灰线"。

书一本一本地看，越看越多，越看越迷惑。我发现，每一种关于命理学的著作，都藏匿着无数个让人无法破译的密码，或按命理学的说法叫"循世法"。它就是专门让你看不懂的。它把最关键的部分、最要害的关节全都隐藏起来了。隐在佶聱难懂的多意向文字里，隐在一个又一个相互矛盾、前后抵牾的旋涡里，让你陷入无法破译的命理悖论之中。这就像是先人故意设下的一个又一个圈套，让人百思不得其解。

比如，按照古代的中国经验：天地分阴阳，阴阳分五行，五行定为：金木水火土。这是古代中国命理学的根基。无论有多少种"学说"，它的根基都是"阴阳五行"。

在古人的经验里，中国古代以干支纪年，十天干配十二地支，以此为计算方法。

天为十干，分：甲、乙、丙、丁、戊、己、庚、辛、壬、癸；

地为十二支，分：子、丑、寅、卯、辰、巳、午、未、申、酉、戌、亥。

天以六六为节制，地以九九之数，配合天道的准度，天有十干代表十日，地有十二支代表地形物象，十天干加十二地支，如甲子、乙丑、丙寅……循环六次为一周甲，周甲循环六次就是一年了，夫六十年一个轮回。

按民间的说法，这叫"运限"。运限又分：大运，小运，流年。

——以上这些，是中国古代关于时间的定位。

由此延伸：金、木、水、火、土，在地理位置上演化为：东、南、西、北、中；接下去，十天干又演化为：甲乙东方木，丙丁南方火，庚辛西方金，壬癸北方水，戊己中央土；十二地支演化为：亥子北方水，寅卯东方木，巳午南方火，申酉西方金，辰戌丑未中央土。于是，按命理学的阐释，人就活在这个大气场或者叫作大磁场里。

按民间的说法，这叫"风水"。

——以上这些，是中国古代关于空间的定位。

好了，既然有了时间和空间的定位，下边就说到人，或者说是一个生命现象的定位了。在人的定位上，中国古代是以出生的年、月、日、时为坐标系的。由此，我发现，中国古代的哲学，是活人的哲学。在浩如烟海的命理学说里，讲的大多是"生、旺、死、绝"及"官、财、印、食"，虽然是"唯心说"，却并不包括幸福指数。

我说过，我钻在了故纸堆里。原本是好奇，是想证伪的。我只是想在各种各样的生命现象中，找出根据来，以此来证明，古人那浩如烟海的文字说明，是不科学的。

可我却一下子陷进去了，越陷越深。最初，我饶有兴趣，都有些痴迷了。有那么一段时间，我就像是在破译"哥德巴赫猜想"一样，没明没夜地钻在这些古人的文字里……有时候，睡到半夜，我会突然从床上跳起来，大喊：我找到"锁钥"了！可第二天早上起来，仍然是一盆糨糊。

比如，《三元经》曰：每年有十二个月，从气场说，每个月都有生气、死气之位。正月生气在子、癸位，死气在午、丁位；二月生气在丑、艮位，死气在未、坤位（均为阴历）这说的是气场，或者说是磁场的效应。

不怕你笑话，对此，我是做过验证的。为了证明这一切，我一下子买来了五部同一型号的手机。我把五部手机都充上电，分东、西、南、北、中，摆在房间的不同方位，以此来验证气场或者说磁场的强弱……你如果有手机的话，可以在房间里感觉一下，真假自明。

比如，《神白经》论："寅午戌的寅时；亥卯未的亥时；申子辰的申时；巳酉丑的巳时"（也就是指凡出生在阴历正月、五月、九月早晨三至五点的人；或出生在阴历七月、十一月、三月下午三至五点的人；或出生在阴历四月、八月、十二月上午九至十一点的人），这是说，凡此月此时生人谓之旌德。凡神主旌德，将及三公，不贵即富，五世不贫穷。还有一种注释，说是必须无刑冲克破。——这就难了。

看这些文字，我曾经叹道：若真能五世不贫穷，人们为什么不可以挑这样一个日子出生呢？

比如，《阎东叟书》曰："有天乙贵神者，逢凶化吉，主福贵。"甲戊庚贵在丑未，指阴历出生的年、月、日时中凡天干中有甲、戊、庚一字，地支再见丑、未的；乙己贵在申子，指阴历出生的年、月、日、时中凡有乙、己一字，再见申、子的；丙丁贵在亥酉，指阴历出生的年月日时中凡有丙、丁一字，再见到亥、酉的。依此类推……意思是，凡命带以上贵相的，冥冥之中，有贵人相助，即是有福之人。

比如，《千里马》曰："甲人见丙寅、丙子；乙人见丁亥、丁丑；丙人见戊子、戊辰；丁人见己丑、己亥；戊人见庚子、庚申；辛人见癸卯、癸巳。"意思是指出生年、月、日、时中，凡有此合者的。年与月合，前半生应验；日与时合，后半生应验；若年与时合，则一生应验……依此类推，谓之福星大贵，食神同窠，法福自然。——这又叫贵遇。你若对照了，有不符的，又找谁说理呢？

比如，《搜髓论》曰："寅申巳亥全，为五行生气，位至三公。"这意思是说：若人出生的年、月、日时中有寅申巳亥全者，是要当大官的命啊。

比如，《造微论》曰："子午卯酉全，为五行旺气，文为一品，但不免酒色昏迷。"这意思是说，若出生年、月、日、时中子午卯酉齐备者，文章冠天下，却不免风流啊。——看到这里，我不免猜疑，很想问一问，有哪位作家，是子午卯酉全呢？

比如，《宝鉴赋》曰："辰戌丑未全，土居四季顺行，四库齐备，谓龙御大海，贵人黄枢，应九五之尊。"这意思是说，若出生的年、月、日时顺排为辰、戌、丑、未者，这就是天下第一等的好命啊。——这样说，是很吓人的。当今世上不知有没有这样的人？

比如，《玉匣子》曰："寅辰二字是龙虎，遇此生人谓之风云聚会，龙啸虎吟，福气最隆。"这是说，凡出生年、月、日时中有寅、辰二字相聚者，这又叫一点"玄机"暗里藏。主大福贵呀。

比如，《络碌子》云："乙丁辛见马（午），丁辛癸向鸡（酉），此是正郎格，清华着锦衣。"这是说，凡出生的年、月、日时中有乙、丁、辛的，再遇午字；凡年、月、日时中有丁、辛、癸的，再遇酉字，谓之清正廉洁之官员，也是锦衣玉食之命。

——如若是有一贪官，出生在此年此月，又该如何解释呢？

比如，《相心赋》曰："甲丙庚日遇寅时，丙庚壬向巳中推，此是锦衣第一局，谓之锦衣特赐。"这是说，凡出生日子有甲、丙、庚字的，再遇寅时；或出生日为丙、庚、壬再遇巳时的，必是大福大贵，锦衣玉食的好命。

比如，《天理赋》曰："天下没有穷戊子，世上没有苦庚申。"这意思是说：在戊子日、庚申日出生的人，是终生有饭吃、不会受苦的人。《玉霄宝鉴》又云：庚申，自绝木为魂游神变，遇此日生者，类非凡器。

我告诉你，我曾经也偷偷地查过一些熟人的生辰八字（也就是指出生的年、月、日时）……夜里，睡不着的时候，我常常想起歌厅里的"梅村"，我说的是那个假"梅村"。我要是有她的生辰八字就好了。我就可以验证了。你想，她才一个月大，鼻子尖就被老鼠给啃了，三个月大，耳朵又被猪啃了，长大后又当"三陪"……她的命怎么就这么苦呢，凭什么？！难道就像《定真赋》里说的那样："日克年、时克月，贫贱之人皆从此出"？遗憾的是，我没有她的"八字"。

坦白地说，我一直没有找到解开命相学的锁钥，也就是那个所谓的"循世法"。我像是掉在了无底洞里，被古人的文字陷阱给套住了，再也出不来了。我本是要解惑的，却让"惑"把我给肢解了。那几个月里，我夜夜失眠，有时候我觉得我离那个"循世法"已经很近了，很近很近……我就快要摘取命相学皇冠上的明珠了！可是呢，睁开眼来，却又有一座一座的文字大山出现在我的面前，我傻眼了。

再往深里走，读着读着，就读出荒唐来了：

比如，《壶中子》曰：甲癸未申酉，属破字、悬针，甲癸酉必损眼；未申患心腹疾。这是说，出生年、月、日时中，有甲癸酉、未申全者，有可能伤眼，或有可能患心脏方面的疾病。这仅仅是因为，这样的字形，也仅仅是因为字形的缘故，此为"破字"或属于"悬针"。——此种道理，实在是有些牵强啊。

比如:《定真赋》曰：己巳乙巳丁巳人，名为曲脚煞，命曰遇主克头妻。这是说，出生年、月、日时中己巳、乙巳、丁巳全者，以字形解释为"曲脚"。必克伤第一个妻子。这种话，一旦说出来，是伤人的呀。且以字形为解，与命相无碍，实属荒诞。

……不说吧？真的是不敢再给你胡说了。也许会有人对号，假如有一个半个应验的，会伤人的。

说实话，读了这么多命相、命理学的书之后，抬起头，紧吸一口气，却仍然不能替我解惑。就像《三命通会》这本书里说的那样，在这个世界上，从阴阳五行命理学上说，应该有十个日子，是最好的、最为富贵的日子（在此也就不一一列举了）。命理学既是古人研造的，若在封建社会里，最好的命，莫过于帝王了吧？那么，在这十个日子里出生的人，本应是帝王的命。然而，翻遍所有的命理学、命相学书籍及实例，却没有一个帝王是出生在这十个最好、最有贵气的日子里。就连同年同月同日同时出生的人，或一母同胞，命相也大不相同，这又作何解释呢？

由此推断，那就是说，一个人出生的年、月、日时，并不能左右一个人的一生。就按命理学的说法来推演，也有大运的背向、流年的旺衰、人的机缘巧合之说。可见，一个人后天的努力，还是非常重要的。

这么多的文字，古代的先贤们又花了那么多的心血去研究它……这却是一个既不能证明又不能证伪的悖论。古人，是没事干了吗？也许，他们对命运的疑惧和不解，远远大于今人。也许，他们经历的苦难与骤变太多，太恐惧无常的命运了，才一次次去试图解开它。这些文字，仅仅可以说明的是，在大自然中，四时的变化，某一时某一地气场或磁场的旺衰，也许会对人有一定的影响。

可是，面对梁五方时，他能说出那样的话，我还是有些迷惑。他有神性吗？他何来的神性？趁着一次我请他吃饭的机会，我曾逼问过梁五方，我说：五叔，你说说，你是跟谁学的，怎么掐算的？

可梁五方眯着眼，无论怎么逼问，一字不吐。

后来，我终于见到了梅村。

数年后，在一个大风天里，在一个北方的城市里，梅村手里牵着一个孩子，在一条大街上，大步走着……

那一年风沙大，在那条马路上，天灰蒙蒙的，我只看见从大风里走过来一个女人。那一刻，整个世界都不存在了，眼前就像是一个灰色的大幕，幕里就只有这一个女人！一个奔波中的女人。我找了她这么久，在这一刻，她出现了。我呆住了。我很想喊住她……很想。可我心里明白，我如果再见梅村，对她是一种伤害。我知道，她已离了两次婚，正打着第三次离婚的官司……这是我无法接受的。那么，剩下的，就只有怜悯。

是啊，我们都回不去了。我已经无法回到过去。梅村也回不去了。

我听见自己大声叫道：梅村！……可我的喉咙已经干了。我什么也没有喊。我就那么一声不吭地站着。

梅村用一条纱巾包着头，在马路上大步走着，可以说，我与梅村擦肩而过。

那已经不是昔日的梅村了。那是满脸怨气的一个女人，走在路上的中年女人。那孩子有七八岁的样子，不愿走，她一边走一边怒斥着……她大声说：快点。你怎么不死呢？可她的手仍然紧紧地牵着那个孩子的手。

我就那么傻傻地站在路边上，看着梅村从我身边走过……

她已经认不出我了。就在梅村与我擦肩而过的时候，就像电击一般，我突然发现：经过了许多日子之后，我们都在寻找治疗恐惧的方法。到底害怕什么，那又是说不清楚的。我想，也许，梅村是为寻找而生的。她活在世上，就是为了找一个肩膀，或者说得雅致一些，找一个靠得住的港湾，一个让她不再害怕的地方。可她都没有找到。或者说，她仍在寻找的路上。

我的念头在这一刻停住了，不敢再往深处走了。我手里提着一个箱子，箱子里有九十九朵阿比西尼亚玫瑰的秆儿，秆儿已经枯死了，干的。

可是，等她走过去后，我又有些恍惚……我刚才看到的这个人，她真是梅村吗？

再后来，当我见到骆驼的时候，他问我：见到你的梅村了吗？

我说：见了。

骆驼说：送花了吗？

我沉默。花已消失在空气里……欠了的，就再也还不上了。

骆驼说：屌屌灰。你怎么一脸死气？别那么消沉。你知道么，运气来了，山都挡不住。他说，禽，就跟拾钱一样，我撒泡尿，就挣了一千万。而后，他又是侃侃而谈……

那是我见骆驼的最后一面，两年后，骆驼就从十八层大楼上跳下去了。

三

你知道"八步断肠散"吗?

"八步断肠散"是一种毒药,药老鼠的。又名为"见风倒"。

在平原的乡村,在一个时期里,这种防治鼠患的毒药曾遍布于乡镇的大小集市上。早年间,当卖老鼠药的小贩在集市上光着膀子、拍着胸脯大声叫卖,口口声声喊着"八步断肠散!——见风倒!见风倒喽!"的时候,"八步断肠散"由于名字响亮,广告语朗朗上口,已成了农家乡人们的首选鼠药。

那年月,在乡村里,生命力最旺盛的就是老鼠了。每到子夜时分,鼠辈们几乎天天在房梁处"跑马"或是在席棚上开办"舞会",出出溜溜、吱吱呀呀,跳跃腾挪,肆无忌惮地进行交配……有时鼠辈们得意忘形,冷不丁一脚踩空,掉下来一只,吓得孩子们哇哇叫!偷吃粮食就不屑说了,所有的装粮食的地方都有老鼠屎。还有大天白日咬伤孩子耳朵或鼻子的……为了对付鼠患,乡人们想了很多办法。有养猫的,有用鼠夹的,更多的人是选用"八步断肠散"。

最初,"八步断肠散"在民间小有名气。虽说不是"见风即倒",也可以减少一些鼠患。但经过了一段时间之后,这种由黄表纸包成菱形小包、染有红绿黄三种颜色的药丸虽然名字响亮,其药效却大不如前了。虽也药死过一些老鼠,但此后就不行了,老鼠们逐渐地有了抗药性,吃了只是摇摇晃晃地晕上一阵儿,按现在人的说法,走一走"太空步"而已,与后来社会上普遍使用的"毒鼠强"不可同日而语。"毒鼠强"虽然名号一般,却是连人带牛都可以药死的!

其实,把老鼠们逼上绝路的也不是"毒鼠强",而是水泥。无论毒性多么强的鼠药,最终都会被生命力极为顽强的鼠辈们一一识破。而钢筋水泥的普遍使用则是老鼠们始料不及的,也是最为恐惧的。现在,一代一代的老鼠们正在与水泥赛跑。在城市里,高标号水泥的普遍使用几乎凝固了老鼠们的所有生路,它们的生计也只有穿电线的管子那么细了。

老鼠思考吗?老鼠会思考吗?我不知道。

这像是一场不声不响的战争。为了生存,城市的鼠辈们在长达数十年的时间里首先完成了形体的变异:它们强大的基因信号经过一代一代的传导,使它们的后辈一代一代地小下去,越来越小,不可思议地完成了肉体上的"袖珍化"。乡村的鼠辈们也紧跟其后……对它们来说,活下来是第一性的。这种默默地、由大而小的生命形态的缩变也可以说是惊天动地的。好吧，不说老鼠了。

我说过，早年间，在咱们的家乡无梁，"八步断肠散"可谓人人皆知。可由于药效一般，还因为无数次地被精明的鼠辈们识破，咬破纸包，闻而不食，散红绿药丸于墙角处，被孩子拾起误当糖豆吃……曾使人们一次次大呼上当，戏称为"慢毒药"。后来，它又逐渐演化成了一个人的绰号。

很多年过去了，我一直不明白，人们为什么要送他这样一个绰号。

他是我的小学老师。

一九六二年从城里下放回来的。

老师姓杜，名叫杜秋月。明明是一男人，却取了一个很女性的名字。记得那是冬天，刚来的时候，他穿一黑色的四兜干部制服，上衣兜里插着一支黑杆钢笔，脖里围着一条绛红色的围巾，戴一眼镜，鼻梁上有两片眼镜托压出来的红印，很有学问的样子。进村时，他肩上扛着铺盖卷，手里提一皮箱子，腰半弓着，拖拖沓沓的，一走一探，很像是一只大虾米。天冷，他还流着清水鼻涕，走两步就停下来，掏出雪白的手绢，很重地哼一声，揩一下鼻子，磨磨叽叽地提起箱子，再走。

待进了村之后，他鸡叨米似的，见人就点头。他甚至对着一

生命册   165
▲

棵树点头。他对着代销点门前的那棵槐树点了又点……而后嘴里嘟哝了一句，接着又往前走，一边走一边问。等他摸到大队部的时候，天已过午了。

后来才知道，他是个近视眼。犯了错误才下放回来的。犯的是作风问题。

那一天放工后，大队部院里围了很多人，都是看杜秋月的。杜秋月的穿戴和他的"作风问题"勾引起了无梁村人的强烈的探究欲。人们都很想知道他究竟犯的是何种作风问题，是不是强奸犯。村里人说：若是个强奸犯，是万万不能大意的。于是，在治保主任的多次提议下，大队干部集体决定让他在群众大会上做一交代，以利于以后的监督改造。

那天晚上的汽灯很亮，人到得很齐，连喂牲口的"老料"都来了。全村人集合在大队部里，听杜秋月坦白。这时候，夜空中突然飞来了几只蝙蝠，蝙蝠在灯影下一墨一墨地飞，像乌云一样，箭一般从人们头顶上掠过。早早收起了鞋底子的妇女们一个个惊叫道：夜墨虎！夜墨虎！汉子们也跟着抬起头，看夜空中飞舞的"夜墨虎"。有人说：怪了。这时候，怎么会有"夜墨虎"呢？

在平原的乡村，在我童年的记忆里，蝙蝠并不多见。尤其是冬天。只有天气异常的时候，才会有蝙蝠出现。要下雪了吗？我记得，人们一直固执地认为蝙蝠（俗称"夜墨虎"）是老鼠偷吃了盐才变成这样的，是"老鼠和盐"的故事。不吉利。乡下人最恨的就是老鼠，老鼠太可怕了，老鼠偷吃粮食。于是人们就无端地延恨于"夜墨虎"。人们一个个交头接耳相互递着眼色，而后又用探究的眼光望着这个从城里来的"杜眼镜"，就好像这个"杜眼镜"是"夜墨虎"变的。

杜秋月被人带到了会场中央。他先是仰起头，很惊讶地看着众人。大约是看到了墙一样的人脸……接着，慢慢地，他的头勾下去了。这一刻，他脸上似有了怯意，老实了许多。面对众多的乡人，他先是规规矩矩地鞠了一躬，而后一声不吭，就那么弯腰站着。

在治保主任的带领下，人们开始一次次地大声呼口号……当口号声接连响起来的时候，人们的胆子一下子壮了。人们很兴奋，像过年一样兴奋。人们踮着脚跟，身不由己地往前涌动着，人们的唾沫星子在空中飞舞，手指头一点一点的，几乎指到了他的脸上……治保主任也一次次地呵斥他：老实交代！

他仍然不说。

当口号呼到第三遍的时候，老姑父说，静静。静一静！

会场上顿时静下来了。人们的目光全都注视着他……

后来我才明白，在特定的情况下，人的语言不全是用嘴巴说出来的，眼神也能说话。特别是那些极端的、伤人最深的词汇，是用"眼睛"说出来的。在平原的乡下，就有这么一个词，叫"砸磕"。那是比喻人用眼睛来说话，是"抨击"或"贬损"的意思。就像是人们眼里生出了许多小石头，人们用目光"砸磕"他。

此时此刻，在众目睽睽之下，他的头勾得更低了。

他沉默着，他不想说。后来，在乡人目光的"砸磕"下，不得已，他还是说了。他吞吞吐吐地说：那个事，已做过结论了。

哄一下，会场炸了。人们齐声呵斥他：哪个事？啥事？啥子结论？说清楚！

在唾沫星子的汪洋大海里，在声嘶力竭的怒斥下，他吓坏了。他再一次弯下腰，哆哆嗦嗦地说：……坏分子。我是坏分子。

看他是城里人，戴一眼镜，斯斯文文的，开初女人们还略有些顾忌。她们私下里一次次拽吴玉花的衣裳角，在她耳边小声说：这人多猴，咋就套不出话呢？你问你问……吴玉花最恨"作风问题"。于是，她小跑着上去给了"杜眼镜"一脖儿拐，说：咋当的？说。

杜秋月哭了，咧着嘴哭了。

人群里一阵骚动。有人说：哭啥哭？你还有脸哭？

终于，他吞吞吐吐地交代说：我，我谈过一次恋爱……我……后来，她又谈了一个军人……再后来，被查出来怀孕了……

人群里"嗡"的一下，像是有一群苍蝇飞过去了。他这些断断续续的句子，让人们产生了无限的想象力。人们交头接耳地说：妈的，真是个流氓！

这时，治保主任上前，大声质问说：奶奶的，"高压线"你也敢碰？咋谈的？咋怀的孕？谁的孩子？……说清楚！

杜秋月有些紧张，他结结巴巴地说：那孩子……孩子、流、流、流了。

此时，治保主任突然高呼口号：叫他赔！

人们怔了一下，也跟着呼：叫他赔！

会开到这个时候，会场简直成了落满了麻雀的谷子垛。人们围旋在一起，一窝儿一窝儿，三五成群，交头接耳，叽叽喳喳的，越说越乱了。有紧着追问"孩子"下落的，有追问女人下落的，还有质问他到底跟人家睡了几回的……最后，人们拥上去，齐伙伙嚷道：揍他！你看他，一脸猴气。不动真格的，他不会说。

老姑父突然大喝一声：停！停停停！乱嚓嚓！胡嚓嚓！嚓嚓成米饭了。

人们的嚷嚷声被老姑父制止了。牵涉到军人，他不想让杜秋月说得更详细。就说：老杜，就到这里吧。你好好改造。

人们还想听，人们意犹未尽，人们希望他说得更详细些……人们要求说：让老杜说完嘛。让老杜说完。

老姑父断然说：就这吧。散会。

散会后，人们再看老杜，那目光就变了。村里人都知道了，老杜是有"帽子"的。老杜那天没戴帽子,老杜围着一条围脖儿。可他头上有"帽子",是一顶看不见的"帽子"。此后很多年,我一直以为,凡戴围脖儿的人,头上定是有"帽子"的。

这年冬天,分配老杜的活儿是收尿、挑尿。村街里的厕所是男女混用的。识别方式是搭在墙上的裤腰带。开始老杜不知道"裤腰带识别法",挑着尿桶就进了厕所,里边"哇"的一声,他慌慌地退出来,吓得一迭声说:对不起。对不起。后来有人质问他:你不是故意的吧?他吓坏了,忙说:不是。真不是。而后人们告诉他:你看墙头。墙头搭的若是红裤腰带或是丝线编的、有穗穗儿的那种,那就是"女";若是一根绳,或是蓝、灰、黑布的带子,或是皮带子,那就是"男"了。打远一看就知道。可老杜始终也没有弄清楚"男""女"的分别。于是每次进厕所,他都会远远地喊一声:有人吗?

老杜在挑尿的头一天,就给自己备了一个大口罩。老杜是村里唯一戴着口罩挑尿的人。他担着尿桶走在村街上,每一个见到他的人都说:老杜,你戴着一个牛笼嘴干什么?他郑重地说:不干什么。我不是怕脏,我有胃气疼。而后,当他担着尿担子拐向菜地的时候又有人问:老杜,你戴个牛笼嘴干什么?他再次解释说:不干什么。我不是怕脏,我有胃气疼。就这么一路走,一路问,老杜每次都恭恭敬敬地回答。尿是往菜地送的,一天四趟。进了菜地之后,在菜地干活的妇女们还会问:老杜,你戴一牛笼嘴干什么？他就一次次解释说：不干什么。我不是怕脏，我有胃气疼。我真的不是……人们就笑。就这么一天下来，他很自觉地就把捂在嘴上的口罩摘掉了。

过罢年，到了三四月间，春天里雨水大，村路被雨水泡泛了，全是泥浆子。架子车轧出的车辙一沟儿一沟儿的，人踩的脚印一窝一窝的，走起来滑唧唧的。当我们光脚在泥水里奔跑的时候，分派去挑尿的老杜却特意换上了一双胶底鞋，还穿着袜子。村里人见了，叹一声，说：到底是城里人哪。

治保主任看见他，伸手一指说：老杜，你过来，过来。老杜挑着尿担子过去了。治保主任说：放下。扶住树。老杜就放下尿担，看了看树，天湿，槐树上生虫了，黑麻麻一片，他恶心得干呕了一声，可他还是扶了。治保主任说：老杜，你把鞋脱了。我送你一双皮靴。老杜就把鞋脱了一只，看看主任。治保主任说：脱了，袜子也脱了。老杜手扶着树，一只脚金鸡独立，把袜子也脱了，再看主任。治保主任说：踩地上。老杜迟疑了一下，就光脚踩在泥窝里了。治保主任说：那一只。于是，两只鞋袜都脱了。治保主任指一指自己的腿，说：裤腿，还有裤腿，扁起来。老杜就把裤子"扁"（在平原，"扁"是折叠的意思）起来。治保主任说：挑上。老杜就重新挑上尿担子。治保主任说：利索吧？老杜两只脚"呼哧、呼哧"地在泥窝里踩着，拔出来就是两腿泥。老杜说：利索。利索。治保主任说：巴地吧？不滑了吧？这就对了。泥嚓嚓的，多废鞋呀。去吧。老杜一手提着鞋袜，一肩挑着尿桶，边走边点头说：好。这好。

夏天到了。割麦的时候，老杜戴一顶新草帽，穿一件白衬衣。领口、袖口处的扣子都系得严严实实的。到了地里，人们都在看他。有人说：老杜，你这是串亲戚呢？他已经能听懂乡人的话了，说：不串。我这儿没亲戚。人们哄一下笑了。老杜很尴尬地站在那里。治保主任说：老杜，既然不串亲戚，捂那么严干什么，脱了吧。众人都说：那麦芒儿，一天都给你扎烂了。脱脱脱，赶紧脱。老杜看汉子们大多都光着脊梁，迟疑了一下，就脱。脱了衬衣和背心，众人呀了一声，只见他一脊梁的红疙瘩，都是蚊子咬的。治保主任走过来，用脚先把地上的麦茬踩倒，而后又蹲下来用手把地上的土圪垃一一"面"了。说：会驴打滚么？老杜怔怔的。治保主任说：驴打滚你都不会？众人呱呱又笑。治保主任就现场做一示范。于是，在一片笑声中，老杜往地上一躺，跟着学"驴打滚"。治保主任说：糙糙。好好糙糙。老杜很听话，很认真，他接连在地上打着滚儿，左打，右打，左糙，右糙……众人笑得腰都直不起来了。治保主任问：还痒吗？老杜红着脸说：不痒了。不痒了。

治保主任豪迈地说：土里有药。

到了第二年，老杜已可以穿着大裤衩子，光着脊梁蹲在村街的饭场里吃饭了。他甚至学会了在阳光下捉虱。他蹲在烟炕房的门槛上，在暖暖的阳光下，"咯嘣、咯嘣"地扣一片一片的虮子。在烟炕房外，老杜也学着把刚烤过的烟叶揉碎，用旧报纸裹了卷烟吸，可他没学会，老咳嗽。他只是学会了一句话：烟太壮了。（在乡村，"壮"即呛和辣喉咙的意思。）过了不久，老杜甚至还学会了扬场，他一边扬一边还认真地背口诀：扬出去一条线，落下一大片……人们又笑。

　　秋后，在芦苇荡里割苇子时，老杜已可以跟那些妇女们说说笑笑了。秋后的苇叶像刀片一样，一不小心就把身上割一道血印。女人们一边教他割苇子一边问他：老杜，那女的是你的学生吧？老杜先还扭捏着，说：不是。又说：……是。也算是。毕业了。女人们说：说说，咋勾引人家的？老杜说：是、是她先"那个"我。女人们说：不会吧？人家一姑娘……说说呗。老杜说：有一天，正走着，她突然剥了一块糖，塞我嘴里了……女人们说：甜么？他说：甜。女人们问：后来呢？把持不住了？他连声说：没有。没有。接着又交代说：就跟她看了一场苏联电影，她把手递到我手心里……女人们问：那还不握住？他说：握，握了。女人们追问：软和吗？抠人家手心了吧？他说：没有。真没有。汗，我出汗了。女人们说：咋那么不小心，就怀孕了？老杜诺诺地说："安全期"。她说是……"安全期"。女人们齐声问：啥是"安全期"？他说：我、我也……说不好。女人们又连着问：那怎么就让人告了呢？老杜叹一声，摇着头说：后来，我不知道，她……又谈了一个……女人，斗（读）不懂的。女人们哄地笑了，说：说说，你"斗"了多少女人？老杜也笑，苦笑，说：没有。就这一个。女人们都替他惋惜，说：你说你，就"斗"一女人，还弄了顶"帽子"，亏不亏？在一片哄笑中，老杜很快就得到了女人们的谅解。女人一向同情弱者。她们一个个都争着教他些割苇子又不伤手的方法。一个个说：老杜，你真是倒霉呀。

老杜戴着"帽子"呢，老杜很低调。这一点正是村里女人们喜欢的。她们先是教他做饭，而后又教他学会了破篾子、编席。甚至还教他站在滚动着的石碌上碾篾子。老杜的水蛇腰半弯着，站在石碌上总是保持不住平衡，摔了很多跤。老杜的眼镜架摔坏了，用线缠着，让人看了很亲切……在村里，老杜一举一动都会惹女人笑，常笑得女人们直不起腰来。

后来，村里人都说老杜进步很快。老杜先是晒黑了，也耐冻了。那一年，割完荡里的苇子，村里"打平伙儿"时，在众人的撺掇下，老杜居然也喝了一碗酒，醉了。

"打平伙儿"是编席窝儿一年一度的庆祝方式，村村如此。一般都是割完苇子的时候，由公家收席点预支一些钱（这钱在交席的时候由各家分摊着扣除），买上一扇猪肉，再由村里出些白菜、粉条、豆腐之类，在刈过的芦苇荡里就地垒一灶，支上大锅炖了；再买上几坛便宜的红薯干酒，燃一堆篝火，全村人都来热闹一番……这几乎算是男人们的节日。村里汉子们喝了酒就玩

"顶牛"，一对一、头顶头，看谁把谁顶败了，胜者有奖：好酒者（额外）奖三碗酒；好肉者（额外）奖三碗猪肉炖粉条。那天，看汉子们嗷嗷叫着，闹着，胜者大碗喝酒……老杜先是在一旁看着。红薯干酒性烈，他已在众人的撺掇下喝了一碗，有些醉意，就一个劲地傻笑。这时，有人叫道：老杜，上来，顶一个！让老杜顶一个！

老杜先是一怔，摆着手说：不行，我不行……可是，众人一拥而上，还是把他给推出来了。谁也没想到，当老杜站到篝火前时，先是还扭捏着、推让着，突然一下子就活泛了，他用左手支着腰，挺直了腰杆，头发一甩，仰起脖儿，红着一张酒脸，两眼一闭，"啊"的一声，竟朗声背起诗来：帝高阳之苗裔兮，朕皇考曰伯庸。摄提贞于孟陬兮，唯庚寅吾以降。皇览揆余初度兮，肇锡余以嘉名。名余曰正则兮，字余曰灵均。纷吾既有此内美兮，又重之以修能……

这下子，众人傻了。汉子们一个个互相看着，问：娘耶，他"西"（兮）啥呢？日白的啥？有人摇着头说：乖乖，大学问哪！老杜大学问！有的说：是啊，老杜学问深着呢。不简单，真不简单……只有治保主任说：尿，尿哩学问。

往下，老杜朗诵的声音越来越大了。只见他不时地扬起手臂，舞动着、比画着，摇头晃脑，抑扬顿挫地唱道：……长太息以掩涕兮，哀民生之多艰。余虽好修姱以鞿羁兮，謇朝谇而夕替。既替余以蕙纕兮，又申之以揽茝。亦余心之所善兮，虽九死其犹未悔……

是呀，人们瞪大着眼睛，全都傻傻地望着他。人们听不懂，人们不知道他在"日白"些什么。人们只是猜测：这就是"学问"哪，大学问！乡人们被他的情绪感染了，一个个拍手叫好。可是，正当人们齐声叫好的时候，老杜却突然停了。他怔怔地站了一会儿，"哇"一声哭起来了。一个五尺汉子，平身往地上一躺，放声大哭！……人们互相看着，说：这、这是咋啦？这时候，女人们拥上来，乱纷纷地说：醉了。老杜醉了。把他抬回去吧。于是，人们七手八脚地，把老杜扛上，抬回村里去了。

这年的冬天，到老杜烟炕屋去的人越来越多了。人们一旦闲下来，就说：走，找老杜"喷空儿"去。于是，老杜住的烟炕屋就成了汉子们"喷大空儿"的地方。在平原，"喷大空儿"就是谝闲话的意思。这在上层叫作"清议"或者称之为"交流"，在民间就是"喷空儿"了。天南地北，贩夫走卒，皇帝老儿，说到哪里，就是哪里，这里边也有长见识的含意。人们相互间熟了，熟不拘礼，来了就往屋角里、门槛上一蹲，听老杜"喷空儿"。

这时候，人们都忘了老杜的"帽子"，老杜自己似乎也忘了他头上还戴着"帽子"呢。一到晚上，老杜的烟炕屋就热闹起来。老杜说：……我准备给中央写封信。是时候了，我看可以解放台湾了。人们都瞪大眼睛望着他。老杜说：你们知道吗？吴庭艳，越南的吴庭艳被击毙了！这时，有人小心翼翼地问：这个啥子吴庭艳，是干啥的？有人马上说：你懂个屁！听人家老杜说。老杜说：这个，吴庭艳嘛，是越南的总统……这还不是最重要的。还有一个消息，大好消息。你们知道吗？美国出大问题了，肯尼迪被刺！又有人问：肯尼迪是谁？有人立即制止：你管肯尼迪是谁呢？听老杜说呗……老杜说：总统，美国总统。这个肯尼迪，还是美国有史以来最年轻的总统，只有三十六岁，死了，被刺了。美国黑人也不断地上街游行示威。所以我说，是时候了。

　　白天里，老杜依旧去挑尿。有人一边系着裤腰带一边问：老杜，你那信，给中央的信，写了吗？这时候，老杜大约意识到了他的"帽子"，就含含糊糊地说：正斟酌呢。我得斟酌斟酌。那人说：是，那是。你这么大学问，给中央上书，可不是小事……老杜说：那是。路上再碰上谁，就有人打招呼说：老杜，夜里可早点吃饭，再给说说美国的事。美国，那啥子"丁"啊？……老杜说：马丁，马丁·路德·金，是黑人领袖……

　　一天，当老杜挑完尿，又到大队部去看报纸（大队部里有一份《人民日报》）的时候，老姑父见了老杜，说：老杜，听说你要给中央写信？老杜一怔，说：我、我是说，那个啥，解放台湾……老姑父瞪了他一眼，摘下帽子，摸了摸他新剃的头，光头，什么也没有说。老杜脸色变了，连连点头说：知道。我知道。

这年冬天，到了下雪的时候，无梁村妇女们一个跟一个学，突然都围起了绛红色的围巾。那些在城里有亲戚的年轻姑娘，还专门托人从城里捎回了很艳的玫瑰红围巾。过年时，村街里走着一片红，石碨上晃着一片红……很喜庆。只有老杜不再围围巾了。他怕村里人说他。老杜的围巾束在了腰里，他说这样暖和些。

第三年，老杜由于表现好，就被派到村里的小学教课去了。

老杜大概很愿意当教师。不知怎的，老杜突然就傲起来了。他特意去镇上理了发，梳了个偏分式，还上了些头油，看上去明晃晃的。老杜再一次换上了他的四个兜的干部制服，脚上换了一双皮鞋，那皮鞋原来一直在箱子里放着，还是双三接头的，他咔咔地走在学校院门口，引了很多孩子看他的脚。老杜扶了扶眼镜，说：同学们早……我们都愣愣地望着他，一时像傻了似的，肃然起敬。

当治保主任在学校门口碰上了老杜的时候，他"哟"了一声，眼珠子瞪得像是要飞出来，他说：老杜，蚂蚁上树了？还穿上皮嘎了？神气呀。

老杜不好意思了，赶忙解释说：主任，给学生上课，那个……得注重仪表。

治保主任看着他，说：哈？一表？啥子表？

老杜郑重地说：我作为教师，仪表要整洁。

治保主任手一背，鼻子里哼一声，说：好，一表好。你这人哪，一表，那就……一表吧。还有，你不是要上书吗？到时候，老蔡说了，得审审。

老杜哑了。

当年，小学校长苗国安也是无梁的女婿。当他在校长室第一眼看见老杜时，竟有些手忙脚乱。他先是下意识地忙把"扁"起来的裤腿捋下去，接着又把踩在椅子上的一只脚放在地上，挺了挺腰板……突然又觉得不妥，庄严地咳嗽了一声，说：老杜，进来吧。

当杜老师从校长室里出来时，就显得不那么神气了。这时候，他才明白，他只是一个临时的代课老师。据说，苗校长还特意点了他一句，说：老杜，你可要注意，你戴着"帽子"呢。老杜惶然地说：知道。我知道。他夹着两本小学课本，像泄了气的皮球似的从校长室走出来。在校园里，他一路走一路摇着头，嘴里不满地、嘟嘟哝哝地说：我大学毕业，让我教小学三年级？太小儿科了吧？！

可是，虽然只让他教小学三年级，他还是很高兴。那天，当他站在讲台上的时候，他的头忽一下就仰起来了，他仰头的姿态潇洒极了！他的头偏着往上一仰，拿起粉笔，在黑板上唰唰唰地写下了三个大字：杜秋月。而后，他用粉笔点着黑板上的字，朗声说：同学们，认识这三个字吗？杜、秋、月。这是我的名字，我就叫杜秋月。就是《红楼梦》诗句里"一轮明月才捧出，人间万姓仰头看"里的那个"月"！说着，他在自己的名字下重重地画上了两道粉笔印！

接下去，他又唰唰地在黑板上写下了两行诗句：虚负凌云万丈才，一生襟抱未曾开！写后，他拍拍手上的粉笔末，清了清喉咙，大声问：知道这是谁的诗吗？——李灿，也就是李商隐。

说完，他站在讲台上，望着下边，怔怔的……

我们傻乎乎地望着他，这几乎是傻对傻。他迟疑了片刻，突然说：哦，你们，三年级是吧？不明白是吧？你们，这个这个这个这个，还小……以后，以后会明白的。现在，上课。今天，今天讲……他翻开小学课本。

我们齐声喊道：小猫钓鱼！

他说：那就小猫钓鱼。

从此，杜秋月就成了我们的三年级二班的老师。我们私下里都叫他"杜眼镜"。杜眼镜教我们语文、算术、美术、音乐兼体育。上课时，杜眼镜喜欢用粉笔头"点名"。在课堂上，要是哪位同学打瞌睡了，他就掰一小截粉笔头，把粉笔头拿在眼镜片前，晃晃，以瞄准的姿势，"啪"地射出去。可他总是把粉笔头射偏，而后再来一次……十不抽一会射在脑门上，引得同学们哄堂大笑！

杜眼镜上课与别的老师不同。他会不时地改变上课的方式。有一次上课钟声响过之后，他竟然把我们全班学生带到学校的操场上，讲的却是算术课。

那天上午，他把一块小黑板绑在篮球架的横梁上，让我们在操场上列队站好，而后他突然跑了……我们就那么列队站在操场上，不知道他要干什么。有同学问：这不是算术课吗？有的说：改体育了。

过了一会儿，他又匆匆地从操场后边绕过来，推来了一辆破自行车，那是从老姑父那里借的。他把车子扎在我们面前，大声问：同学们，这是什么？

我们大声说：洋驴！（那时候，我们把自行车叫作"洋驴"。放学后，我们常常站在大路牙子上，齐声喊道：骑洋驴，戴手表，老子不干你吃屎！）

他说：这叫自行车，上海产的"永久牌"自行车。知道上海在哪里吗？

我们大声说：不知道。

于是，他又在小黑板上用粉笔画了一幅中国地图，在地图上标出了上海的位置……而后又给我们讲起了上海，他说：上海是一个大城市……接下来，他从"上海"讲到上海产的"永久牌"自行车，这才开始讲自行车的构造和原理，讲大齿轮和小齿轮之间的关系……讲着讲着，钟声响了，别的班都下课了。全校的学生都哄一下围上来，看他一个人讲课。

看这么多的学生都围过来听他的课，杜眼镜一定是兴奋极了。他不但眉飞色舞地给我们讲解，竟然还亲自蹲下来，现场给我们做示范。在众人的观摩下，他一会儿蹲下，一会儿又站起，一边呼呼地搅动着那辆自行车的脚蹬子，让车轮飞快地旋转起来，一边在小黑板上写上大齿轮与小齿轮的转速比率……

老实说，这节课太新鲜了！同学们都很兴奋。这时，他说：谁愿意上来试试？于是，全班同学都举了手，一个个都跃跃欲试。他就一一点名，批准我们班的学生每人上去绞上一圈，蹲下来仔细观察小齿轮与大齿轮的转动，来计算大齿轮与小齿轮的速度之变化……那时候，自行车很少，我们看着这辆自行车，都眼馋着想上去骑一骑。在我们的强烈要求下，他说：好，破个例吧。我给你们破个例。于是，他又一个个喊着我们的名字，由他扶着后架，让我们每人上前学骑一圈儿。那时，操场上一片笑声，学生们高喊着：歪了，歪了！驴歪了！……还没等到课上完，左一歪，右一拐的，那辆自行车就摔坏了……这天下午，到了上自习课的时候，他又赶忙推到镇上去修，据说被老姑父逮着臭骂了一顿。

有一段时间，由于他课上得好，同学们很快就喜欢上了他。他几乎成了我们追随的榜样。我们光着脚学他"咔咔"地走路，学他仰头的姿势，头一扬，再一甩……可谁也学不像。下课后，我们甚至学他用粉笔头相互"射击"，可谁也射不出他那样的效果，因为我们没有"眼镜"。

上体育课他喜欢领着我们打篮球。在那个简易的球场上，杜老师的投篮动作十分优雅。他的三步上篮就像是表演杂技，他"噔、噔、噔"跑上三步，而后飞身上篮，右手高高挑起，就像是雁飞一样，手腕子一翻，准确地把篮球扣在篮里，看得我们目瞪口呆！

后来，杜老师的头昂得越来越高了。他见了苗校长也不再点头了，就那么夹着课本昂昂地走过去，连苗校长都吃惊地望着他。冬天里，他又围上了他的红围巾。每每围巾的一头脱落下来时，那仰脖儿的一甩简直神气极了！有几天，他走路时嘴里总是哼唱着什么，脚下就像是装了弹簧似的，一弹一弹地走。有时候他还会像篮球场上三步跨篮似的，突然来一跳跃或是滑步……可见他心里是多么高兴！

可是，杜眼镜又差一点犯错误，犯男女关系错误。在老师们的窃窃私语里，我们知道：在我们学校，有一个绰号叫"别针"的高年级女学生，偷偷地喜欢上了他。据说，这个号称"别针"的邻村姑娘，总喜欢在胸口上别一个大别针。那个"别针"明晃晃的，不但成了她的装饰品也成了她的雅号。有一段时间，她总在我们教室门前晃来晃去，下了课就追着杜眼镜提问题，说：杜老师，你等等……后来，她每天早早地从家里溜出来，偷偷地把一个煮熟的鸡蛋放在杜老师讲台上的讲桌里。当讲桌的抽屉里放够六个鸡蛋的时候，杜眼镜才发现……于是他就给我们上了一堂关于鸡蛋的图画课，讲的是一个外国大画家画蛋的故事。他说，外国有一个名叫"达·达奇"的人，他从画鸡蛋开始最后画成了一个世界著名的大画家……（在我的童年的记忆里，他说的的确是"达达奇"，我们记住了这个"达达奇"。可一直等很多年过去了，我才从一本书里看到，他说的那个人，其实不叫"达达奇"，而是达·芬奇。）我记得，那一堂课的后半节我们全班都画了鸡蛋，虽说是比葫芦画瓢，可我们却没有一个画得像鸡蛋。这就注定我们成不了画家。因为我们很少吃鸡蛋，那是"银行"。

渐渐地，我发现杜老师周围出现了一些目光，像黑蚂蚁一样的目光。有老师私下里提醒我们说：离他远一些，他戴着"帽子"呢。可还是有学生接近他，我们都喜欢他。

据说，在一个没有星星的夜晚，那个绰号叫"别针"的女同学躲在年级教研室扭弯处一截矮墙后边，突然拦住他，问：杜老师，鸡蛋你吃了吗？杜老师怔怔地站在那里，说：鸡蛋？"别针"说：鸡蛋。他说：噢，噢。是这么回事。我还以为……这不好吧？她说：我家有三只母鸡，一只芦花，一只鳌子黑，一只生产鸡。有时两只下蛋，有时三只下蛋，早起，鸡蛋是我一个儿拾的，家里人不知道。我娘说鸡蛋补气血……他说：噢，噢。谢谢。他往前走了两步，却又站住了，说：你以后，不要这样。这样不好……可是，"别针"从墙后跑出来了，她一下子就抱住了他……杜老师一定是吓坏了，他闭着两眼，喃喃地一迭声地说：别，别别，我犯过错误，我犯过错误，我犯过错误。"别针"说：是我愿意的。我愿意。我愿意。杜老师说：别，别，别……"别针"说：你摸，你摸，你摸……杜眼镜又有些把持不住了，他浑身抖着；那"别针"也软得像一摊泥，吊在他的脖子上，两人都像筛糠一样抖着……据说，就快要出事时，还是苗校长的一声咳嗽挽救了他。苗校长不知从什么地方冒出来，大咳了一声，把"别针"给吓跑了。

这天夜里，苗校长把杜眼镜叫到了校长室，狠狠地熊了他一顿。杜眼镜吓哭了，一把鼻涕一把泪的……再后，苗校长对人说，他早就发现了他们二人很不正常，一直盯着他们呢……是苗校长挽救了杜眼镜。要不，"别针"家是邻村一大姓，本族人口众多，若是他的家人知道了，会把他打飞的。

此后不久，苗校长又跟"别针"谈了话。从此，"别针"再不到学校里来了，她嫁人了……杜眼镜再见苗校长时，会默默地点点头，以示敬畏之意。

从此，老苗，我们的苗校长咳嗽声更响亮了。他终于找回了自尊。

在乡村，有些事情是突如其来的。

我们叫作"躲过初一，躲不过十五"。这是藏在心底里的、有着悠久历史渊源的、说不清来由的精神恐慌。就像是远远的天边隐隐有了雷声，却仍然是风和日丽，阳光明媚。可是，风忽然就腥了，刮起来了。等人们愣过神儿的时候，已是大雨倾盆了。

记得，一九六六年的夏天，杜老师正在课堂上给我们朗诵"白日依山尽，黄河入海流……"他的声音就像是唱歌一样，好听极了！他张开双臂，两眼先是圆睁，而后微微地一闭，做一波澜壮阔的姿态，仿佛已化身为黄河，奔腾而下……突然之间，没容他走出"黄河"，睁开眼来，镇上中学的一群学生嗷嗷叫着冲进来，兜头扣了他一桶糨糊！

一时，课堂上很静，只有杜老师仍然"波澜壮阔"地立在那里，他身上的糨糊自上而下从头到脚沥沥啦啦地流淌着，那糨糊是杂和面儿打的，带有一股子发了霉的豆腥气。他浑身上下全是糨糊，眼镜也被糨糊糊住了，白花花一片，成了一个"糨黄河"……那个为吟唱"黄河"而做出的一个"大"字仍然伸展着，糨糊淋淋沥沥在地上滴出了一个扁担长的"一"字，杜老师顿时成了一只刚从汤锅里捞出来的老母鸡！紧接着，一个纸糊的高帽子又猛地扣在了他的头上，那上边写着打了红叉的黑字：坏分子杜秋月！

杜老师哭了，扑扑哧哧的，像孩子一样。他哭得很伤心，完全丧失了一个老师应有的尊严……他哭着说：我看不见。同学们，我看不见……

杜老师戴上真正的"帽子"了。那纸糊的帽子把他的眼镜都扣住了。给杜老师戴高帽的是镇上中学将要毕业的高年级学生。镇中的学生之所以敢往老师头上泼糨糊，是因为他们一人戴着一个"红袖章"。

从镇上中学赶来的学生里，领头的是治保主任的儿子，大名吴小屯，外号叫屁墩（后有一段时间他曾改名为：吴红卫）。吴小屯把胳膊上戴的红袖章往上一捋，神气活现地站在讲台上，一只手按着杜老师的脖儿颈，另一只手挥动着，大声说：同学们，他被揪出来了，再不要听他放毒了！

我们仍然傻傻地看着，不知道这又是什么"梦"？……

这时候，大队部里的大喇叭突然响了。那声音高亢、鲜艳，就像是从天外突然飞来了一只大鸟，会唱歌的鸟，听来让人兴奋，也让人激动和紧张。在我原有的印象里，屁墩就是屁墩，屁墩让我联想到红薯，与屁墩联系最密切的应是红薯，屁墩放的红薯屁比谁都多。但是，一旦他戴上了这个"红袖章"，他一下子就像是变了个人似的，连说话的腔调都变了，几乎成了一个领袖！

一时间，老母鸡变鸭，屁墩成了"领袖"了。在雄浑高亢的音乐声中，屁墩又领人揪来了两个老地主，四个富农（四男二女，都是六七十岁的老人），加上杜眼镜，共七个人。七个头戴高帽子的人，用绳子串在一起，战战兢兢地排队走在操场上。屁墩不时用脚踢着他们的屁股，喝道：一二一，一二一，走好！……几乎所有人都在听从屁墩的号令。那其实是在听"红袖章"的号令。就因为他胳膊上戴着一个"红袖章"，他就可以用棍子一个个点着那些老人的头，说：你，你，还有你。站好了！

　　这时候，我们成了一群围观者。我们试图不看屁墩，我们曾经很蔑视他。可我们现在不能不看他了，他的胳膊上戴着一个"红袖章"。我们所有人都盯着屁墩胳膊上的"红袖章"。我们一个个都为"红袖章"着迷！它像是有无限的魔力，使每一个戴上它的人气冲牛斗！我们都渴望得到这个"红袖章"，只要能戴上这个"红袖章"，让我们干什么都行，哪怕是死！如果有可能的话，我很想去找一块红布，给自己缝一个"红袖章"戴上。可我不敢，那东西太神圣了！于是，我们自觉自愿地成了屁墩的追随者。我们高呼着口号，小跑着跟在屁墩的后面，我们追随的不是屁墩，而是"红袖章"。

　　……后来，我们也开始踢那些老头的屁股，踢老师的屁股，偷偷地。

　　我们虽然曾经狂热地追随过杜眼镜，可他被"打倒"了。一个被"打倒"的人不再受人尊敬。我们都在看他的笑话，我们觉得他可笑极了，一身的糨糊，那纸糊的高帽子把半个脸都罩住了。他可怜巴巴地被人拎着脖领子，一脚踢倒在地，跪在操场的中央，就像是个晕头鸡……真糠包呀！

紧接着，在屁墩的带领下，十几个镇上中学的学生架着老杜，让他表演性地做了一回"喷气式飞机"。那时候我们还不知道什么是"喷气式飞机"，在屁墩的指挥下，由杜眼镜现场示范，让我们看到了"喷气式飞机"的造型。戴"红袖章"的学生把他的两只胳膊架起来，用力向后扬，腰弯着九十度，头往前冲，把头发揪起来，这就是"喷气式"……后来，全村人都赶来看"喷气式"了。

操场上黑压压的全是人。于是，屁墩一次次神气活现地振臂高呼：打倒杜眼镜！

人们就一次次跟着呼：打倒杜眼镜！

屁墩喊：杜眼镜不投降，就叫他灭亡！

我们也跟着呼：杜眼镜不投降，就叫他灭亡！

屁墩本是要把老杜带到镇上去游街示众的，被匆匆赶来的老姑父拦住了。

老姑父说：不能走，老杜下放改造，归大队管制。

屁墩说：你包庇坏分子！

老姑父用本地话骂道：放你娘那臭狗屁！老子革命时，你还在你娘裤裆里呢。

屁墩说：你敢骂人？

老姑父说：骂你是轻的。大队是一级组织，你算老几？把人放下。民兵集合！

……屁墩到底年轻些，他被老姑父的气势镇住了。这时，治保主任上前说：墩儿，听你姑父的。

当天晚上，老杜蹲在河边上清洗身上的糨糊，他一边洗一边哭，小声呜呜地哭，像是一个被人掐了脖子的狗娃……哭着哭着，他一头栽到河里去了。刚好老姑父怕老杜寻短见，派一民兵偷偷地看着他。人一吆喝，村里人跑过来，把他给捞上来了。

老杜哭着解释说：我不是故意的。我不会自绝于人民，我是失脚滑下去的。真的。

此刻，村里女人们又觉得他可怜，赶忙从场里搬来几捆谷秆草，用秆草火给他驱寒……

到了晚上，老姑父到烟炕屋来了。他蹲在门槛处，对老杜说：老杜啊，教了两天学，你还理一分头，穿一皮鞋，你说你烧啥呢？老杜弯着腰说：是。我错了。我知道错了。老姑父说：你也别往别处想，好好改造。有我在，没人敢咋你。老杜流着泪说：你放心，我一定好好改造，脱胎换骨。老姑父说：看你说的，血可以换，骨头能换吗？老杜保证说：你放心吧，我能。我一定脱胎换骨，重新做人。老姑父叹一声，安慰他说：你也该成个家了。赶明儿，我给你说一个。老杜苦着脸说：我这样，谁要我呢？

第三天，公社开批斗大会，老杜又被人押着送到公社去了。据说，老杜头戴纸糊的高帽子，在台子上整整跪了一天……如果不是老姑父跟着，他就回不来了。

三天后，老杜重又回村挑尿去了。他戴着一顶吓老鸹的破草帽，穿着裤衩子，光着脚丫子，挑着尿担子顺着墙边走，战战兢兢的，见人就点头。在村街里的厕所门前，他小心翼翼地问：有、有人吗？

这时，治保主任提着裤子走出来，见是他，喊一声：老杜。

老杜弯着腰说：有。

治保主任再喊：老杜。

他说：有。

治保主任说：大声点。

他说：有！

一九六九年，老杜结婚了，娶的是一个寡妇。

这寡妇是老姑父给介绍的。寡妇姓刘，王家庄的，小名刘欢，大名刘玉翠。刘玉翠长得还算周正，就是个吊梢眼，颧骨高些，按平原乡村的说法，"克"男人。她男人王松球三个月前死在了煤矿上。

那时候煤矿上虽然经常死人，因为工资高，还是有人争着去。按规定，死在煤矿上的工人可以领到三百元抚恤金。更有吸引力的是，还可以让一个直系亲属接班。据说，在葬礼上，刘玉翠竟然和婆家人打起来了。为的是争一张纸，那是一张"招工表"，这是待遇。寡妇刘玉翠和婆家兄弟为争这个顶替死人的"待遇"，与婆家人闹得天昏地暗，打成了一锅粥！

王家人本就恨她，说她吊梢眼，是个克星，妨男人。可刘玉翠不识趣，大概她很想离开村子，到矿上去接男人的班（女人到矿上是不下井的，去了顶多是看磅，或是在食堂里当炊事员，这是好活儿），当工人。于是招来了王家一族人的反对。刘玉翠虽然要强，可她毕竟是在婆家的村子里，王姓一族人多势众，寡妇势单力薄，后来这张"招工表"到底也没争到手。不但"招工表"没争到手，刘玉翠还被婆家人打得满脸是血，赶出了家门……刘玉翠实在无法再在村里待了，于是就跑到公社告状去了。

老姑父在公社开会时碰上了这个前去告状的寡妇。那天她穿一件浆过的月白布衫，头上扎一根白孝绳儿，看上去利利索索的，模样还周正……老姑父看她哭得一把鼻涕一把泪的，挺可怜。三说两说，于是就把她带回村里来了。

而后赶忙派人去叫老杜。那时，老杜正往菜地里挑尿……

两人是在大队部里见的面。老姑父本意是让老杜换身衣裳再去跟人见面。老杜执意不肯，放下尿担子就来了。进了门，老杜半弯着腰，傻傻地站在那里。女人说：你坐吧。老杜这才抬起头，看了看女人。等他坐下后，老杜说：我得说清楚，我犯过错误。她说：我知道。老杜说：我戴着帽子呢。她说：我知道。老杜说：如今我不在学校教书了，我在村里挑尿……她说：我知道。于是，老杜不再说什么了。

刘玉翠是个很有主见的女人。她一直向往城里人的生活，喜欢有文化的人。两村相距三里地，刘玉翠曾见过他在操场上打篮球的样子，见过他穿着皮鞋咔咔地走在校园里的样子。男人走了，从一个"煤黑子"身边改嫁给了一个"白镜子"，刘玉翠满心愿意。她说：你的情况支书都说了，我也不嫌你啥。不过，我有个要求。老杜说：你说。刘玉翠说：别瞎胡想，好好过日子。

那时候，老杜觉得自己已经这样了，还挑什么呢？也就默认了这门亲事。于是，在老姑父的张罗下，选了个日了，把相邻的两座废了的烟炕房打通，又用白石灰刷了一遍，贴上了红"囍"字，凑合着摆了一桌酒席，就算是嫁过来了。

新婚之夜，晚上睡觉时，女人很听话，也很配合。老杜让她喊什么就喊什么，她觉得这就是"文化"。听房的村人都很惊异，在烟炕房外，众人听见刘玉翠一晚上都在"犁地"，两人一声声喊着：犁，犁，犁，犁呀！……

第二天，有人开玩笑说：玉翠，你牵了几犋牲口啊？就犁了一夜地？

刘玉翠的脸一下子就红了。

等过了些日子，经女人们的嘴一传两传的，村里人才明白了两人夜里的事。最初，晚上睡觉时，女人还听话，两人亲热时，叫怎样就怎样。兴奋时，老杜顺嘴喊出一个字："li"。她觉得新鲜，畅快，也顺音儿跟着喊：犁，犁，犁，快犁！快犁！老杜说：不是这个……她问他是哪个？老杜不说。后来她就猜，待琢磨了些日子后，刘玉翠终于明白了，那是一个女人的名字。便骂道：愿日就日，犁你娘那脚！就再也不喊了，咬紧牙，一字不吐。老杜也不再喊了。两人再睡时，闷闷的。

　　刘玉翠本以为她是嫁给了"文化"，可"文化"中听不中用，成了一个摆设。况且，"文化人"整日里挑尿，一身尿气，臭烘烘的。再说，她嫁过来后才知道，这是一位要她管吃管穿的"二大爷"。老杜离开学校后，很失落。终日里一句话不说，闷闷的。回家来，他就像是一个需要牵线的木偶，你拽一拽绳子，他动一动，你不拽那绳子，他就坐着不动。

　　以前，老杜的日子过得很凑合。有了女人后，老杜除了挑尿，把一切都交给了女人。刘玉翠也的确能干，每天都能给他做一顿热饭吃。不过，第一天生火时，她就把老杜带来的一个箱子上的锁给撬开了。打开箱子后，把他带来的一摞书撕成一页页的，分成两摞，一摞当成了揩屁股纸，一摞当成了引火的媒子。老杜挑尿回来，一怔，说：你怎么把书给烧了？她说：没有火引子。老杜说：那是书，不是火引子。刘玉翠说：你要不看书，能戴上帽子么？叫我说，都是这些书惹的祸。书一烧，什么也不想，咱好好过日子。老杜愣了好一会儿，说：也是。烧就烧吧。

我清楚地记得，我曾经从杜老师家里的灶屋里偷出了一沓散了页的书，那本书的书皮已经被撕掉了，书里边的句子怪怪的，意思也怪怪的……一直到很多年后，我才想起那本书的名字是《修辞学发凡》。那是刘玉翠当年给孩子擦屁股用的。

有一段时间，"运动"不那么紧了。又有人来烟炕屋听老杜"喷空儿"，听他说"尼克松访华"的事……这时候，家里有了女人，女人爱面子，就埋怨老杜，说：你看看，说起来你也是个文化人，家里连个坐的凳儿都没有？说的次数多了，老杜气了，就说：我做。我自己做。于是，他找来一些旧木料，又借了木工用的工具，还特意去镇上的书店里买了一套最新样式的家具书，回来就比葫芦画瓢做起来……老杜本意是想做一件实实在在让女人满意的事。他每天下了工就做，整整做了一个月，终于做成了两把小椅子。他原本是要做四把新式椅子的，可磨了两手血泡，只勉强做成了两把。这两把小椅子太不像样子了，一把靠背是直的，没有弧度，还歪歪斜斜的，勉强能坐人。另一把有了弧度，却锯坏了木料，刚扎好就散了架……气得刘玉翠掂着那把小木椅整整走了一条村街，逢人就说：看看，都看看，这是人做的活吗？！

苦了一个月，却连一把椅子都没做好，老杜觉得脸上无光。

一时恼羞成怒，在家里摔了一只空碗……两人还撕扯着打了一架！

此后，老杜挑完了尿，就不急着回家了，常坐在村街里的阳光下晒暖儿、跟人"喷大空儿"。有时候，也学着乡人拧一支旱烟抽，大声咳嗽着，大口吐痰。到了吃饭的时候，女人大声喊：老杜，吃饭了！这时候，老杜才挑上空尿桶，慢慢往家走。

后来，刘玉翠怀孕了，生了一个女儿。生了孩子后，事多了，也常喊老杜帮忙。每次喊老杜，她都要气个半死。比如，她正和面呢，孩子拉屎了。她两手面，从灶屋里跑出来，喊：老杜，屙了。老杜怔怔的。她气呼呼地说：孩子屙了，你不会把把？他问：怎么把？刘玉翠没办法，就赶忙把手洗出来，把孩子从床上拉起来，蹲在门外，给他做一示范……有时候，女人喊：老杜，淤了。老杜仍怔怔的。后来才知道，灶里火大，是锅里熬的玉米面粥潽出来了……再喊：老杜，芝麻秆！老杜仍呆呆的。女人就恶狠狠地说：老杜，添柴烧锅呀，你还不如那个死鬼，死鬼还能给我烧个锅！你木头人呀？

家常的日子，有许多话语是省略的。这是一种默契。比如，滴星儿了么？（这是问外边是否下雨了。）比如，抬一下头？（这是要他把挂在梁上的篮子取下来。）比如，你是秋娘？（这是说他像蝉一样懒，叫他起床呢。）……老杜与刘玉翠始终也没有达成默契。没有默契也可以过日子，只是磕磕碰碰的，日子过得凑合。刘玉翠恼的时候，就骂他。骂他就像骂一个三岁的孩子，把他骂得七窍生烟……有时候，两人也打架，可吃亏的总是老杜。的确，在生活上，有错的大多是老杜。老杜既在"理"上说不过刘玉翠（"理"是乡村的），动起手来也打不过刘玉翠（刘玉翠嘴一份手一份）……老杜只好投降。刘玉翠就罚老杜请罪。

在日常生活里，老杜实在是太没用了。老杜也觉得他自己是个没用的人，于是让请罪就请罪吧。饭锅淤了的时候，她逼着老杜弯着腰站在灶屋里，嘴里念念叨叨地背语录，向领袖请罪……刘玉翠很喜欢看他请罪的样子：他勾着头，虾一样弓着腰，每一个扣子都扣得整整齐齐的，很正式地背诵着领袖的语录。于是，过不几天，她就找一茬儿，再来一次。刘玉翠一边让老杜请罪，一边又隔三岔五地弥补一下。他一请罪，刘玉翠就笑了，气也消了。每次请罪后，她都会再给他点甜头儿，给他煮个鸡蛋或是砸个核桃什么的，说是给他补脑子用。弄得老杜没有办法。后来，老杜也习惯了。

有一段日子，刘玉翠走出来的时候，村里人就问：老杜呢？

刘玉翠响快地说：在家请罪呢。

人们就笑。

老杜与刘玉翠彻底翻脸是十多年之后的事了。

那一年夏天，最先，有人从流窜犯梁五方那里带回了一个消息：说是北京城里下放的人，有的调回去了。还有的已经平反了，还补了钱呢……这时候老杜穿着一个大裤衩子，正蹲在饭场里吃饭。听了这话，他怔怔的。在饭场里吃饭的人也都望着他，人们说：老杜，跑跑吧。说不定，你也能回去。

老杜嘴角哆嗦着，什么也没说，端上碗回家去了。

第二天，老杜借了辆自行车，就到城里去了。他一直到天黑透的时候才从城里回来。人们见他垂头丧气的样子，就追着问：老杜，咋样了？老杜摇摇头，什么也不说。第二天，照常挑尿。

村里人慢慢才知道，老杜去问了，人家说老杜犯的是男女关系错误，不在平反之列……有一段，老杜闷闷的，很失落。

后来，再到饭场里吃饭时，村里人教育他说：老杜，你傻呀，你以为平反就那么容易？你得送啊！老杜说：送？送啥呢？人们说：送礼呀。你不送，谁给你平呢？你得送！众人都说：对了，送吧！

听众人都这么说，老杜心也活了，于是就送。老杜家里穷，没什么可送的，就打发刘玉翠去村里借。刘玉翠听说只要一"平反"，就成了国家的人了，就可以发工资了，多好的事呀。于是刘玉翠说：我知道你脸皮薄。我去，我去借……刘玉翠就一家一家串，诉说老杜平反的事。这时候，村里人都显得很厚道，柿饼、核桃、鸡蛋，还有油，一家一家地给他凑。说老杜要是平了反，就成了官身了……

听村里人说，那时候老杜常常骑着借来的自行车，带着村里人凑的礼物，一次次地往城里跑。渐渐地，老杜脸上有了喜色。有人问：跑得咋样啊？他说：快了。

就这么跑着跑着，一年过去了，"平反"的事仍然没有着落。老杜一日日在路上奔波着，希望似乎很渺茫，可他已经不再下地干活了。村里人也都知道他在跑事呢，落难之人，队里也不再勉强他。大多数时间，他不是跑在路上，就是躺在床上发愁，脾气也大了，动不动就发火。这时候，刘玉翠每次喊他吃饭都是小心翼翼的，说：爷，你起来吧，我给你擀了酸汤面吃。

老杜挥着手说：别烦我。不吃。

刘玉翠赔着小心：你多少吃一点……

老杜喝道：端走！

一天早上，"吃杯茶"叫的时候，老杜仍昏昏沉沉地在床上躺着，他做了一个噩梦：他跑来跑去，不但没有平反，还罪加一等，又戴上了一顶帽子，他现在头上戴着两顶"帽子"，他正在梦中痛哭流涕地做检查呢……老杜哭着哭着，醒了。就觉得有人拽他，待他睁眼一看，是刘玉翠。

刘玉翠站在床前看着他，而后往他的枕头边放了一沓钱，说：日头大高了，赶紧起来吧。进城还有一段路呢。

老杜怔怔地说：这钱，哪来的？

刘玉翠说：爷，一个村都借遍了，我再也给你借不来了。我叫人把院里的三棵桐树出了。卖了三百一十块钱。你拿上去吧。

老杜叹一声，说：不好。我刚做了个噩梦……算了，今儿不去了。

刘玉翠说：啥梦？我给你圆圆。

老杜长叹一声，说：嗨，跑来跑去，不但没平反，又加了一顶帽子，两顶……

刘玉翠说：妞他爹，我看有指望了。梦是反的，这叫顶上加顶。

老杜半信半疑，说：是吗？

老杜本是不信命的。可人到了这一步，不信也信了。他慌忙下床，洗了把儿脸，出门一看，刘玉翠已把自行车给他借来了，还打足了气。于是骑上车就走。刘玉翠追着屁股教育他说：别惜乎钱，多买些烟酒。你没听人家说，"研究研究"吗？

人们在村街里撞见老杜的时候，一个个都"点拨"他说：老杜，还没跑成呢？送，你得送呀！一个"送"字，是土壤里生长出来的哲学，人民的哲学。

老杜点点头，说：知道，我知道。

……就这么跑着跑着，又小半年时间过去了。

一天，傍晚的时候，治保主任背着两只手，在村口等着了从城里回来的老杜……治保主任问：老杜，跑得咋样了？老杜一看是他，手一哆嗦，差点从车上摔下来，就随口说：快了。快了。这时候，治保主任从背后伸出手来，他手里掂着一双破皮鞋，三接头的。治保主任说：这鞋，还给你吧。鞋小，墩儿一天也没穿过。你跑事呢，不是得那个啥……仪表吗。

老杜看了看他，又看了看那鞋，突然说：这鞋送你了。我不要了。说完骑上车就走。

治保主任追着他的屁股喊：老杜，老杜……老杜哭了，一脸泪。

第二天一早，老杜给车子打打气，又上路了……他实在是不愿再看治保主任那张脸了。

冬去春来，老杜的情绪一天一个样儿，有时面带喜色，有时又嘟噜着个脸，垂头丧气的。老杜本是个很有涵养也很爱面子的人，可他在奔波中已把仅有的一点脸面丢尽了。后来，老杜都跑得快没有信心了，他已经到了几近绝望的程度。

记得那时候，我还在一所大学里读研究生。突然有一天，杜老师竟然跑到学校里找我来了。那是个星期天，寝室里就我一个人。他进门时绊了一跤，跟跟跄跄的，一头栽到了我的怀里。我惊讶地望着他，发现他的脸是紫的，一脸紫黑，简直是怒不可遏！我从未见过他这个样子……他气得嘴唇哆嗦着，结结巴巴地说：志鹏（他一直叫我的学名），你帮我一个忙。帮老师一个忙。

我知道他一直在跑平反的事。可我一个还未毕业的学生，能帮他什么忙呢？我看他这个样子，就快要崩溃的样子，说：你说吧。不料，杜老师突然哭了，他扑哧一下，放声大哭！他哭着说：你知道我敲过多少人的门吗？你知道我赔过多少笑脸吗？你尝过夕阳西下站在人家门外等人的滋味吗？……可以想见，他在常年的奔波中受了多少委屈，看了多少人的脸色……哭着哭着，他擦了擦眼里的泪，喃喃地说：人心险恶，人心险恶呀。

接着，他快速地说：这样，长话短说，我托了一个人。这个人答应帮忙的。他说他一定给我办成……送的礼就不说了。这一年多，我给他送了多少礼就不说了。他答应我的，可他一拖再拖……今儿个，我又找他了。他说，他马上去市委找人。我已经不再相信他了。这样吧，你帮我个忙，待会儿，他出来的时候，你跟着他。我要证实一下，看他是不是在帮我。接着，他轻声说出了一个人的名字……这人我知道，是他的一个大学同学，如今是我们学校的中层领导。于是，我硬着头皮答应了。

这也是我此生第一次去跟踪一个人。一个头发梳理得一丝不乱，既有着教授学衔又有一定的职务、名声很好的人。他一脸祥和地骑着一辆新的女式斜梁"凤凰牌"自行车（在七十年代末八十年代初，这比现在开着一辆小轿车还神气呢）。他自行车上挎着一个篮子，那篮子是细竹丝编成的花篮，很像是一件艺术品……我骑着借来的一辆破车偷偷地跟在他的后边。我看见他慢慢悠悠地骑着车，很审美地在路上走着。他先是去了菜市场，他在菜市场上买了几根嫩黄瓜、几个西红柿、两斤瘦肉、一把蒜薹和一根牛鞭（很贵）……而后他悠然地穿过人群，骑过了菜市场，又骑到了市里的百货大楼门前。他在停车处扎了车子，而后走进百货大楼。五分钟后，他出来了，手里提了几卷卫生纸，他把买的卫生纸放在后边的车架上，骑上继续往前走……他骑到了市委、市政府大门前，可他慢慢骑着过去了，没有下车。我想，这是星期天，他可能会去市委家属院找人，可市委家属院紧挨着市政府呢，他仍然是悠悠地骑过去了……我就这么一直跟着他。等我跟着他回到学校，我看了看表，我整整跟踪他一小时又三十六分钟。这次跟踪，使我获得了一条最重要的人生经验。那就是：不要轻易相信人。特别是那些梳大背头的人，要远离他。

　　杜老师还在寝室里等着我呢。我不知道该怎么给他说，我想他一定会暴跳如雷，说不定还会找那人拼命……可他听了我的话，却半天沉默着。好久才喃喃地说：知道了。我知道了。我不会再找他了。说完，他扭头就往外走。出门时，他整个人像是被击垮了似的，背驼得很厉害。我追出门，灵机一动，突然说：杜老师……他回过身，望着我。我手往天上一指，说：市里不行，你去省里。他说：找上面？我说：对，上面。他突然扑过来，紧抓住我的手，说：我知道了。谢谢老弟。

　　此后，有一段时间，杜老师常骑着那辆从老姑父那儿借来的破自行车到学校里来。他把自行车放在我寝室门前，而后再赶火车到省城去……每次，他都悄悄地叮嘱我说，去省里跑的事，不要告诉任何人。对谁都不要说。

三个月后，突然有一天，老杜下午早早地就回村了。老杜回来后往院子里一坐，也不进屋，就在院子里坐着，很沉默。刘玉翠看他不高兴，先是把扇子递给他。怕他上火，又把泡好的野菊花茶递给他，可他仍是一句话也不说。

　　夜深了，星星在天空中闪烁，老杜仍呆呆地在院里坐着。晚饭给他盛上了，他不吃。又给他热了几次，他还是不吃。刘玉翠也不敢叫他，连走路都小心翼翼的。有几次，刘玉翠从屋里出来，站在他跟前，说：老杜，天不早了。老杜不吭。过一会儿，刘玉翠又从屋里走出来，说：老杜，夜气凉，披上衣服吧。说着，给他披上褂子。老杜仍然坐着不吭，很沉痛的样子。最后，刘玉翠说：爷，你也别心里不是味，实在跑不成，就算了。花那些钱，只当肉包子打狗了。

　　这时，老杜慢慢地站起来，展了展身腰，默默地说：还要我请罪吗？

　　刘玉翠笑了，说：我都忘了这茬儿了……请吧。

　　于是，老杜就站在院子里，整整衣服，扣好扣子，弯下腰，勾着头，对着刘玉翠背诵道：我有罪。我是个罪人。伟大领袖教导我们说：错误和挫折教训了我们，使我们变得比较聪明起来……刘玉翠笑得腰都直不起来了，她摆摆手说：算了，算了，这又不怨你。

　　此时此刻，老杜突然哭了，老杜泪流满面，痛得不成样子。

刘玉翠吓坏了，忙说：老杜，老杜，你这是咋的了？我可没让你请，是你自己要请的……老杜摆摆手，什么也不说。

这天夜里，老杜进屋后，先是四下打量了一下房子，像不认得似的：那烟炕房的屋顶被烟熏得很黑；墙头上，曾经挂烟杆用的穿杆眼上塞着一窝一窝的麦秸；房梁上挂着一个黑黢黢的竹篮子，篮子是防老鼠的"气死猫"，篮子里放着两匣串亲戚用的点心，还有一包熬好的猪油……而后，他斜靠在床上，怔怔地望着这一切。

这边，刘玉翠洗洗涮涮，收拾了锅碗瓢盆，回房后，看着老杜，也愣住了……后来，她对人说，她早就看着老杜不对劲。老杜的魂走了，老杜变得越来越陌生了。

这天夜里，吹了灯，老杜突然说：平了。

刘玉翠惊喜地扭过身来，看着他，说：老天，给你平反了？

老杜说：平了。

刘玉翠说：我的爷，你咋不早说呢？真平了？

老杜点点头，说：明儿就可以办户口了。

刘玉翠说：证呢？

老杜说：啥证？

刘玉翠说：平反的证，让我看看。

老杜从贴身的衣兜里掏出了那张纸，给了刘玉翠……刘玉翠又忙把灯点上，拿着那张盖有大红印章的纸看了又看，还在灯前照了照，说：真不容易呀，到底给平了……而后说：给我念念。

老杜脸色陡然变了，厉声说：念什么念？有啥好念的。平了就是平了。说着，他忽一下把那张纸从她手里夺过来，重新叠好，装在贴身的衣兜里。

刘玉翠望着他，小心翼翼地说：你看你，我又没说啥。不念就不念。那，睡吧。

两人重新躺下来，背对着背，各自都有些心思……吹了灯，刘玉翠睡着睡着，突然一猛子坐起来，一拍床，说：老杜，我呢，孩子呢？

老杜躺在黑暗中，说：我先过去。你……跟孩子，回头再说吧。

刘玉翠说：你拍拍屁股走了，不会……不要俺娘们了吧？说话呀。

老杜沉默了一会儿，说：不会。

刘玉翠说：我想你也不会，你不是那狠心的人。

老杜说：睡吧。

刘玉翠说：妞他爹，你可不能撇下俺娘们呀……不管咋说，俺跟你这么多年了……

老杜说：睡觉。睡觉。

刘玉翠用脚踢踢他：你要是敢不要俺娘们，我可不依你！

老杜说：现在刚平反，没房子没啥的，等我安置好了，回来接你。

刘玉翠笑了，说：这还差不多。

而后，刘玉翠回身搂住他，很温柔地说：妞他爹，你，犁吧。你叫我啥我都应着，咋叫都行。你犁……犁犁犁犁，犁！

老杜翻身上马，却突然像泄了气的皮球一样，说：一股子蒜气。去，刷刷牙。

刘玉翠很不情愿地从床上爬起来，嘴里嘟哝说：都半夜了，刷啥牙呢？你将就吧……可她还是去了。这一夜，刘玉翠心甘情愿地喊了很多"犁"。

老杜走的那天，见人就谢，对村人说了很多感激的话……他还流着泪说，是无梁改造了他。无梁是他的再生父母。他还说，这些年，这些日子，他一辈子都不会忘的。

老杜走后，刘玉翠天天在村口望。望着望着，有一天，她突然在村街里跳脚骂道：上当了。这么多年，我养了个白眼狼啊！

村里人都劝她说：咋会呢？老杜这人，不会。

一年后，老杜回来了。

老杜是回来离婚的。

据说，老杜执意要离婚，是因为一张报纸。村里人都说：瞎掰。没有人因为一张报纸闹离婚，这不过是一个借口。

老杜回来先去拜见了老姑父，给老姑父送了烟酒。后又一家一家拜，送的是饼干糖果之类，还挨个敬烟……人们都说：不赖，不赖。老杜终于熬出头了。

老杜这次回来变得更谦虚了。虽然平反了，他已经是国家的人了，可他还穿着他平时穿的那身衣服，显得很邋遢。连村里人都看不下去了，说：老杜，你如今是国家干部了，该置置装，换身新衣裳了。他只是笑笑，什么也不说。

后来刘玉翠说，他是装的。那时老杜已学会说假话了。老杜原来不会说假话，一说假话脸红，现在老杜说假话脸也不红了。刘玉翠愤愤地说：他练出来了。老杜很狡猾，老杜给她下了个套儿。老杜先不说离婚，只说是给刘玉翠娘俩转户口。

那时候刘玉翠还不知道老杜会骗她。最初，刘玉翠美死了，美得一夜都没睡好觉。

那天早上，她还特意梳梳头，换了身衣服，收拾得青菜儿一样，利利索索地上路了。走上村街的时候，她见人就说：要转户口了。往后就是城里人了。到时候你们可去呀，都去……张扬得一个村的人都知道了。说了这些后来成为笑柄的"打嘴话"之后，她就高高兴兴地跟老杜到镇上去了。

在镇街上的一家商店里，老杜先是领着刘玉翠扯了两块做衣服的布料。刘玉翠说：花这钱干啥？老杜说：得花。这些年苦了你了。说得刘玉翠心里软乎乎的。

在镇上的一家饭馆里，老杜要了四个硬实菜：一扣肉，一蒸碗，一油炸花生，一红烧鱼，两碗米饭，都是刘玉翠最爱吃的。等刘玉翠吃得满嘴流油的时候，老杜摊牌了。

老杜说：翠，有些事，咱得慢慢来，一步一步来。

刘玉翠打了一个饱嗝儿，说：你啥意思？

老杜说：本来，是给你们娘俩一块办的。现在只能一个一个办了。你看先办谁的？

刘玉翠一怔，说：你不是说都转吗？

老杜说：我是想都转，可人家不给办。

刘玉翠急了，说：你送啊。该花的钱得花。

老杜说：你以为我没送，我天天给人送礼，腿都跑断了，才批了这一个。咱慢慢来，你看行不行？

刘玉翠头蒙了，她说：那那那……先、转孩子吧。

老杜说：我也觉得孩子的前程要紧，你说呢？接着，他又说：你放心，接下来就给你办。

刘玉翠愣愣的……她觉得有些不对劲，却一时想不清楚。

在饭馆里吃了饭，他又领着刘玉翠去转女儿的户口。也许老杜早已打点过了，女儿的事办得很顺利，"啪、啪、啪"民警把章一个个都盖上了。

从派出所出来，在镇政府的院子里，老杜装着突然想起来的样子，说：对了。有件事，咱也顺便办了吧。刘玉翠没有多想，问：啥事？老杜说：办了我再告诉你。这事与分房有关，办了我就可以在城里分房子了。刘玉翠说：到底啥事呀？老杜说：你别问了，就是证明一下，我在乡下没有房子。刘玉翠说：就这事呀？老杜说：就这事。而后他又特意嘱咐说：进去后，你啥也别说。人家问你同意不同意，你说同意就行了。

于是，刘玉翠糊糊涂涂地就跟老杜进了另一间屋子……

再后来，刘玉翠逢人就说：这人真阴哪！他就是个慢毒药，一点一点地诓我！

刘玉翠对村里人说：我真是瞎眼了。咋就没看出来呢？这都是老杜设计好的。老杜为平反整整跑了两年半，在人们的一次次诱导下，老杜已经学会送礼了。他不但学会了送礼，还学会了说瞎话。他见人说人话，见鬼说鬼话，他已经变成了一个瞎话篓子！

老杜肯定事先就给镇上的民政助理送了份厚礼，所以离婚手续办得非常顺利。民政助理是寝办合一。老杜进屋后，先让刘玉翠在外间等着，而后侧着身子从兜里掏出两张红颜色的结婚证书交上去，说：刘助理，忙着呢？民政助理朝外边瞥了一眼，只象征性地问了一句：来了？……都没意见吧？刘玉翠探头朝里间望了望。没等刘玉翠看清楚，民政助理就把两张蓝颜色的离婚证拿出来，照着填上姓名，"啪啪"就把章盖上了。而后，老杜说了声：谢谢。出了里间，拽上刘玉翠就走。

出了镇政府，一路上，老杜好话说尽了。他说：玉翠，你放心，我会对得起你们娘俩的。就是那个啥了，我也会对你好一辈子。翠，我知道你是个好人，你心善，你是刀子嘴豆腐心，菩萨心肠。你一定要相信我。我这一辈子，要说对不起，就对不起你了。我会还报你的。有我吃的，就有你娘俩吃的。你信吗？我月月给你寄钱……刘玉翠一辈子都没听过这么多的好话，她就像坐晕车似的，迷迷糊糊地跟着老杜往车站走。

一直等老杜上了通往县城的公共汽车……车开走后，刘玉翠把手伸进衣兜里，这才发现老杜塞她兜里用信封装着的不光是三百块钱，还有一张蓝色的"离婚证书"。

刘玉翠"哇"一声哭了。她后悔没注意老杜反复说的一句话，现在她终于明白老杜说的"那个了"是什么意思。

老杜离婚是有原因的。

据说，老杜在为平反奔波的那些年里，无意中在路上看到了一篇登在报纸上的文章，那文章的题目叫"月是故乡明"。这篇《月是故乡明》的文章最后一句写的是：家乡的月，你好吗？就是这么一句"家乡的月，你好吗？"使老杜陡然产生了离婚的念头，并且第一次阴谋成功。

老杜很想回到从前，去找他心目中的"li"。许多年过去了，"li"一直是他心中的一个结。平反后，他更加怀念跟"li"在一起的那些日子。每每回忆与"li"在一起的时候，他总是选择最美好的那一段。就像甘蔗，他取的是最甜的那一节，是最浪漫最有诗意的那段日子。那甜蜜的回忆就像陈年老酒一样，使他沉醉。

老杜离婚后，就像是大海捞针一样，到处去打听"li"的下落。他写了无数封信，托了很多昔日的同学……可等他找到"li"的时候，"li"已经是人家的女人了。经打听，"li"已经调北京去了。如今已经是很有身份的人了。当老杜拿着地址，坐了一夜火车赶到北京，却连"li"的面都没见上。老杜找到"li"的那一天，也是他幻想破灭的时候。老杜在北京的一家宾馆里度日如年地住了三天，满心期望着能见上"li"一面。那么多年过去了，为什么就不能见上一面呢？可"li"很决绝，"li"不愿见他……最后，老杜只收到了经别人转达的一句话：过去的就让它过去吧。

老杜很痛苦。老杜在北京的街头喝醉了。他醉了一天一夜，差点死在那里……在昔日一位同窗的劝说下，老杜又很失落地坐车回来了。据传话的同学说，"li"那篇文章并不是要回到过去，那只是前进中的一点点"忧伤"。那是要洗干净过去，展望新的未来……这么说，是老杜错领了其中的含意。可老杜仍然不能释然，老杜坚持认为不是传话人所说的那样，一个人不可能完全忘记过去。"li"对他还是有感情的，"li"肯定有难言之隐……话虽这样说，老杜还是很沮丧。这一次，他的心碎了。虽然没有见到他的"li"，可他也决不愿再回到过去了。

可他没想到，刘玉翠也不是吃干饭的。刘玉翠不甘心就这么轻易地跟他离了。刘玉翠向往城市生活，她已盼了很多年了……所以，刘玉翠决不罢休。

往下，就是"麻雀战"和"游击战"了。

那天，刘玉翠回村一路走一路哭，回村时都快哭断气了，她悔呀！她肠子都悔青了……

刘玉翠一回村就让村里人给围上了。老杜虽然骗着她离婚成功了，可刘玉翠回村后的哭诉招致了全村人的同情。人们都说，这老杜怎么这么阴哪，他怎么能干这样的事呢？太不是人了！你想，一村人给他张罗着凑钱跑事儿。家家都给他凑东西，一袋子一袋子的柿饼、核桃、花生，还有小磨香油……当年在村里挑粪挑尿的一个人，狗都不如的一个人，现在平反了，他竟撇下女人跑了。这啥人哪？！

于是，三天后，刘玉翠带着一群村人拥到城里的师范学院，告老杜来了。无梁人一群一群地围着学校的门口，大声喊着：大流氓杜秋月滚出来！

可老杜根本不敢跟村人照面，老杜吓得躲起来了。老杜一辈子就要了这一次阴谋，可阴谋又把他给害了。无梁人先是在学校大门口吆喝，而后又冲进了校长办公室，一个个争着诉说杜秋月的劣迹，把老杜说得一塌糊涂。人们拍着校长的办公桌说：这是个大流氓啊！

后来，校长把老杜"请"到了校长室。校长是老杜昔日的同学，这位同学拍着桌子说：老杜，你咋一屁股屎呢？赶紧擦干净了。要是处理不好，你就别来上课了。

听校长这么一说，老杜傻了。老杜本以为他只要离了婚，就与刘玉翠一刀两断了。可他没想到，刘玉翠竟会追到城里来，接着跟他闹。这么一闹，反倒更坚定了老杜的决心。既然到了这一步，他是决不回头了。他决定换个地方，调走。

最初，老杜还是蛮有信心的，他说：此处不养爷，自有养爷处。可他没想到，刘玉翠跟他打的是持久战。自从他回城后，刘玉翠就跟他摽上了。无论他调到哪里，刘玉翠就追到哪里，一次次找单位的领导告他……这仗一打就是三年。

自打回城后，可以说，老杜没有过一天安生日子。老杜心里有短，怕见刘玉翠，整日里东躲西藏的。

最初，老杜没有分到房子，他租住在学校附近的民房里。为了躲避刘玉翠，他只有不断地提着他那只破箱子搬家……老杜每周都要给学生上课，他上班的路线是固定的。刘玉翠却很自由（那时地已经分了，她把地包给了人家），想什么时候逮他，就什么时候逮他。老杜每天上班就像做贼一样，偷偷摸摸的，出门先四下看了，然后才惶惶地走出来。可他又时常被刘玉翠出其不意地堵在路上。开初老杜还想"流氓"一下。老杜想反正已离了婚了，你还能怎么着？老杜说：你是谁呀？你走，我不认识你。刘玉翠当着众人说：我是谁？你不知道我是谁？我是你老婆！老杜说：你是谁老婆？我不认识你！刘玉翠说：你不认识我？你敢说你不认识我？有种你把裤子脱了，我告诉你我是谁！大家都来看看，他屁股上有块胎记！我是谁？一床上睡了这么多年，你不知道我是谁？……老杜急了，说：你不是说我是流氓吗？我就流氓了。咋？！刘玉翠说：好。你流氓。你流氓是吧？那你脱，当众把裤子脱了！你脱一个我看看，我看你是咋流氓的？脱脱脱，你脱呀！

老杜一看这招不灵，扭头就走。刘玉翠在后边追着他……追得老杜一点办法也没有。接着就不停地赔不是、说好话。老杜求告说：翠，玉翠，姑奶奶，你饶了我吧？咱俩已经离了，咱俩没感情。刘玉翠说：你是个骗子。婚是你骗着离的。你要想离，这话你早说呀？你早干什么呢？一床上睡了这么多年，到这会儿，你平反了，成了国家的人了，你说没感情？！老杜哀求说：那时候，那时候，不也、也成天吵架吗？你还、还让我请罪……刘玉翠说：那时候？你还有脸说那时候？那时候你是"坏分子"，你还戴着帽子呢。拍拍你的良心，我嫌弃过你吗？！请罪，谁让你请罪了？那是你自愿的。你是人吗？你干的这叫人事吗？你要有一点良心，你会骗着我离婚吗？！老杜说：翠，我是欠你的，我不是人，我猪狗不如，这行了吧？你放过我吧……可不管他说什么，刘玉翠死缠着他。

后来老杜一看见刘玉翠，扭头就跑。他在前边跑，刘玉翠在后边追，刘玉翠还边追边喊：抓贼啊，抓贼呀！……老杜一边跑着一边给人解释说：我不是贼，真不是贼……老杜虽然回城了，可这样的日子，他依旧很熬煎。

老杜实在是没办法了。他为躲避刘玉翠曾先后换过三个单位。他从这个城市调到那个城市，而后又从市里调到了省里。每一次调动他都要请客送礼，耗费了他大量的精力……可每换一个地方，很快就被刘玉翠找到了。刘玉翠见人就诉说老杜骗着离婚的事，说他当年挑尿时的事……弄得老杜里外不是人。

老杜工作上也不顺心，他夜夜失眠，后来得了偏头疼的病。一站在讲台上就头晕，脑子里一片空白，还住过一段医院。更要紧的是，在长达十多年的时间里，他一直是东躲西藏，与刘玉翠周旋，竟然没能通过教师资格考试。据说，在考场上，有一次，他居然忘记了"白居易"是哪一朝代的诗人，忘记了他是"什么主义的诗人"。他看着手里的卷子，却满眼都是刘玉翠……他丢的时间太久了，过去学的那些汉字，都在乡下就着烙饼卷吃了。这让他十分羞愧。他先是从师范学院调到一所中学，而后又从中学调到小学，就这么调来调去的，居然连小学教师的资格也荒掉了。到后来，他完全成了一个病人，课也上不成了。他脑子坏了，课上得不好，名声也不好，学校有意见，学生家长更有意见……没有多久，就让他提前退休了。

终于有一天，老杜走着走着，一头栽倒在路上，还是刘玉翠把他送进了医院……

后来，我在省城一个街角里见到了他。他一个人在街边上坐着，一头苍老的白发，裤腿高高地"扁"着，一只脚光着，一只脚趿拉着一只布鞋，另一只鞋在屁股下垫着，身边放着一个破塑料袋，塑料袋里装着烟、火柴和速效救心丸之类。他就那么愣愣地在路牙子上坐着，大声地咳嗽，大口地吐痰，嘴里还大声地日骂着……我的老师，曾经能通篇背诵《离骚》的老师，现在却完全是一副乡下人的做派了。

如今，老杜又复婚了。

他的老婆仍然是刘玉翠。

无比顽强的刘玉翠，终于在城里扎下来了……在常年的奔波和斗争中，刘玉翠越闹劲头越足。开初，有一个信念一直支撑着她，那就是她过不好，也决不让这个忘恩负义的人过舒服了。据说，她女儿长大了，早已参加工作了，也不止一次劝过她：算了。离就离了，别再闹了。可她仍顽强地坚持着。她说：不行。我豁出去了，我就是要跟他闹。我得让他知道，离了我刘玉翠，他一天也过不好！

然而，正因为她一次次地追逐，一次次地找人诉说、央求、控诉……她对学校周边的环境也越来越熟悉了。后来，为了生存，她一边跟老杜做斗争一边还兼做着小生意。刘玉翠经人指点，先是给一个在学校门口卖羊肉串的人当帮工（给人往铁扦子上穿羊肉），又兼着给学校的老师打扫卫生当钟点工，同时挣两份工钱。后来遇上了机会，居然在学校门口盘下了一个卖烟酒杂货的小店……生意还很红火。

待追到省城后，她先是卖了市里的小店，倒腾了一笔钱，而后在省城一家中学门口租了个卖文具、书籍的小卖部。一个内心有支撑的人是不怕吃苦的……她一边坚持跟老杜做斗争一边做着生意，活得很充实。在城市里奔波的时间长了，见的世面多了，她也在逐渐地修饰自己，包括对老杜的控诉的方式也有所改变。她不再大声嚷嚷了，也不是张口就骂，她的声音逐渐低下来，说得很客观，很有分寸，这就赢得了更多人的同情。况且她还算是有几分姿色的女人，自然有很多人愿意帮助她。就此，在省城里，她的生意也慢慢地有了起色……一直到后来竟扩展成了一个有三间门面的书店，卖一些正版和盗版的书籍。

如今，刘玉翠的穿着也已完全城市化了。她已经是雇了四个营业员的小老板了。也是一套淡蓝色的西装裙，头发烫成了卷卷儿，脚下是一双高跟皮鞋，鲜艳地在店里站着，听雇来的小姑娘甜丝丝地叫她：刘经理。

据说，刘经理在省城已买下了三室一厅的房子，买下了户口，已是地地道道的城里人了。老杜得了脑中风住医院后，穷困

218　　　　　　　　　生命册
▲

潦倒，身边也没有什么人，着实也离不开刘玉翠了。

如今，刘玉翠刘经理跟人谈生意时，时常笑眯眯地对那些书商说：你别糊弄我，俺家那口子，可是名牌大学毕业的。

据说，刘玉翠也时常去美容店里做做美容。她脸上糊着一层面膜，躺在美容椅上，闭着眼对那些一同做美容的女人说：俺家那口子，名牌大学毕业，早年被打成了右派。平反后才回来的。人是好人，一百层的好人，学问也好，学校都争着要他。就是个倔，死倔，拗。要不是他，我也不会到城里来……

可是，当她回到店里，她望着窗外老杜坐着的地方，鼻子里哼一声，伸手一指，对那些小姑娘说：看见了吧？那就是一废物。我养活了一个废物。不过，他可是名牌大学毕业。当年，风流着呢，帅着呢，后头跟一群女大学生！那不，就是他。路牙子上，就在那儿坐着呢……啥人哪，当年还闹着跟我离婚哪。真不是东西。啊呸！……接着，她又对那些小姑娘说：你们可不能叫他"废物"。我能叫，你们不能叫，要喊教授。

姑娘们说：是。

老杜坐在马路牙子上，晃着一头白发，挥着手，大声日骂着：……腐败呀。太腐败了！得用老包（宋代的府尹包拯）的虎头铡装上电动机，铡个小舅！

我告诉你一个秘密：我手里至今还握有老姑父写给我的五张

"白条儿"，两张写在烟纸盒上，是要我帮杜老师跑事的；另外三张写在信纸上，是要我帮刘玉翠打离婚官司的……这很矛盾。

老姑父的字仍然是：见字如面。

生 命 册

▲

四

你有过坐在云端里的感觉吗？

在妙曼的音乐声中，你驾着五彩祥云，飘飘忽忽的。天空中到处都是鲜花和钞票，钞票漫天飞舞，一张一张地飘在你的周围，伸手可及……这时候，还会有更让你诧异的事。你低头一看，你居然坐在了月亮上。你又换车了。通体发光的、银色的月亮竟成了你的"坐骑"，仪表盘居然是星星做的，一颗颗在闪闪发光，你随便按一星钮，"日儿"一下就冲天而起，直上九霄……巡天遥看，一切都是这么好、这么美妙！

可是，当你从梦中醒来，你发现你出汗了，通体是汗，一身的……冷汗。

这说明什么？

我告诉你，当一个人志得意满的时候，就该警惕了。

有一段时间，骆驼不断地给我通电话。

特别是厚朴堂的股票上市之后，他高兴起来一天给我打好几次电话。骆驼说：知道你的身价吗？我说：多少？他说：一亿七。我说：我怎么就一亿七了？我值一亿七吗？他说：装什么？裤裆里升起一股豪气吧？这叫气冲牛蛋。

　　是的，骆驼就是骆驼。他的话，犹在耳边：我们必是成功！这时候，骆驼一定是在举杯庆祝……我说不清楚心里是什么感觉，有些恍惚，就像在梦中。一亿七，虽然只是数字，虽然我还不能立刻兑现。但一亿七，毕竟是让人高兴的事。我甚至想，在我的老家，祖祖辈辈，世世代代，还没人敢说他值一亿七呢。钱是很撑人的。就是这个数字，使我走路的姿态稍稍地有些发飘，有些摇晃了。

　　记得一天晚上，骆驼的电话又打过来了。骆驼说：看盘了吗？我说：怎么了？骆驼说：涨了，咱双峰公司，又涨了，大涨！我说：多少？他说：你四亿三了。兄弟，还会走路吗？顺拐了吧？成三条腿了吧？我说：你呢？他说：也就三十多"个"吧。他还说：你等着吧，还会涨，冲百亿大关。

　　往下，骆驼说：我问你，那个女人，你找到了吗？

　　我说：哪个女人？

　　骆驼说：装。不……那啥子阿比西尼亚……玫瑰吗？

　　我沉默。

　　骆驼说：不用找了。好女人有的是。回来吧，兄弟，不就是个女人嘛。无论你找什么样的，无论是北大，还是清华的……哥哥包了。赶紧回来。

我说：我找的不仅仅是……女人。

骆驼说：那你找什么？

我说：我找的是……跟你说不清。

骆驼说：说什么疯话？矫情。啥年月了？回来吧，兄弟。

我说：回去干什么？你已经有总经理了。

骆驼在电话里气呼呼地说：那人不行。王八蛋，你交代个事，屁大一点事，他都能给你办砸！这个人尿泡得很，一副孙子样，我一天骂他三顿！

听骆驼这么说，我就觉得更不能回去了。骆驼早已不是过去的骆驼了，他志得意满，身价数十亿，过些日子也许就上百亿了……一个人，由钱铺底，气场就大得没有边了。董事长跟总经理是一块共事的，是要相互配合的。虽然现在不说"同志"了，至少是合伙人吧。他就这么骂人家？不好。

骆驼说：兄弟，回来吧。你只要回来，我立即开董事会，免了他。

我说：别。你可别。人家干得好好的。

骆驼说：兄弟，咱们可是共过患难的呀。

我说：是。有什么事，你尽管吩咐。

骆驼说：哥哥想你了。来看看我，这总行吧？

我说：行。你在哪儿呢？

骆驼说：我在墨尔本。下星期去纽约，谈个项目……半个月后回北京。你过来吧。我给秘书交代一下，让她在北京饭店给咱哥俩订个房，赶紧过来。

我怔怔的，不知该怎么说。如今的骆驼成了"世界飞人"，一会儿东京，一会儿墨尔本，一会儿又是纽约……还要我赶到北京等他？派儿真够大的。

接着，骆驼顺嘴又说：兄弟，运气来了，山都挡不住啊！两年前这时候，我来北京，在路上撒泡尿……你猜，这泡尿，值多少钱？

骆驼说：兄弟呀，就这泡尿，我挣了一千万。

在电话里，骆驼又重复了他已多次给我讲过的"一泡尿的故事"。我记得，这已是第八次了。骆驼告诉我说，两年前，他带车进京，走到北京与河北交界处，突然想尿，于是就下了高速路，到处找尿尿的地方。结果，找来找去，见路边空地上有一两层的玻璃房，挺漂亮的，于是推门就进。谁知，人家看他慌慌张张的，进门后到处乱窜，就拦住问：你干什么？骆驼说：撒泡尿。人家说：对不起，这里……不对外。骆驼急了，说：撒泡尿都不让？你们是……干什么的？那人说：我们这里是售楼处。骆驼说：噢，卖房子的？那人说：是。骆驼问：多少钱一平方米？那人说：小高层，三千一百元一平米。骆驼走到图板前，看了看，掏出一张银行卡，说：刷吧。我要二十套。那人傻了……接着，骆驼说：可以尿了吧？那人头点得像尿不净，连声说：请请请……一路小跑，慌忙引骆驼进了卫生间。骆驼说，今年来一看，屌屌灰，翻了一倍还多！

骆驼骄傲地说：不是每个人撒泡尿都可以挣钱的。你撒一个试试？

骆驼总爱给人讲"一泡尿的故事"，却从来不说他是如何"走麦城"的。当年，在北京的时候，我们二人去听一个讲座（那个讲座是收费的），为了省下听课钱，曾步行穿过半个北京城，可当我们赶到地方的时候，报告厅的大门已关上了。那时候，当着我的面，骆驼往地上一蹲，号啕大哭……是啊，现在，骆驼已不是当年的骆驼了。正像他说的，撒泡尿，就是一千万。

接着，骆驼在电话里又说：兄弟，你来的时候，捎带着给我请个人。

我问：请谁？——我知道，绕这么一圈，这才是"正题"。骆驼说来说去，是要我帮他做一件事。

骆驼说：我听你说过，早年上中学的时候，你有一同学，名叫王世安？

我真服了。骆驼的记忆力真好。我说：我知道了。你要找的是"王氏接骨"的传人。离我老家有几十里地。兄妹三个，一个叫王世平，一个叫王世香，一个叫王世安……

骆驼说：对。对。就是他。说是从他爷爷那一辈起，就是乡间名医。解放前，他祖上在煤矿当煤师的时候，捏了一辈子死人骨头。后来又在乡里当接骨医生，门庭若市……是辈辈传下来的。

我说：你怎么知道？

骆驼说：我也是在香港听说的，这家人名声很大。在北京、在香港……凡是富人圈子，都知道王氏三兄妹。据说还给中央首长做过保健呢。老大现在在意大利，老二在香港，省城那边，还剩个老三。老三没出来……

我说：巧了，我还就认识老三。上中学的时候，老三王世安，跟我是同班同学。

骆驼说：好。太好了。你能把他请到北京来吗？

我说：去北京干什么？

骆驼说：有位领导，副部级，还是范省长给牵的线，给咱帮过忙的……他腰椎间盘突出，下不了床了。我想请他来给治治。

我迟疑了一下，说：北京那么多大医院……

骆驼说：是啊。邪门，那么多大医院，就是治不好。

我说：我试试吧。

骆驼说：必是请到。一定要把他请过来。钱好说，让他说个数。——而后，骆驼就把电话挂了。

请王世安，我确实没有十分的把握。虽说上中学时我们是同班同学，可我跟他已很多年没见过面了……我还是从骆驼那里得知，王世安被特招进了省体育局，如今在体工大队当中医保健大夫呢。

于是，我专程去了省体工大队的门诊部，找到了王世安，王大夫。王大夫穿着一身白大褂，弯着腰，一身汗，正扎着架势给一位运动员做中医按摩呢。多年不见，我依稀记得他当年的影子，就上前试探着问：王……大夫，还认识我吗？

王世安扭过头，看了我一会儿，笑了：志鹏？这不是志鹏吗。老同学，多少年没见了？

我说：是啊。一晃多少年了……

王世安说：志鹏，这样，你先去对面的医务室坐一会儿。我给病人做完，立马就过去。

我说：你忙。你忙。

记得上中学时，王世安是很腼腆的一个人。现在，虽说他是赫赫有名的"王氏接骨"的传人，却仍不爱多说话。人嘛，看上去很文气，白净，只是胖了些。

中午，当我们两人坐在酒馆里的时候，他像上学时一样，话不多。我说：世安，你知道吗，上中学的时候，我曾经偷吃过你的点心。

王世安笑了，说：哪有这回事？我带去，就是让同学们吃的。

那时候，王世安的爷爷是乡间名医，造福乡梓，给人接骨看病从不收钱。乡人为了答谢他，每每都会提两匣点心过去。曾记得，当时方圆百里，都知道王家有一景：那就是成摞成摞的点心匣子，挂满整个屋子的花花绿绿的点心匣子！

是啊，上中学时，我偷吃过王世安家的点心。那时候，我们是那样那样的穷……

接着，当我说明来意，王世安迟疑了一下，说：我哥、我姐都在外边。上边老人年岁大了，只有我离家近些。按说……可老同学轻易不求人，我去吧。

我望着他，说：钱的事……

这时候，王世安伸出手来，制止说：不说钱。

王家是世传的名医，家教好，为人也好，人家还有一门祖传的手艺……我想，在如此喧嚣的一个年代里，做人能做到这份儿上，不简单。

于是，由我开车，驱车七百公里，把王世安送到了北京……然而，就在我们动身的时候，骆驼的电话又打过来了。他非要我带上小乔。说实话，我对小乔没有好印象。对她那双像魔爪一样的手（涂着油亮的黑指甲）尤为反感。此事，我不由地心里"咯噔"了一下，预感不好……可没想到的是，就因为小乔，却造成了我和骆驼的彻底决裂。

我后来才知道，这时候骆驼身边已危机四伏。

在北京，我和骆驼终于见面了。

骆驼还是过去的骆驼。他并未发胖，只是剃光了头。他摸了一下新剃的光头，说：有人说，我有佛相。

那年夏天，光头骆驼在五星级的北京饭店大堂里大步走着，穿着一件黑色的油纱休闲褂，走路仍然是袖子一甩一甩的，不时摸一下光头，就像天生就该是走在红地毯上的人，天生就是领袖人物。他的气派也大（大约有厚朴堂价值一百六十七亿的股票撑着），行走中，他的脚步重了，厚墩墩的，脚下就像铺满了金砖，仿佛无论走到哪里都是自己的家。更让人吃惊的是，他已到了走路不再看人的程度。就是说，他眼里可以不装人了。他连"屌屌灰"都不大说了，他说：鸟！

骆驼把我们安排在北京饭店的贵宾楼，一人一个套间。我知道，北京饭店涉外，套间是很贵的，好像四百美金的样子。我说：不住套间吧？这么贵。骆驼说：鸟。什么话？咱们是兄弟，王大夫是名医。小乔嘛，小乔是美女，都有资格。

王世安笑了笑，没说什么，也是客随主便的意思。只有小乔，斜了骆驼一眼，不以为然地撇了撇嘴。

接着，骆驼说：今晚，这顿饭怎么吃，就看王大夫了。

我们都看着骆驼，不知道他什么意思？

骆驼说：王大夫，请你来为他瞧病的这位领导，曾经当过很多部门的要职，现在分管证券，给咱企业贡献很大，帮过不少忙……近一段患腰椎间盘突出，原来还可以走路，现在连路也走不成了，在床上躺着呢。我想王大夫是名医圣手，能不能先给他治一次？如果他能下床的话，咱们就拉上他，一起去吃北京最有名的"私家菜"……如果还下不了床，咱就在北京饭店吃。改日再去。怎么样？

我明白了。骆驼虽然口口声声称王世安为"名医"，可他心里还不确定……他是想试试王世安的医术，看到底怎么样。

我看着王世安。王世安的医术是祖传的。也正是那一次见面，我才知道王世安之所以被招进省体育局当保健大夫，是有原因的。他也算是"考"进去的。当时，省里有一位最有希望在全国拿名次的田径运动员在初赛时扭伤了脚，走路一瘸一拐，眼看不能参加复赛了。情急之下，就找到了王世安，让他试一试。结果，王世安临时被接到了赛场上，在休息室里治了一次。结果，那位田径运动员重又上了赛场，拿了个第三名……

王世安只是腼腆地笑了笑，说：我还不了解病情。试试吧。

骆驼说：有王大夫这句话，我就放心了。

而后，骆驼带着王世安给人瞧病去了。他让我们在饭店候着，等他的电话……我当然明白，这又是一笔感情投资。骆驼做事，是很下功夫的。

骆驼走后，小乔到我的房间里坐了一会儿。我看她郁郁寡欢，似有怨气，可我又不便多说什么……她说：吴总，我对你一直很尊重。可我知道，你看不起我。我支支吾吾地说：谁说的？哪有的事。你很能干嘛。小乔说：有些人，你就是给他干死，他也看不见。是啊，我虽然不喜欢她，这时候，我倒真有些同情她了……她看了我一眼，欲言又止，站起身，回自己房间去了。

两个小时后，骆驼把电话打过来了。骆驼高兴地说：兄弟，果然出手不凡！王大夫就治这一次，人就可以下床了。你们过来吧。去府右街，吃私家菜。

等我叫上小乔，一块出门的时候，却发现小乔已重新梳洗打扮过了。看上去光彩照人，显得特别性感。这晚，她连指甲都改色了，这次特意涂了银色……小乔嗔了我一眼，说：不认识了？走啊。

这天晚上，究竟吃了什么菜，我已忘记了……只记得是在一个朱漆大门的院落里，有两个穿旗袍的小姑娘打着灯笼把我们迎进去。一个大院落，庭院森森，园林的格局，花木葳蕤。待走过一进一进的院子，一个一个的红漆大门，到了一间有着皇家气派的房间里，屁股下坐的是清朝的椅子，带金黄绣龙靠垫的那种，所用餐具也均为明黄……后来骆驼说：这顿饭花了三万一，不贵。

这晚在饭桌上，最活跃的是小乔。小乔一改往日我所见的那种冷面孔，就像是一只花蝴蝶似的在整个宴席上飞来飞去，一会儿给这个敬酒，一会儿给那个布菜……还挨个给人派发名片。这饭局，骆驼还请了一些在部委里有实权的人物，小乔都一一照应着，很是周到。尤其是对那位患病的副部级领导，小乔极尽奉承，但又做得恰到好处，让领导十分满意。领导毕竟是见过大世面的，整整一晚上，我记得，领导只说了寥寥几句话。一句是：谢谢王大夫，王大夫是真人不露相。一句是：这里的菜，要品。一句是：这个小乔，这个小乔啊。

酒席散了的时候，小乔一路搀扶着这位患腰疾的领导，小声在他耳边说着悄悄话……扶他跨过一道道门槛，一直把他送到了车上。

回到宾馆后，王世安折腾了一天，有些累，就先去歇息了。小乔幽怨地看了骆驼一眼，也回房去了……骆驼拍拍我，说：兄弟，你来。

进了骆驼的房间，我们两人坐下来，就那么相互看着，有一刻，仿佛都有些不自然，老友重逢，却像是不认识了。

骆驼说：兄弟，近来怎么样啊？

我很含糊地说：还行。我还行。

骆驼看我不想多说，就改口说：这王大夫，医术确实不错，给咱帮了大忙。回头我给他封个大红包。你看呢？

我说：世安人厚道。人家是辈辈传，悬壶济世，不图钱，你看着办吧。

骆驼"灭"我一眼，说：不图钱？

我说：是。真的。

接下去，骆驼定定地看着我，说：兄弟，回来吧，我需要你。我有个新的收购方案，大计划！这个要能拿下来，就不是几百亿的事了。你心细，冷静。我没有得力的人，需要你亲自坐镇……怎么样？

这时候，在心里憋了很久的话，我终于说出来了。我说：骆哥，过了……收手吧。

骆驼怔了一下，说：鸟，你啥意思？

我说：你说的这个方案，好是好，但收购的过程太复杂，要过一道道关卡。我有一种预感，不好的预感……双峰公司走到今天，股票市值一百六十七亿，做得够大了。你已经不缺钱了。收手吧。

骆驼说：鸟。收什么手？做得好好的。我为什么要收手？我花了这么多心血，上上下下都疏通好了。九十九个头都磕了，就差一哆嗦了。你让我收手？

我说：老兄，还是那句话：咱得有……底线。说句不好听的话，早些年，咱无路可走，不得不投机。说得好听些，那叫抢抓机遇。现在，晚了，已不是投机的年代了。

骆驼说：什么底线？底线在哪里？我怎么看不见呢？鸟。在我眼里，在这样一个时代，必是投机。也就是抢时间。时间——就是底线。我知道，以后会越来越严，这很可能是最后一班车了……不抢，哪有咱的座位。兄弟，拍拍你瓜那榆木脑瓜，当初来北京那会儿，咱有底线吗？

我脱口说：再怎么着，也不能当皮条客吧？

这话有点难听。骆驼脸一下子愣住了，满脸通红……久久，他勃然大怒，说：放肆！你……怎么能这样说？

我说：你自己心里清楚。

骆驼自做了董事长后，脾气越来越大。尤其是这一段，厚朴堂的股票大涨，药也卖得好，整个公司上下一片叫好声。政府部门又给了他很多的荣誉，他已成了省里的十大新闻人物……骆驼受到的恭维太多太多了。人是经不住夸的。一个人，要是一天到晚有人捧，那就像是在云端里坐着。他大约从未受到过如此的贬低。骆驼忽地站起身来，伸手一指，说：鸟，你给我滚出去！

我笑了。这一刻，我摇摇头，不由地笑了。就他这脾气，我能再回去给他当副手吗？我慢慢地站起身，严肃地说：哥哥，我是最后一次劝你，听不听在你了。——"杜秋月"。

骆驼瞪着眼……可骆驼就是骆驼。骆驼骂完之后，等他一转过念头，拍一拍脑袋，很快地做一打嘴的姿势，也跟着笑了。他站起身，说：兄弟呀，也就你敢指着鼻子骂我。

我说：骆哥，忠言逆耳，良药苦口，我是劝你。

骆驼一摆手，说：罢了。兄弟之间，骂也就骂了……坐，坐吧。可有句话你得说清楚，凭什么说我是"皮条客"？

我说：骆哥，咱们之间，就不用……打哑谜了吧？

骆驼怔了一下，说：哦，你是说小乔？屌屌灰，小乔进京，不是我让她来的，是她自己要求来的。

我说：不管怎么说，也是跟你好过的女人。

骆驼沉默着。原来，骆驼跟我无话不谈，经常给我夸耀他征服女人的本领。现在，他成了一个大公司的董事长，开始注意形象了。再也不跟我推心置腹地谈他的女人了……他强按下心中的不快，从茶几上拿起烟，点上一支，说：这烟真好。你也尝一枝，古巴的。

此刻，我低下头，这才发现，骆驼面前的茶几上放着一把造型别致的小金剪，和一个精美的盒子……他手里执着一支特号的古巴雪茄。

骆驼说：尝尝。你知道吧，美国封锁了整个海岸线，搞古巴禁运，这种特号雪茄是通过私人飞机偷运出境的。还有，这种雪茄的烟叶，长在可可田的中央，吸起来有一股特殊的香味，很提气。所以价格奇贵。

我说：多少？

骆驼说：一百二十欧元。也就两千人民币吧。

我说：一支？

骆驼说：一支。

我拿起一支闻了闻，说：太冲了。——我知道，这古巴雪茄，骆驼也不常吸。这是一种表演。（他的意思是：在这个世界上，没有不投机的地方，只有投机才能赚大钱。）

那支古巴雪茄，他吸了几口，又放下了，就在烟缸边上燃着……这时，骆驼说：兄弟，这话我只对你一个人说，咱哥俩推心置腹地说。小乔对我不满意……卫丽丽对我更不满意。你知道，我已经有孩子了，我不可能离婚。是，分居是分居，但我不会再离婚了。你也知道，我就这点事儿。小乔呢，她总是跟人家夏小羽比。她觉得亏，终日唠唠叨叨……这次进京办事，是她自己要求的。她非要来，我有什么办法？

我说：你又不缺这个钱，你也给她一千万，不就得了。

骆驼瞥了我一眼，冷冷地说：这不可能。她不值。夏小羽是个特例，那时候火烧眉毛了。我不可能每个女人都给一千万……而后，骆驼说：不说她了。兄弟，回来吧。再帮哥哥这一次。

我再次提醒说：骆哥，咱们都是学历史的。诸葛说：大事起于难，小事起于易，欲思其利，必虑其害，欲思其成，必虑其败……无论哪个环节出了问题，都是很麻烦的。

这时候，骆驼显得很烦躁。他说：鸟。我告诉你，咱唱的不是"空城计"！会出什么问题？我的企业，我的证券公司，都好好的。资金充足，证照齐全，都是合法企业。怎么会出问题？凭什么出问题？你这个人，瞻前顾后，不愿意干算了！

话，再也说不下去了。我知道，如今的骆驼，已经听不进我说的建议了。我站起身，默默地走出了骆驼的房间。

这天夜里，我没有睡，也睡不着。我跟骆驼，就隔着一道墙。可我们，再也无法走到一起了。这时候，我不由得想起十多年前，我们一起在北京苦苦挣扎，窝在地下室的那些日子。那日子虽然很苦，还是有快乐的……是呀，我承认，骆驼有恩于我。而且，我并不比骆驼高尚。我只是担心……

说心里话，我一直想跟骆驼好好谈一谈。我们都是百姓出身，上面没有"伞"。就算有"伞"，也是借人家的。朗朗晴空，自然无事。可一旦暴雨倾盆而下，借来的"伞"还能用吗？只怕连个躲的地方也没有。我的第六感觉告诉我，说不定哪一天，雨就真下来了……于是，我从床上一跃而起，想跟骆驼再好好谈一谈。就像往常那样，做彻夜畅谈，交一交心。我甚至迫切地想告诉他，在读了一些书之后，在经历了那样的童年之后，我悟到的一些东西……我们毕竟是共过患难的。

可是，当我走到骆驼房门前时，门虚掩着，突然听见两人吵架的声音，是骆驼和小乔在吵架。小乔的声音又尖又利：……我不去。又是夏小羽？你给她做的还少吗？我问你，你真心爱过我吗？我还是你的女人吗？你敢当众说出来吗？

骆驼也拍了桌子：我再说一遍，我没让你来，是你自己要来的。

小乔说：你无耻！

骆驼大声说：你说什么？再说一遍？！

小乔说：你。就你。我要来？我为什么要来？好，我贱。行了吧？

骆驼气急败坏：你、你是这山望着那山高！

小乔步步紧逼：我有"山"吗？我的"山"在哪儿？我想傍你，你让我傍吗？我又不是夏小羽。人家夏小羽……

骆驼说：你这个人，撒沙个啥呢？动不动就跟人家夏小羽比，你能比吗？人要有自知之明！

小乔嚷嚷说：夏小羽有什么了不起？不也是个女人吗？在有些男人眼里，她是一朵花！在有些男人眼里，我就是豆腐渣！

骆驼拍着桌子说：你胡搅蛮缠！

小乔也不示弱，大声说：好，你既然这样，我也不能吊死在你这一棵树上。咱就说清楚，你给我多少额度（我知道，这指的是活动经费）？

……我不好再听下去了，扭头回了房间。

第二天上午，我看见小乔打扮得花枝招展的，独自一人出门去了。

你知道什么是"范儿"吗？

据说，在北、上、广三地（指北京、上海、广州），在高端的白领阶层，如今流行两种"范儿"：一种是"贵族范儿"，一种是"欧美范儿"。这我不懂。

可我真的是见过一个有"范儿"的女人。她往那里一站，我们所有的人，包括小乔，全都黯然失色。说心里话，竟还有一点自惭形秽（心态一下子就低下来了）……那感觉是说不清楚的。她丫站在那儿，你就觉得好，是好的"标尺"。是真正意义上的、女人的典范。我不知道该怎么形容。按我个人的理解，所谓"范儿"，那是修养、气质、仪态所产生的一种共振，是一种气场和磁力。

后来我才知道，这位女士四十八岁。明明是奔五十的人了，看上去亭亭玉立，像是只有三十来岁的模样。她是北京一所大学的教授，名叫单玉。

这位女教授是当晚八点十分走进北京饭店的。那时候，我们刚刚吃过晚饭，几个人聚在骆驼的房间里聊天……就在这时，门铃响了，是小乔去开的门。开门后，小乔一脸惊讶之色，看上去有点傻。

这位女教授款款地缓步走进来，她往那儿一站，就像是一个放射源，整个房间的气场都到她那儿去了。她的骄傲不在脸上，是一种浑然天成的、自然而然的优越。她微微一颔首，说：打扰你们了吧？

是的，她往那儿一站，屋里就没有人了。或者说你就不想再看别的人了，只有她。不是艳丽，也不是衣着，是"范儿"。她让人心慌。我们甚至不敢上前跟她握手，怕"脏"了人家。真的，她把我们镇住了。

这时候，骆驼像是被烫住了似的，忽一下从沙发上跳起来，说：单老师，单教授，您、您怎么来了？……而后，骆驼又慌忙给我们介绍说：这是单教授，部长的夫人。快，坐。坐。小乔，泡茶。泡茶。

"部长的夫人"没有坐，她脸上带着微笑，说：抱歉。我来得匆忙，冒昧打扰，就不多坐了。骆董事长，你昨天去家里小坐，落下了一件东西，我顺路给你捎过来。——说着，她打开手包，把一个信封轻轻地推放在了桌子上。

骆驼傻了。我们几个，也都怔怔地，不知道该说什么……

这位单教授仍然是微微含笑，很礼仪。接着，她很含蓄地说：我知道，在地方上做事，很不容易。老隋帮你们一些忙，都是他应该做的。以后你们有什么困难，还可以来找他。那雨前茶，我代老隋收下了。谢谢您。下次到家里来，我请你们吃饭。一定来。

就在单教授转身要走的时候，她轻移了一下步子，缓住身子，回眸一望，仍微笑着说：这位是小乔吧？

小乔张着嘴，迟迟地说：是。阿（姨字没说出来）……

单教授说：乔秘书？

骆驼忙介绍说：是。那个啥、搞宣传（没敢说"公关"）……

单教授点点头，说：多年轻，多好。下次再来，不要去机关了。直接到家里来。好吗？

我们都望着小乔。小乔虽年轻、漂亮，但不知怎的，此时此刻，小乔却显得很"薄"。她"薄"成了一张纸，一身"寒气"，叫人不忍看她。

单教授走了。她的脚步声仍在我们心中回响着……可谓余音袅袅，这就是气场。这就是"范儿"。

桌上放着那个信封。谁都可以猜出来，那信封里装的是一张银行卡，人家退回来了。人家不说退，人家说是"你落下了一件东西，顺便给你捎过来"。对小乔，人家说，不要去机关了。直接到家里来。好吗？——绵里藏针哪！

这就像是打包退货。连我们这些站在屋子里的人，全都成了"一路货色"。被人家微笑着、客客气气地退回来了……不用看脸色，屋里的每个人，脸上都写着两个字：尴尬。还不是一般的尴尬，是尴尬到家了。

单教授走后，骆驼的脸一直黑着。后来，他把门重重地关上了……

小乔也好不到哪里去，我看她几乎都要哭出来了……

屋子里的空气闷得几乎可以拧出水来……为了打破尴尬，我说：这是"范儿"吧？

不料，骆驼伸手一指：出去！

而后，骆驼又朝小乔吼道：你，站住。丢人不丢人？！……

是啊，当天上午，小乔打扮得花枝招展地出门去了。（她也许有自己的想法？也许是想寻一个合适的机会……就此打入京城？）我不知道她去了哪里，也不知道她都做了些什么。可到了晚上，夫人就来"拜访"了。

我心里很郁闷。想到外边的路上透透气，刚好碰上出来散步的王大夫。王世安说：走走？

我说：走走。

我们二人，出了北京饭店，顺路走去。灯一盏一盏亮着，眼前不远处的天安门金碧辉煌，车流像灯河一样流淌着。走着，王世安突然对我说：……不敢想。

这是一句没头没尾的话，我问：什么不敢想？

王世安摇了摇头，说：有些事，真不敢想。

过了一会儿，他又说：当官也不容易。都不容易。

我们相互看着，摇摇头，不再说什么了。是啊，都不容易……这是一种无可奈何的慨叹。我不知道，从什么时候开始，我们成了"都不容易"的一个个环节了。

王世安是来给人治病的。我与骆驼之间的分歧，并没有告诉他（王世安果然不简单，他在北京一共待了六天，竟然把那位患腰椎间盘突出的领导给治好了。这是后话）。王世安经常被人请出来给一些官员治病，他也是见得多了，才有如此的感慨。

当晚，骆驼和小乔又大吵了一架……

第二天，吃早饭时，小乔眼圈黑着，一脸的沮丧。在饭桌上，她愤愤不平地说了一句狠话。她说：人比人，该死。

骆驼瞪了她一眼，没有接她的话。

吃过早饭，我找了一个单独的机会，对骆驼说：骆哥，我想送你一个字。

骆驼看了我一眼，这一眼竟带有不屑。他说：说。

我说：是个"慢"字。有些事，得慢慢来。

骆驼说：我还以为你有什么新招数呢。不还是老一套？

我说：我说的这个字，是对付另一个字的。

骆驼说：什么字？

我说：你心里的那个字。

骆驼说：屌屌灰，你是我肚里的虫？

我说：不是我。是那个字。那个字是你肚里的虫。

骆驼说：啥字？

我说：你知道。

骆驼匆忙看了一下戴在手腕上的表，说：我没时间跟你磨牙。走屎了。

我知道，骆驼心里一直藏着一个字。那是个"抢"字，他要抢的是时间。这个字与时间联结在一起，曾多次被人书写在大街的墙上，可只有骆驼深得其中三昧。骆驼是最懂这个字的。他揣这个字已经揣了十多年了，他停不下来了。我也是后来才明白：生活节奏太快，弦绷得太紧，是要死人的。

到了这天下午，吃晚饭的时候，骆驼突然对我说：单教授那里，摆平了。

我怔怔地望着他……

骆驼说：隋部长人很好，就是惧内。

过了一会儿，骆驼又很自信地说：是人，都有弱点。

这天夜里，小乔悄悄地告诉我，原来这位很有"范儿"的单教授的父亲，也是位有名的老教授。他有一个心愿：为家乡重建一所（当年在抗日战争时毁掉的）曾经以他祖父的名字命名的"希望小学"。这个事，老教授由于种种原因没有办成，一直是他心中的一个遗憾。这是骆驼躲在房里打了一天电话侦察出来的。于是，骆驼亲自驱车去拜访了这位退下来的老教授，说是要无偿拿出二百万，来完成老人造福乡梓的心愿。老教授不明就里，一时热泪盈眶……于是，骆驼一个电话，让人直接带钱去了他的家乡。等将来学校建起来的时候，再请这位名教授和她的女儿单教授一块去剪彩……到那时候，单教授就是想反对，也晚了。

我说过，我的担心是有原因的。我知道，到了最后，这笔账，仍然会记在那位部长和他的贤内助单教授的名下。

据我所知，骆驼还私藏着一把"刀"。这不是一般意义上的刀，这"刀"不到万不得已也不会示人。其实，那是一个存在银行里的"保险箱"。是事关双峰公司交易上的一些"绝密材料"……骆驼连我都瞒着。关键是，凡是秘密的东西，见不得人的东西，都是一把"双刃剑"，既可伤人，也会自伤。

　　在北京的那几天，也不知为什么，我心里很荒。

　　每每走在北京的街头上，我心里就荒。比十五年前还要荒（那时候我像老鼠一样躲在地下工事里）。现在已不是过去了，可我仍然心荒。

　　"荒"不是慌，是空。但"空"是空，却"空"得没有缝隙。满大街都是荡荡的人流，这是说不清楚的一种感觉。是呀，大街上熙熙攘攘，人来人往，车来车往，可这一切都与你没有任何关系。走过一条条繁华热闹、挂满中文招牌并书写着英语字码的大街，走过一处处映着玻璃幕墙的高楼大厦，走过一个个盛开着鲜花的花坛，你看不到一张熟脸，也看不到祥和之气。几乎所有的头都是往前冲的，没有人愿意停下来，也没有人愿意回头看一看。连街边上的树，每一棵树，都是陌生的。它不知从何处移栽在这里，直直地立着，似与你一样，跟这个城市也没有任何关系。我们都是过客，只是一个过客，仅此。有时候，我会停下来，默默地站在人群中，看一看周围，听一听市声……可我听来听去，还是荒。越是人多的地方，越荒。

　　以往，每次出门，我都习惯性地带上一本书。可这一次，我

生命册

连书也读不下去了。每天的大部分时间都躲在房间里，荒着。我说过，我跟骆驼是共过患难的。可我们……

骆驼很忙。骆驼是一个坚定不移的行动者。他一旦拿定主意，不达目的誓不罢休。

也是到后来，我才弄清楚，骆驼这次进京，需要摆平的，是两件事情。

一件是为那个新的收购方案早日上市做些疏通。这是一个庞大的系统工程，需要报批的部门很多，就像厚朴堂上市一样，必须一个一个部门跑，要打通一个一个的关节。骆驼进京送礼，被夫人退回来的那份，只是其中一个很重要的"关节"。骆驼不甘心，他变换了一种方式，颇费了一些周折，最终也算是勉强打通了。

还有一件，就是为夏小羽活动"金话筒奖"。这件事，是骆驼主动揽下来的。

夏小羽在省电视台当节目主持人以来，曾得过各种奖项。可她还差一个奖，也是她最想要的："金话筒奖"。按夏小羽的水平来说，参评这个"金话筒奖"，根本不需要任何活动。最初，夏小羽也没想让人来北京活动。她的成绩在那儿摆着，评个"金话筒奖"是没有任何问题的。可天有不测风云。不巧的是，就在"金话筒奖"将要开评的这段日子里，夏小羽出了一件烦心事。这件事一下子闹得沸沸扬扬，直接影响到了她评奖的得分多少……范家福呢，又不便亲自出面化解。万般无奈，夏小羽这才找了骆驼。骆驼满口答应。他对夏小羽说：北京这边，你不用管，交给我好了。

客观地说，一个女人，有些虚荣，这也是很自然的。夏小羽自从跟了范家福后，离官场越来越近，心态也越来越好，好到了有些膨胀的程度。那一日，夏小羽受到邀请，到一个地级市去参加一个新闻发布会。在高速公路上，因为赶时间，超速行驶，被电子眼拍下来了……到了收费站口，交管部门的人拦住了她的车。一是要她的车交超速罚款，二是要她交过路费。本来，市里那边给夏小羽说过，不用交过路费，由地方负担。可接待方没把事情办好，因为收费站是两班倒，头一天交代过的事，到了换班交接时，上一班的带班人忘了交代给下一班了。按说，这事对夏小羽来说，根本不算什么。要是过去，四十五块钱，交了也就交了。可那司机近来"牛"惯了，气不忿，下来与收费站的人大吵，推推搡搡的，最后竟打起来了……据说，夏小羽本人并未参与打骂。她自始至终一直在车上坐着，既没下车，也没有说一句话。可这时候她的心态起变化了。大概是越想越气愤，不甘受辱，鬼使神差地，她打了一个电话……也是一念之差。就是这个电话，二十分钟后，招来了一群人。当地的市长、市公安局局长、交通局局长匆匆赶来，当众给她赔礼道歉。当市长亲自拉开车门给她道歉时，夏小羽也没有说什么过分的话……后来就由警车开道，一路绿灯，送到了市里。

这件事，对夏小羽来说，面子是有了。可传出去，影响极坏。本来，事情已经过去了。可收费站的人不干了，他们一个个愤愤不平，说这也太欺负人了！不交罚款，还打伤人……要都这样，我们还怎么工作？于是，人们七嘴八舌地议论着，话越说越多，群情激愤，煽起了一股情绪。他们都在电视画面上看到过夏小羽，就嚷嚷着非要给她"曝光"！说要是省里不行，就去北京……客观地说，这年头，给人"曝光"，也是要托关系的。一个收费站，几十号人，全都动员起来去托关系，这就可怕了。本来都是"维权"，后来竟演变成了一场"斗争"……世界很大，也很小，他们七拐八拐托来托去，托到了一个身在京城、名叫"宋剑"的报社记者头上（此人本名宋保平，后来宋保平就成了整个事件很重要的一个环节）。大概这个笔名为"宋剑"的年轻人也是想打抱不平。于是，就由他亲自下来采访，亲自撰稿，给报纸写了一篇文章，文章的题目是"行霸王路——无理狂砸收费站"。等夏小羽得到消息的时候，北京的这家报纸，三审都过了，马上就要见报了。

夏小羽一下子慌了。这事也赶巧了，正是北京的专家们要评"金话筒奖"的关键时刻，那篇文章一旦登出来，夏小羽就别想要"金话筒奖"了。另外，这件事一旦传开，还会牵涉到范家福范副省长。到时候，你就是有一百张嘴，也说不清了。夏小羽找了骆驼后，心里一直悬着，她一天给骆驼打一次电话，不停地催问结果。骆驼每次都大包大揽，说：放心。没有摆不平的。

做这两件事，骆驼并没让我参与。那几天，他带着小乔四下活动，总是很晚才回来，回来后又要研究第二天的行动计划……小乔呢，每次从外边回来，都要给我唠叨一番。她主要是对夏小羽不满。也捎带着对骆驼不满。她觉得，同是女人，一个是在天上、一个在地下，她实在是咽不下这口气。

可我知道，骆驼无论做什么，一旦动起来，就是拼命三郎的架势，做得很彻底。就像他常说的：必是拿下！

在这里，我要特意提醒你，千万不要轻易去伤害一个年轻人的自尊心。尤其是心高气傲的年轻人，万万伤不得。他会记你一辈子的。

据小乔透露，在北京给夏小羽活动"金话筒奖"的时候，骆驼一开始找的就是这个笔名为"宋剑"的宋保平。在骆驼眼里，宋保平不过是一个刚毕业没几年的小记者，他能有多大能耐？骆驼是见过大世面的。过去，他也常被一些记者包围着。那些报社的记者一个个都争着采访他，嘴里甜甜地叫着：骆董事长……所以，骆驼根本没把他当回事。

骆驼跟宋保平第一次见面，约在一个饭馆里。这个饭馆叫：晋阳饭庄。主营面食，在北京只能算是中档餐馆。骆驼在饭馆里要了一个包间，托人请宋保平吃饭。当时在座的，除了小乔，还有两位京城的文化人，也都是大学里的教授（他们都曾被骆驼聘做顾问）。宋保平是北师大毕业的，对两位文化人十分客气，执弟子礼，一句一个"老师"地叫着。而这两位，身在京城，桃李满天下，自然不把宋保平当回事，一口一个"小宋"，提溜着让他一次次给骆驼敬酒……这就使骆驼产生了一些错觉。

所以，待酒过三巡，骆驼说：老弟，回过老家吗？

宋保平说：回。每年都回。

接下去，借着酒劲，骆驼就用教训的口气说：那以后呢，不打算回家了？

宋保平怔了一下，没说什么。——他知道，这里所说的"家"，指的是籍贯，是平原上的家乡。

骆驼又说：民间有句俗话，叫"上天言好事"。你听说过吗？

宋保平愣愣地，想反驳，却忍下了。

骆驼再一次用教训的口气说：老弟呀，什么都可以忘，家乡不能忘。你说是不是？

这时候，宋保平脸上就有些挂不住了。这就像是在骂他……可当着两位师长的面，他还是忍住了。装着聆听教诲的样子，点点头，这笑就有些勉强了。

往下，骆驼又逼了一句：你说是不是吧？

宋保平只好说：是。

骆驼说：好。有你这句话，我喝一杯！说着，骆驼端起酒，一饮而尽。而后他亮了亮杯底，又说：老弟，有篇稿子，我听说是你写的？

到了这时候，宋保平才明白，这顿饭是"鸿门宴"……他说：是。是我写的。

骆驼说：……撤了吧。不就那点事嘛。影响不好。

两位文化人不明原因，也在一旁撺掇，说对家乡，还是要厚道些。小宋，你得撤。一定要撤。

此时此刻，当着两位师长，宋保平也装作很无辜的样子，说：骆董事长，原来是这事呀。你怎么不早说？抱歉。晚了。三审都过了，已经发稿了。

骆驼一怔，说：晚了？

宋保平说：晚了。怕是都送（印刷）厂了。

骆驼闷了一会儿，说：不说了。喝酒。喝酒！

往下，酒喝得就有些不太顺畅了……待小乔把两位教授送走后，骆驼带着八分醉意，单独把宋保平留下来。而后单刀直入，说：老弟，你是不是缺钱花了？

宋保平说：啥意思？

骆驼沉着脸说：我知道，文章还没有发呢。你说个数吧。

仗着几分酒胆，宋保平也出言不逊，说：你不就是有几个臭钱吗？

骆驼说：是。你要多少？

宋保平说：……我写的都是事实。

骆驼拍案而起：屁话！……人家夏老师招你惹你了？人家参与了么？凭什么臭人家？你不就是个小记者吗？我看你是给脸不要脸！你撤不撤？

宋保平毕竟年轻气盛，他已憋了一肚子火，他也忽地站起来，梗着脖子说：我就不撤。

骆驼伸手一指：你是收人家礼了吧？我现在就找你领导去。——滚蛋！

小乔说，宋保平离开饭馆的时候，两眼噙着泪。

此后，骆驼带着小乔四下"做工作"，通过层层关系，直接找到了报社的主管领导，大约是花了不少钱（据说是以厚朴堂全年的广告费为交换条件）……到了最后，那家报纸终于答应撤稿了。

据说，报社决定撤稿之后，宋保平站在总编的办公室里，一个大小伙子，竟呜呜地哭起来了。家乡的那个收费站，四十多号人，翘首以待，正等着见报呢。他一个记者，又身在京城，红口白牙答应了人家。可到了，可谓颜面尽失，真是无脸再见"江东父老"了！可以说，那一刻，当他擦干泪之后，他恨骆驼恨到了极点。

由于骆驼的奔波，那年秋天，夏小羽终于得到了那个她梦寐以求的"金话筒奖"。到了冬天，夏小羽又凭着这个奖，荣升为省电视台的副台长。这对骆驼来说，是又摆平了一件事。可就此也埋下了伏笔。

在北京的那些日子里，我一直想找机会再跟骆驼好好谈一谈。可骆驼一直不给我机会。也许，骆驼一口气摆平了两件棘手的事情，使他有了足够的自信，再也听不进任何人的话了。到了后来，我们见一面都很难，他太忙了。

临离开北京的那天晚上，分手时，我明确地告诉骆驼，我要辞去顾问的职务，不再领一分钱的工资，彻底脱离双峰公司。骆驼冷冷地说：可以。

而后，他青着脸一字一顿地说：兄弟，你不要后悔。

两年后，在春天的一个日子里，我突然接到了一个电话。

这个电话很陌生，电话号码以"15"起头，后来是"888888"，一共六个"发"！这一段时间，我一直躲在一个地方，潜心读书，很少与外界联系，这个号码又是如此陌生。心想，谁呀？

可没等我接，电话就掐断了……过了有一刻钟，电话又打过来了。我拿起手机，"喂"了一声，只听电话里，声音哑哑的：听出来了吗？我说：听出来了。我这才知道，骆驼的手机号码换成了六个"8"的……骆驼在电话里说：兄弟，你还好吗？我心里一热，说：还好。你呢？骆驼说：还行吧。还行。骆驼在电话里吭吭了两声，说：怎么样？抽时间，哥俩儿见个面？我说：桃花开了？想起结义兄弟了？在电话里，骆驼沉默着。我知道，骆驼是爱面子的人，他说见个面，就一定是很想见我。我接着说：……好啊。你是忙人。时间你定。可是，往下，骆驼却说：我还在路上……回头吧。回头再说。

骆驼在电话里迟迟疑疑的，我不知道他当时是什么样的心境。也许，他并不急于跟我见面？我眼前浮现出他甩着袖子走路的样子，他那么自信的一个人，可以摆平一切事情的人，不会有什么事。再说，据报纸上的报道，骆驼最近又刚刚收购了一家证券公司。现在，他的身价已超过二百亿了！

过了一段时间，骆驼的电话又打过来了。电话是在机场的候机大厅里打的，电话里有很多杂音……骆驼说：兄弟，还好吗？我说：还好。骆驼闷了一会儿，说：看来，你是对的。我说：怎么了？骆驼说：也没怎么……就是，累。心累。你说，我要那么多钱干什么？吃也吃不动了，日也日不动了……最后他说：兄弟呀，坦白地说，到今天我才发现，我这个人，只是外表嚣张些。而你，虽然姿态比我低，内心却比我强大。真的。哥哥不说假话。你才是董事长的料……我要是早听你的就好了。

这话里透着忧伤，已不是声言要炸开唐古拉山口时的那个骆驼了……后来我才知道，就是从这一天起，骆驼被限制出境了。

骆驼出事，发端于一个人。这人姓宋，名叫宋心泰，是个房

生命册
▲

地产商。

宋心泰就是当年建造"半岛花园"的老总。"半岛花园"曾经是省城里建造时间比较早的一处豪华别墅区。如果再晚几年，宋心泰就发大财了。可正因为建得早，最初的销路并不好，卖不动，拖了很长时间。再加上他的大部分投资靠的是银行贷款，所以还贷的压力特别大。有一段时间，房地产形势刚刚好一些，电力又紧张了，宋心泰是个见钱眼开的人，他起了贪心，又匆匆忙忙跑到山里投资了一个煤矿，可一个新开的煤矿没有三五年是不会见煤的……结果，到了年底，他的资金链断了。年关到了，当民工们都急着回家过年的时候，他还拖欠着人家的工程款，被民工四处围追着讨要工钱……这时候，宋心泰没有办法了。他疯了一样到处借钱。借着借着，借到了骆驼的头上。

宋心泰原本就认识骆驼，都是生意场上的人，是见过面、吃过饭的那种朋友。据说，骆驼跟宋心泰就打过一次交道，也就是"半岛花园"先借后买的那栋"一号别墅"。那时候，房子卖得不好，当骆驼提出要代人购买这栋别墅的时候，宋心泰看面子给打了八折。等到交房的时候，宋心泰才知道这"一号别墅"是夏小羽要的，房产证上也是夏小羽的名字。再后来，车来车往的，自然又联系到了一个人，这就是副省长范家福。这是一个关系链，如果不细究，并没人清楚这里边的复杂关系。

当初，宋心泰找骆驼借钱时，厚朴堂的股票才刚刚上市不久，账面上看着有钱，却提不出来……可骆驼不说没钱，说的是：不借。宋心泰求告说：骆董，我只借一千万，只借一个月，让我渡过这个难关。老哥求你了……骆驼依旧是那句话：不借。宋心泰急了，说：这样吧，我把煤矿押上，我还有个煤矿……行吗？骆驼仍然是那句话：不借。据说，这话是后来从生意圈里传出来的……我相信骆驼绝不会这样说。

我想，骆驼不是不借，骆驼是看不上他这个人。在骆驼眼里，他就是一个"烧包文盲"。

这件事复杂就复杂在它是一个综合效应。这年的年关，宋心泰借不来钱，躲起来了。可是，民工们眼巴巴地等着拿钱回家过年呢。找不到公司老板宋心泰，民工们就拿不到工钱。拿不到钱，家都回不去了。一时群情激愤，民工们把市政府给围了。他们打着白布做的横幅，上边写着：还我们的血汗钱！……于是，市政府紧急动员起来，一边作疏导工作，一边上报到了省里。这时候，副省长范家福在报告上作了批示：做好安抚工作，务必让民工们在春节前拿到工资……据说，上边甚至还写有"严惩不法奸商"的意思。

宋心泰并没读过几年书，他原是干包工头起家的，但人绝顶聪明。他干房地产这么多年，在政府里边也是认识一些人的。于是，副省长范家福的批示很快就传到了他的耳朵里，宋心泰不敢再跑了。政府这边呢，也正因为有了范副省长的批示，就派出了由公安、法院联合组成的追讨小组，限期追讨拖欠民工的工钱……很快，宋心泰躲藏的地点被警察找到了。他被逼无奈，在腊月二十三过小年的时候，把自己留用的那套别墅给卖了，勉强给民工们发了工资……那个春节，已搬进城里多年的宋心泰，不得不带着一家老小顶风冒雪回乡下过年。

就此，仇恨也就种下了。

宋心泰下手举报也是几年以后的事了。这时候，在生意人的圈子里，到处都流传着骆驼"一泡尿挣一千万"的故事，这故事给宋心泰以很大的刺激！人心里只要有了恨，只要存心报复，一点一滴都会记在心头。这里边还包含着一个很小的过节。前些年，在省城那家五星级宾馆里，宋心泰也是包过房的。那时候，他进进出出的，看中了在这家宾馆设立办事处的小乔。有一次，在酒吧里，他喝了点酒，大着胆子上去请小乔跳舞，被小乔拒绝了。当时，宋心泰也许有些醉意，指着她的鼻子说：你、你说多少钱？我包了。可小乔根本看不上他。小乔不光是瞪了他一眼，还说了一句很伤人的话。小乔说：看你那恶心样儿。包我？回去照照镜子，你配吗？就是这句话，也埋下了祸根。据传，宋心泰很伤心。当晚回到宾馆房间，他在镜子前站了很久，左看右看，照了很长时间的镜子。在一个时期里，这在商界曾经传为笑谈。后来，宋心泰又发现，就是这个小乔，竟然是骆驼派来的人。而且，两人关系很不一般，是他的"情儿"。记得有一次，小乔曾告诉我说：呸，一个土包子，搞房地产的，仗着有俩钱，还想泡我呢。

事情是环环相扣的。再往下深究，这就牵涉到范家福了。客观地说，范家福与夏小羽是真心相爱，爱得如胶似漆。两人若是正正当当地结婚了，那么，夏小羽也许就会搬到省政府的家属院去住了。这此后的一切，就都不成立了。可偏偏范家福不能跟夏小羽结婚。不是他不想结，这里边的阻力主要来自范家福的母亲。范家福的母亲早年守寡，几十年含辛茹苦把孩子养大，自然是一个很有主见、也很固执的女人。她执意不到城里来，本意是不影响儿子的工作。可从另一方面来说，又拖累了范家福。在儿子的婚姻方面，老太太特别固执。自从范家福跟那个留在美国的女人离婚后，她就对城里女人有了偏见。凡戴眼镜的女人，统称为"四眼狼"（这是因为范家福的前妻是戴眼镜的）。后来，跟范家福结婚的这个乡下姑娘，是老太太钦定的。这姑娘是邻近一个村的，在她眼前长大，给她梳了十年头，是老太太非常满意的。所以，当范家福提出跟这个（没有多少文化，也没有多少话说）给他母亲梳过十年头的女人离婚的时候，这女人哭着跑回乡下，告诉了老太太。老太太自然是绝不答应的。据说，她听了儿媳的哭诉后，气得拿手里的拐棍在地上连连捣去，捣了一个坑儿，甚至发下狠话：等我死了再离！范家福是个孝子，在母亲以死相逼的威胁下，再不敢提"离婚"二字。有了以上诸多因素，夏小羽就成了一个没有名分的女人……你想，她心里也苦啊。可她没有办法，只好长年住在半岛花园的一号别墅里。这样的爱情，就有些偷的意味了。而范家福的车，就常常停在半岛花园一号别墅的门前。

所有这些有关联的人和事，在宋心泰的脑海里逐渐连接成了一个完整的图像。于是，一封举报信（连同购房单据的复印件），直接寄给了身在北京的记者宋剑（宋保平）。

宋心泰这个人，虽说身通黑白两道，可也是做过善事的。他跟北京的这家报社记者宋剑（也就是宋保平），原是一个村的人。早年，宋保平也是个苦孩子。自幼家贫，家里"三根棍儿"，父亲老实巴交，上边还有一个哥哥是聋哑人。当年，宋保平考上北师大，没钱上学，曾得到过宋心泰的鼎力资助。这在他们乡下的老家，是有口皆碑的。如果不是宋心泰，宋保平是上不了大学的，当然也不会留在北京的报社工作。可以说，宋心泰对宋保平有再造之恩。

宋保平到了北京之后，就不再是宋保平了。他是宋剑。

我猜，晋阳饭庄的那顿酒饭，给宋剑种下了很深的伤害。一个来自外省的年轻人，在北京的新闻圈里打天下，由于他勤奋写作，发表的文章多，已经是小有名气了。那时候，宋剑脖里挂着记者的小牌牌，经常出席各种各样的新闻发布会，作为一家有一定影响力的报社记者，以宋剑的笔名，无论怎样也算是个可以左右舆论的人了。可是，骆驼在饭桌上硬逼着他回忆过去。而后，一步一步地把他逼成了"黄土小儿"宋保平。而这三个字，正是他拼了命要洗掉的。

客观地说，宋剑也就是一把剑。他年轻，有自己的理想，有足够的正义感。作为一名记者，他以笔为剑，嫉恶如仇，立场鲜明。况且，他北师大毕业，在京城各部门都有同学。他要为民除害。同时，又因为夏小羽的那场事，他心里一直窝着一口气。这口气窝的时间太长了。

于是，宋剑亲自把举报信送到了中纪委……

到今天为止，我仍然不认为骆驼是个十恶不赦的坏人。

骆驼身上虽有投机的成分，但也有很传统的东西，有侠肝义胆的部分，还有……可骆驼还是从十八层大楼上跳下去了！

那是骆驼被"边控"（限制出国）后的第九天。骆驼没想到会有人查他。一直到他提着包要出关的时候，才发现了问题的严重性。殊不知，检察部门早就开始调查了。

据我的一个学生（他在检察院工作）说，最先被"双规"的是小乔。小乔被检察院的人秘密地带到了一个地方，关了一个多月。就是这个小乔，在"双规"后的第一天，就把夏小羽给交代出来了。如果她死不交代，这个案子还不好破呢。因为，夏小羽虽然在电视台工作，可她名誉上又是双峰公司的"广告代言人"。

如果小乔不交代其中的关节，那也仅只是偷漏税款的问题。可小乔心里有恨，这恨也许是无端的、没有来由的。同样是一个学校毕业，同样是女人，她凭什么混得那样好呢？这大概是小乔的一个心结。其实，交代了夏小羽，在证据链上，她等于又把她自己牵涉进去了。据说，她跟骆驼的那些事，在她渴得不行的时候，都换成了矿泉水，扭扭捏捏地、一点一点地交代了。

夏小羽进去得稍晚一些。她是在一个大型的新闻发布会结束后，开车走到一处立交桥的拐弯处被人带走的。一开始，她拒不交代。整整一个多月的时间，无论怎么审，她坐在那里，脸色苍白，一句话都不说。当反贪局的人把一摞一摞的银行票据，把购房的单据一一摆在她的面前时，她仍然不说。她爱范家福，她一字不吐。到了后来，她饭也不吃了，绝食了。这时候，反贪局的人一边采取措施，一边找人给她做说服动员工作。据说，最先找的是她母亲，让她母亲给她打了一个电话。在电话里，精神已有些失常的夏小羽，居然没有听出她母亲的声音。她说：你谁呀？你不是我妈。她母亲说：小羽，我真是你妈妈呀……这时候的夏小羽已不相信任何人了。她竟然在电话里说：你说，咱家的狗叫啥名？得过啥病？……她母亲一时被问愣了，没有说出狗的名字来。夏小羽就认为她母亲是让人假扮的，是反贪局的人在骗她招供，于是，仍坚持绝食，水也不喝了。

再后来，又通过上级领导做工作，由组织上出面找了范家福，让范家福给她写了一封亲笔信。

范家福的确是写了信。可当那封信交到他们手里的时候，反贪局的人觉得有些不对劲。开始也不知道什么地方不对，就觉得不对劲，这封信有问题。后来，他们又调阅了范家福签署过的所有文件。这时候才发现，范家福签字用了两种笔体，一种是规规矩矩的楷体字，一种是龙飞凤舞的行书字。反贪局的人就是从这两种字体里，发现了问题。他们经过反复比对，发现范家福最近一个时期的签名是有讲究的：一种签名是必办的；另一种签名则是……这说明，范家福回国后，已渐渐地开始习惯于运用"地方规则"了。可反贪局的人也不是吃素的。于是，反贪局的人在交信时，把范家福签名这一部分裁了下来。信仍然是那封信，字也是他的亲笔字。当夏小羽看到范家福那封亲笔信的时候，她哭了。可她仍然坚持说，这些事，都是她一个人做的，与范家福没有任何关系。可是，再往下问，她与范家福的关系，怎么也说不清楚了。

我的学生还说，这两个女人，完全不同。一个风骚。一个文静。一个是进来就说。一个是一字不吐。一个进来后不吃饭。一个进来就要果汁喝，还指名要"牵手"牌的……可不管怎么说，到了后来，她们都把自己做的和知道的事情，一一交代了。

我猜，在最后这九天时间里，骆驼一定想了很多。也许，骆驼已经知道，这时候，小乔的电话已经打不通了，夏小羽的电话也打不通了……还有，他正在收购中的一家证券公司，这里边也许有部分违规、违纪的地方……一旦掀出来，会牵连很多人，他必须临机做出决断。更重要的是，这还会牵连到两个副部级以上的干部。在骆驼眼里，他们都是好人，都是给企业有过很大帮助的人。并不是人们所说的那种贪官……尤其是范家福。范家福是从乡下走出来的穷人家的孩子。他苦学苦读，从中国读到了美国，读到了博士，而后又回来报效国家……骆驼一旦进去，一旦开了口，就把人家给害了。

过去，我曾经跟骆驼多次探讨过这个问题。骆驼多次说：这是一个伟大的时代，同时又是一个在行进中、一时又不明方向的时代。如果等各项法律、法规都完善、齐备了，也就丧失了发展的大好机遇……骆驼有骆驼的道理。我说过，骆驼心里揣着一个"抢"字，他抢的是时间。话说回来，如果时间可以抢，那还有什么不可以抢的？按骆驼的说法，是可以做、不能说、不能等。

我记得，两年前，在北京的那几天，我曾多次不经意地跟骆驼对过目光。每当我们两人的四目相对时，骆驼眼里总像是藏着些什么。那时候，我一直参不透他。在骆驼的目光里，有一种我看不明白的东西。那不是混浊，也不纯是警觉，是雾蒙蒙的一种东西，一种说不清道不明的东西。一直到后来，卫丽丽才告诉我，那是什么。可为时已晚。

这时候，骆驼一定也想到了卫丽丽。想到了他的儿子。他知道卫丽丽是个好女人，性格也好，会照顾好他的儿子。可一个女人带着一个孩子（他的儿子七岁了，刚刚上小学一年级）……骆驼不想给他的孩子带来灾难。

骆驼是一个才华过人、绝顶聪明的人。骆驼犯的错误是每一个中国人都会犯的……当时，骆驼承受着巨大的压力。骆驼肯定会想到：他是所有环节里最重要的一环。假如他这个环节断了，那么所有的环节都会在他这一节戛然而止……当然，以上这些，都是我猜的。

我要说的是，骆驼在出事前给我打过一个电话。骆驼临死前，把一切都考虑清楚之后，他给我打了一个电话……你说，一个快要死的人，他会说些什么？你绝对想象不到。

那时候我还在路上。骆驼在电话里嘶哑着嗓子说：兄弟，你在哪儿呢？我说：在路上……骆驼说：兄弟呀，告诉你，我中奖了。我说：开玩笑。你在哪儿？他说：真的。正如你预测的，我中了个大奖。我欠你的，我想还上。我说：你欠我什么？骆驼说：共事这么多年，你从未向我张过嘴，提过任何要求……当时，我正开着车，迷迷瞪瞪的，不知他什么意思，也不知该怎么说。骆驼说：兄弟，厚朴堂就交给你了。我说：你喝多了？骆驼说：你听我说完。另外，我给你点钱，五百万。打到你的卡上。说了多少年了，不是要出经典吗？这点钱，就作为出经典的基金吧……我说：又想出书了，啥意思？骆驼说：这是哥哥的一点心意。当然，万一有那么一天，我儿子需要照顾的时候……我说：扯谈。这话啥意思吧？骆驼说：连句话都不给吗？我马上改口说：……若是真有这一天，放心吧。

我记得，临挂电话时，骆驼突然又重复地说：兄弟，咱们是老乡啊。最近，我让人查了家谱才知道。当年，咱们还是一个县的，我们家是逃水过来的……这话很突兀。我说：你祖上，哪村的？他说：骆家寨。而后又补一句：老乡见老乡，两眼泪汪汪。兄弟，保重。说完，他就把电话挂了。

这就是骆驼。在他最危险的时候，在他绝望的时候……他仍然保持着应有的尊严。他不向任何人求助。

那会儿，在高速路上，我心里一直犯嘀咕。不知道是怎么回事，眼皮老是一跳一跳的，感觉很不好。有那么一刻，我觉得路两边的树在飞，树一棵棵地飞起来了，路边的牌子也飞起来了，那路牌上的字一个个斜着，眼前的字飞舞着，像是一片一片的带钩儿的金刀……我赶忙把速度降下来，对自己说：慢。慢。慢。

一个小时后，卫丽丽在电话里呜咽着说：……国栋死了。他从十八层大楼上跳下去了。

我问：什么时候？

她说：刚刚。

我脑子一下子短路了。

生命册

▲

265

五

有句话叫：一方水土养一方人。你知道什么是"水土"吗？

古人云：水有润下助土之功，滋生万物之德；土有化像和水之绩，舒纵欲托之能。四维之中，水为命之象，土为命之基。而这里所说的"水土"是一体的。

在这里，水土又不等同于风俗。风俗是有时间性的，是可以改变的。而水土，则说的是特定的气场和依托，是亘古不变的。这里指的是一个特定的地域的"生气"，或者说是"磁场"效应。后来我才明白，在我的家乡，所谓"水土"是一种"墒"。这"墒"里还含着两个字：后悔。"后悔"若升一格，那就是：幽默。

我还要问一句：你知道"水尽鱼飞"的道理吗？

你一定以为我说错了。你会说，是"水尽鹅飞"吧？不错，汉语的成语大辞典上就是这么写的。它的出处来自元代关汉卿

生命册
▲

《望江亭》里的一句唱词，表述的是"眉南面北、恩断义绝"的意思。要我说，这关于情感的一句形容，是很浅表的。这也许是关汉卿老先生的笔误；更有可能是江湖艺人为了唱腔的合辙押韵在戏台上随口讹改的结果。虽然只是一字之差，却有着天壤之别！

"水尽鹅飞"说的是情感依附，"水尽鱼飞"讲的是生存关系。"水尽鹅飞"停留在物质形态，有来有去；"水尽鱼飞"说的是四维向度，神秘莫测……两者不在一个层面上。"水尽鱼飞"，虽然只是平平常常的一句民间俗语，可它来自现实生活中的一种诡异，一种升华后的决绝。

我给你说过，当年，梁五方为了盖房，曾经抽干了一个坑塘里的水。这水里原是有鱼的。那时候，我常常看见水中冒出的泡泡儿，也亲眼见过一群一群的小鱼在水中游来游去。但真到水抽干的时候，却没有看到一条鱼！也就是说，一夜之间，鱼飞了。

水尽了，鱼没有翅膀，它怎么飞呢？它又能飞到哪里去？不客气地说，我用了将近一生的时间来思考这个问题，可我至今仍然没有想明白。

更让人无法想象的是，在咱们的家乡无梁，原本有一望无际的芦苇荡。在我童年的记忆里，那芦苇荡连绵百里，一眼望不到边，好像一生一世也割不完、走不出的样子。苇荡的尽头，有一个大水潭，名为：望月潭。民间也有叫"老鳖潭"的。据老辈人说，这潭有几百年了，从来没有干过。还有老人说，这潭里有一锅盖那么大的老鳖。夏日里，曾有人亲眼见它在潭边晒盖儿来着。还有人说，它会滚动着在岸上走路，已经成精了。鱼就更不用说了，鱼在水中游，在浪花里跳跃、嬉戏，这是谁都知道的。

可是，三十年过去了，整个芦苇荡都消失了，望月潭也干了。可那锅盖大的老鳖呢？鱼们呢？没有翅膀的鱼，飞到哪里去了？

由此看来，汉语中的每一个字、每一句话，既然能够流传下来，都是有生命记忆做依托的。"水尽鱼飞"，并不是凭空说说、毫无道理的。它虽是一种突如其来的神奇现象，却隐藏着生命变异的过程，是量变到质变的结果，现代的克隆技术就是最有力的证明。所以，它是超出人类想象力的一次飞跃，一种至今让我们无法理解、无法破译的生命演绎。也许是大自然给人类的一种警示也说不定？！

你要记住：生命来源于水，水尽鱼飞。

下边，我要说一说望月潭了。

在无梁，在很长的一段时间内，每当人们赌咒发誓的时候，常说的一句话是：除非望月潭干了！这就意味着，哪怕是天老地荒，大旱十年，望月潭也是不会干的。所以，它成了誓言的佐证。

可是，到了二十一世纪的今天，望月潭居然干了，它消失了。于是，誓言一旦失去坐标，失去了附着点，那誓言也就不攻自破了。这是大自然的决绝。

在我的少年时期，望月潭一直是一个神秘的所在。它水面有三四百亩大，深不可测。周围又是一望无际的芦苇荡，那湿地绵延久远，是藏风兴雨的地方，望月潭就是它们的发生之地，或者说是源泉。据说，无论水性多好的人，都没有探到过底。还有的人说，下边是一人多粗的泉眼，一直通到东海，人一下去，就被吸进去了。这种说法，就像课本上读到的知识一样，我曾经对它深信不疑。可随着时间的推移，在我一天天老去的时候，我对一些问题产生了新的看法。我要说的是：在这个世界上，几乎没有一成不变的东西。

在很多时间里，望月潭就像是童年里的梦，给人以神性翅膀的梦。它周围是一望无际的芦苇，一走进望月潭，那风是湿的，空气里弥漫着一点点泛青气的腥甜。晨光里，水面飘浮着一层钢蓝色的雾气，往下看，那蓝是一层一层的，由浅到深，就像是一幅油画。每当夕阳西下时，风吹着摇曳的芦花，芦苇荡里常常有鸟儿飞出来。芦花是金色的。鸟是金色的。蜻蜓也是金色的。梦幻一般的金色。阳光照耀在水面上，那潭里像是亮着一潭洇洇的红血，每当蜻蜓点水时，就像是浴火重生……每年，一到割苇子的时候，潭里浪花飞溅，还会冒出一人多高的水柱。就有人说，这潭里有大鱼。那鱼是吃过人的。于是，几乎无梁村所有的孩子都被告知：那潭深不可测，有淹死鬼，千万不要去那里游泳。可还是有胆大的去了，春才就是其中的一个。

据我所知，每到夏天，春才常常一个人到潭里去游泳。他每每游过几圈后，就静静地躺在水面上，四肢摊开，随着波纹漂动，就像是一条大鱼。

后来，村里也常有人说，春才是鱼托生的。

春才比我大七岁，在我十一岁那一年，他刚好十八岁。十八岁的春才双眼皮，浓眉，大眼睛，高鼻梁，一米八的个头，秀美壮硕，一脸红润。这么说吧，他就像是长在田野里的一株挺拔俊美的高粱棵子，是无梁村最帅气的一个小伙。

但如此壮硕的一个男子，却是一个闷葫芦。在我的记忆里，他很少说话。即使他娘叫他，也至多是嗯一声。在更多的时候，他的声音大多是由他的手来完成的。他的手比所有人的手都灵巧、快捷。那不是手，那几乎就是"神的使者"。他的手太会"说话"了。他的手指就像是一把精美的梳子，对女人们有着巨大的吸引力。他编席的时候，那席篾子就像是琴键一样，在他手下有节奏地舞蹈着、跳跃着，一格一格地往前推移，诗一样地律动，倏尔就成了片、成了形了……他编的炕席，他编的三层楼、双扇门的蝈蝈笼子，甚至于经他手编的细苇草圆蒲团，还有装馍馍的席篓，都让无梁所有的女人羞愧不已。

▲

有那么一阵子，方圆百里所有要结婚的姑娘都为能求到春才编的红炕席而自豪。他能在席上编出"福、禄、寿"等各种图案，他甚至能在席上编出奔腾的骏马和叫春的喜鹊……因此，"春才的席"在无梁村是一种质量的象征，是县供销社免检的。这话是县供销社派来收席的老魏说的。在设在大队部的"收席点"里，老魏常说的一句话是：看看人家春才编的席！那时候，村里最让女人们眼热和嫉妒的，就是春才了。在女人的嘴里，春才就是无梁村的一个标尺，男人的标尺。一看见他，女人们的目光里就会开出花来。

在无梁村，老姑父对春才的偏爱是尽人皆知的。春才十八岁时，老姑父就让他当了大队团支书。因为他人孤僻，不爱讲话，老姑父就把他叫去，做了许多思想工作。后来看他实在是个闷葫芦，问三句才"嗯"一声，就又让他改任民兵连长。可民兵训练时，他不喊操，喊不出来……可老姑父还是喜欢他，就再次让他当收席站的站长。

有那么一段时间，夏日里，老姑父的三女儿蔡苇香时常拽着她二姐蔡苇秀的衣角，站在村口处往北边看。这时候，刚游了水的春才会腾腾腾地走回来，他赤着双脚，穿条短裤，红堂堂的脊梁上亮着一身晶莹的水珠，走在黄昏的落日里，就像是活动着的古铜色的男人雕塑。她们和他，也就是相互看一眼，谁也没有说什么。

那时候，按上级的要求，每个村都要配"赤脚医生"。老姑父的二女儿蔡苇秀，初中毕业后经公社批准当上了村里的"赤脚医生"。蔡苇秀性格内向，也不大爱说话。但她是老姑父的女儿，心里还是有一点傲气的。她在县里总共培训了三个月，回村里当了一年零八个月的"赤脚医生"。也就是挎着个县里发的、印有"红十字"的小药箱，很优越地在田野里走上几圈。谁要是感冒了，就给两袋头疼粉或是两片阿司匹林；要是碰伤了，就给抹点红汞、碘酒之类……一年零八个月之后，她就嫁到另一个村子去了。

可是，就在这一年零八个月的时间里，村子里发生了一件怪事。这件事后来给无梁村创造了一个足可以影响后世的歇后语：春才下河坡——去屎。

我不敢说，也不能说，这就是一个"精神变物质"的范例。是呀，在一些时间里，两人互相看了一眼，看一眼又如何？走在路上，谁不看谁呢？看了就看了，还能怎样？但是，让人无法理解的是，就在这一年的夏天，春才出事了。

据说，春才出事后，老姑父跟吴玉花杠上门，两人又打了一架，屋子里咕咕咚咚的，死打……可出了门，两人谁也不说什么，一句话也不说。老姑父嘴唇翻着，人问了，他说：上火了。

这件事的来龙去脉，在无梁村是一个半公开的忌讳。是隐在戏谑中的一个暗语。或者叫作无梁人的幽默方式。也是到了后来，才慢慢地、经快嘴女人们唾沫星子一点一点传扬出去的。

这件事，怪就怪在有终无始……突然有一天，春才一直在床上躺着，用被子蒙着头。他娘以为他身体不舒服，就没有叫他。结果，到了傍晚时分，饭做好了，盛上了，春才还没有起床。这时候，他娘连着叫了几声，不见他回应那个"嗯"声。于是，他娘走过来看他，一掀被子，就见一被窝全是血！这就赶忙喊人把他拉到县城的医院里去了。到了县医院才知道，他居然、居然用一把篾刀，把自己的生殖器割了。

没有人知道这究竟是为了什么。这举动已超过了人们正常思维的范畴，太惨烈了！一般老年人则认为，他是在望月潭中了邪了。那年冬至前，春才被人用架子车拉回来了，一脸蜡黄。人们远远地望着他，就像是看一个怪物。

他回来后不久，蔡苇秀就出嫁了。她嫁到邻近的一个村子里去了。邻村那个小伙，曾多次上门提亲，一次提过十二匣点心！她原是拒绝的，躲在耳房里根本不见人家。现在，她勉勉强强地答应了。那天，出嫁时，蔡苇秀哭得很伤心，一路上都在抹眼泪。一班送喜的鼓乐，吹的是平原民间小调《鱼哥哥》，显得怪怪的。

据说，姐姐出嫁后，老三蔡苇香独自一人跑到望月潭，一个人在潭边上坐了很久。也许，她也有很多不明白的地方。

关于望月潭，这是我少年时期所遇到的最诡异的一件往事了。

在无梁村，春才的腼腆是出了名的，要是谁当着他的面开句玩笑话，他会脸红的。你想，一株茁壮挺拔、质朴秀美的高粱棵子，是很惹眼的。女人们总是忍不住要逗一逗他。每当他去设在大队部里的"收席点"验席的时候，总有一群女人围着他，一边看他编的席，一边说些加了油盐的话。

记得有一次，在编席点，槐家女人突然拍拍春才说：才，看，你看……春才扭过脸来，见一只公狗骑在母狗的身上……槐家女人笑着说：这叫狗链蛋，狗链蛋呢。春才先是怔怔的，接着脸就成了一块大红布！国胜家女人说：才，你别听他的。她是夜里让槐日舒服了，这会儿还流着水呢。海林家女人说：可不，床响了一夜。保祥家女人说：你听见了？推小车的吧，吱咛吱咛的。他家天天夜里推小车。槐家女人反击说：你呢？让国胜在板凳上日，呱嗒呱嗒，跟骑马样！水桥家女人说：还说呢，谁不知道，在麦秸窝里倒上桥……麦勤家女人说：宽家才出样呢。宽从城里回来，跑到地头，说该摘梅豆角了。说完扭头就走，宽家就跟着走，我还以为啥事呢？谁知是打暗号呢，他家的"梅豆"该摘了……宽家女人说：你多好，你家卖凉粉的，捡了一夜凉粉豆儿。海林家女人说：啥是凉粉豆儿？宽家女人说：奶头。她奶头大。国胜家女人说：小宝才出奇呢，屁大一孩儿，跑出来说，夜里他爹问他娘，是睡了再睡，还是睡睡再睡？啥意思呢？海林女人突然说：都别说了，看春才的脸红成啥了。

女人们一阵阵地哄笑着。只有春才一个人不笑，他慢慢地蹲下了。

这些半含半露、有荤有素的话，就像民间生活里的密码，终日包围着年轻的春才。春才最初好像是一知半解、似懂非懂，也就是红红脸而已。后来再听到这些话的时候，他什么也不说，就蹲下了。在地里干活的时候，一旦女人们叙家常的时候，他总是往地上一蹲，一声不吭。而女人们常常指着他说：看，春才脸又红了。

我说过，我是一个孤儿，终日在柴火窝儿、麦秸垛里滚，吃百家饭长大的。相对来说，我的神经要粗粝一些。我一直到十九岁那年的一天早上，一觉醒来，才明白春才为什么要蹲在地上……这是我的自悟。

等过去了很多日子之后，我才明白，在乡村，在我们的家乡无梁，对于性的态度是最原始、最保守，也是最开放的。姑娘们在未出嫁之前，那是禁地，是一个字也不能提的。可一旦结了婚，就像是破开了的瓜，是可以汁液四溅的。我想，春才作为编席的一把好手，终日被姑嫂婶娘们的"性语言"包围着，经姑嫂婶娘们一日日的启蒙、挑逗、或暗或明的点化，渐渐地，他的身体不由地起反应了。他蹲在地上那一刻，正说明他开窍了，觉醒了，是性意识的觉醒。他那纤细的神经、健壮的体魄，经话语点燃了饱满的激情，陡然间起了化学反应，在他的体内聚合成了一股巨大的荷尔蒙能量……他不是不站起来，而是不敢站起来。他的裤裆里陡然间竖起了一根棍子，架起了一门"炮"，他一定是既恐惧又害羞，他是怕人家笑话他。这是我猜的。

那时候，春才刚刚十八岁，正是阳气最旺的时候。一天一天地，也许，女人们的调笑、女人们的暗示、女人们肆无忌惮的关于性事的讨论，都给他带来无尽的痛苦。在那些个夜晚里，面对一盏孤灯，四面墙壁，春才心里会怎么想呢？在漫漫长夜里，他也许正在破译那些挑逗人的话语呢。比如：什么是"蜜蜜罐"？什么是"倒上桥"？什么是"见红"？……那些带有暗示性的语言在他脑海里泡呀泡的，由精神而物质，渐渐有芽儿生出来了？那些个夜晚，他都在干些什么？在破译的过程中，又会给他生理上带来什么样的反应呢？这没人知道。也是过了些日子之后，才渐渐从女人嘴里传出一些让人不可理喻的事。当他住进医院后，他嫂子给他收拾床铺的时候，在春才住的那间偏厦里，在床边糊着旧报纸的墙上，贴着一张"红灯记"的年画……女人们偷偷议论说，这孩儿，真可怜。

可我只知道，在一些日子里，春才一旦被女人围上，在大多时候，他都是"谷堆"着的。有一次，他拉架子车往地里送粪。在村头的粪堆前，他扶着一辆架子车，几个嫂子一边往车上装粪，一边叽叽喳喳地说着什么，后来车装满了，他仍在地上"谷堆"着，就是不站起来……一个嫂子说：才，走啊？他头上冒汗了，说肚子疼。这嫂子开玩笑说：你不是来"月经"了吧？哄一下，人们都笑了。

而后，春才就走到河坡里去了。

那是夏日里一个燥热的中午。人们都说，春才就是那个中午走向河坡的。他鬼迷心窍，袖里揣着一把篾刀。

河坡里有无边的芦苇，芦苇一丛一丛的，岔出许多条蜿蜒小路，其中有一条是属于春才的。春才在芦苇荡里走出了一条属于自己的蚰蜒小路。小路两旁，风摇着一荡一荡的芦花，苇叶沙沙响着，它们看到了什么？又呢呢喃喃地说了些什么？它们有生命么？它们若是有生命，为什么不阻止他呢？或许，就像村人们说的那样，望月潭是个诡异的地方，他真是中了邪了？

我也曾看见一个叫蔡苇香的小女孩，小小年纪，一个人偷偷地、一步一步向河坡走来……她怎么就没事呢？

也许，在蔡苇香眼里，那个中午一定是猩红色的。她是揣着怎样的心态：是好奇？还有胆怯？她大约想探寻一点什么。可她看到血了么？一滴一滴的鲜血引着她向苇荡深处走去。苇荡太大了，太深了，一丛一丛的芦苇，一条条蜿蜒的小路……哪一条是春才走出来的呢？

在那样一个中午，春才一定是在苇荡里站了很久很久。太阳当头照着，苇荡里一片静寂，有虫儿在呢喃，当他那一刀割下去的时候，他心里都想了些什么呢？……一道红色的血线就那样飞出去了，很决绝。

也许，一句歇后语的诞生，给了蔡苇香天崩地裂般的记忆。不知道小小年纪的蔡苇香在河坡里到底看到了什么，又受了什么样的刺激。按村人的说法，她后来"匪"了。这个"匪"字，在村人眼里，是"叛逆"和"暴徒"的意思。是超出日常生活规范的一种非常规行为。

我只知道，人们在接受经验或教训时，思维是反向的，往往矫枉过正。以至于多年之后，她能卖出一盆价值七十万的"汗血石榴"。

那么，一个秘密与另一个秘密之间，有什么联系呢？

也许，那一眼，也是很要命的？

仅仅当了三个月的"赤脚医生"，蔡苇秀的胸脯就挺起来了。当她挎着那个小药箱走向田野的时候，她脚下的黑面带襻的布鞋是有弹性的，就像安装了弹簧一样。身上的枣花布衫迎风飘动着，似也有了与村人不一般的味道。一个带有"红十字"的小药箱，就好像垫高了一个乡村姑娘的身份，成全了她的虚荣心。在一些刮风的日子里，她还会着意戴上县里培训班发的白帽子、白口罩，背着那个印有"红十字"的药箱，一弹一弹地走在田埂上，按村里人的说法，这就更有些"狗啃麦苗"的意思了。

那时候十八岁的蔡苇秀还是一个姑娘，又是村里的赤脚医生，虽然她每日里背着个药箱在村里晃来晃去，可她毕竟是支书的女儿，没结婚的小伙子是没人敢打俏皮的。村里的小伙子们只是远远地望着她，就像是看天边的云彩一样。她挎着那个带有红十字的小药箱，说明她是在县上正规学习过的，这使她平添了一些傲气，一般人她是不理的。春才呢，本来就是个不爱说话的闷葫芦。所以，最初，两人之间自然不会有什么瓜葛。

可是，有一天，春才的手被篾刀割破了。也许是那一串脚步声惊扰了他，也许女人们的话刺激了他，也许还有别的原因，当他坐在场院里破篾子的时候，他的手割破了。春才的篾刀是用钢条特制的，十分锋利，伤口割得很深，那血一下子就流出来了。这时候，先是有了女人们的惊呼声，而后就有人说：秀呢？快叫苇秀！

刚好蔡苇秀挎着个药箱走到场边上，听到喊声就赶过来了。春三月，她还戴着一个大口罩，显得人很秀气。她蹲在春才面前，打开药箱，从里边拿出红汞、碘酒和一小卷纱布，什么话也没说，就给他包扎起来。包了之后，蔡苇秀看了春才一眼，春才也看了她一眼，两人都没说什么。可据蔡苇香后来说，两人是说了话的。当着那么多人，两人是用眼睛说话的。蔡苇秀：疼吗？春才：不疼。蔡苇秀：别沾水。春才：嗯。蔡苇秀临站起时，眼睫毛眨了一下，她看见春才的棉袄上少了一个扣儿。

后来，那个蓝扣子是蔡苇香给春才送去的。蔡苇香来到春才家，站在门前说：春才哥，扣，给你个扣儿。春才怔了一下：扣？蔡苇香说：扣。我姐让给的。而后，她放下那扣子，就扭头跑了。

一个扣子，又能说明什么呢？

一个扣儿是一种态度？一个扣儿是一种暗示？这没人知道。

在此后的日子里，两人仍然没有说过话。只见蔡苇秀时常拉着苇香在村口站着，往远处的苇荡望去。若是跟春才碰上了，两人互相看一眼，也不说什么。这就像是猜谜，两人眼里似都有话要说，可谁也没有说。像是你在等我开口，我也在等你开口，就这么一天一天地等着。

或许，是那个带有红十字的小药箱垫高了蔡苇秀的虚荣心。如果不是那个小药箱，蔡苇秀也就是个乡间的小柴火妞，她就不会像城里人那样的"矜持"，那样的"狗啃麦苗"……她一定会转到麦垛的后边，把要说的、想说的话说出来。正是那个小药箱使她平添了更多的傲气，那个药箱成了一种身份的写照，所以她必须"矜持"。那时候，在村人们心里，"矜持"是属于城里人的。她在城里培训了三个月呢！

也许，她娘吴玉花根据自己婚姻的不幸，给了女儿一而再、再而三的告诫？那告诉一次、两次、三次……经过一些时间后，说不定就起了作用了？

人们都说眼睛是心灵的窗户。假如说，蔡苇秀的"窗户"一直开着呢，半掩半开，似掩似开，欲隐欲开……在田野里，在场院里，在收席点，在芦苇荡里……那"窗户"一直开着，用"矜持"做伪装。我猜。

也许，对面的"窗户"也开着呢。"窗户"里放了很多声音，也只是放着，而后一篾一篾的，用手织在席上……以"定力"做伪装。也许吧。

一个春天就这么过去了。桃花开了，杏花开了，梨花也开了，草开始往疯处长了……

夏天来了，风热了，花谢了，麦子就要熟了，"窗户"仍然开着，你看我一眼，我看你一眼，默默地。这就像是一种相互间的折磨。是无声的锯，锯得让人心焦。或许也还有些不便说的忌讳（由此看来，有些事情是不能等的。在你能说话、有勇气说话的时候，一定要把话说出来。不然，就会后悔终生。要知道，磁场和信息是需要对接的。在一个合适的茬口上错过了，没有接上，那就更难开口了）……

后来就有人上门给蔡苇秀提亲了。也正是那个挎在她身上的带有红十字的药箱，陡然提高了蔡苇秀的身价。提亲的外村人提着点心匣子一趟一趟地往老姑父家跑，今天一个，明天一个，像赶会一样。吴玉花每次送客的时候，声音高高的、亮亮的，说：

人不错。多懂事呀。不找个像样的城里人，妞是不会嫁的……这些春才都看在眼里，可他仍然没有说话。也许他更不好说什么了。

或许，是村庄里的声音刺激了他？

在童年里，我一向认为，"老扁"（蚂蚱的一种）叫声是绿色的。"铁头"（蚂蚱的一种）的叫声是锈色的。而"大牙"（蚂蚱的一种）的叫声偏黄，有点下流的小黄。火红的是"知了"，油色的是"蛐蛐"。还有驴，驴的叫声极为嘹亮，就像是号角，伴随着尿气，大黄。老牛的叫声是蓝色，悠长，宽厚，绕着谷垛，带着余音儿。村里的狗也能叫出两种颜色，一种是血红，有敌意的，龇着牙，暴烈，带有警告性质的；另一种是酒红，含有醉意，像酒一样浓，后味和缓，就像是隔着柴门的乡叙或是老友间的……问候。至于那些不知名儿或是说不清名儿的虫儿们，在夜深的时候，在你睡不着觉的时候，就像是五颜六色的合唱了，唱着有翅膀的歌。

那时候，在无梁村的一些夜晚里，每到夜半时分，夜空中总是会突然响起一种很奇怪的声音。那声音时常是在夜半响起，一声一声地呻吟着，先是连声的"呀……"，而后就"嗷"，听上去尖厉刺耳，"呀"声不绝，就像是心上扎了根刺！

后来人们知道了，那是兔子家女人在叫床。

兔子家女人是从南方带回来的。兔子在南方当过三年兵，复员后带回了一个女人。这女子看上去眉眼还周正，俩眼大大的，就是黑，又黑又瘦。最初人们都叫她：南蛮子。按兔子的说法，两人是部队拉练时认识的，她蹲在路边卖榴梿，他多给了她五毛钱……而后她非要跟他。还有的说，这女子是个"二不豆子"，脑子不拐弯。后来，经过一段时间后，人们都发现，这女子果然是脑子不够数，傻乎乎的。问她什么，就说什么，只会说实话，不会应酬，脑子有问题（那时候，在无梁，凡是只会说实话的人，被统称为"二不豆子"，即半生不熟）。总之，她跟兔子成了亲之后，村里的夜晚就不太安生了。后来，村里人就给她起了个绰号：一呀。

白日里，女人们时常逗她，说：一呀，你家杀猪呢？

她说：没得。

国胜家女人说：你家床腿换了吗？

她说：没得。

海林家女人说：你是蛐蛐托生的？

她说：没得。

保祥家女人问她：夜里，你那样嚷嚷，好吗？

她拍着手说：很好。很好。很好。

众人都笑了。海林家女人说：你傻呀。哪有这样说的？

海林家女人还出主意说：你实在忍不住，嘴里咬块手巾。

她摇摇头，仍然说：没得。不好。

众人又笑了。

"一呀"刚来的时候，她不知道村里人在说什么，村里人也不知道她在说什么，时常是你说你的，她说她的……后来时间长了，也就互相猜出了些意思。这才知道她也算是少数民族，可以生两个孩子的。于是就接连生了两个娃。奇怪的是，这么一个小个女子，黑得像炭花一样，竟然会有那么大的动静？竟然还会生出两个白白净净的娃儿？人们只好说她是命好。不过，那夜里的叫声仍然是很刺耳的。

春才家离兔子家最近，前后院住着，窗户对着窗户，也就十多米的距离，每当那刺耳的叫声响起时，春才在干什么？他又会怎么想？这没人知道。倒是春才的娘，一天早晨，当母鸡"抱窝"的时候，手里拿把笤帚，站在院里骂过两次，说：我叫你叫，瞎叫个啥？那是人声吗？浪茬茬的！

有一段时间，一呀非缠着春才要跟他学编席。可春才娘死活不让她进门，话说得很难听。一呀没有办法，就到收席站去缠春才，可一呀的南方话春才一句也听不清，再加上女人们你一言我一语的净打岔，让春才觉得很别扭。每每验完了席，他扭身就走。一呀就跟着他，一路走一路跟，还时不时地拽着春才的衣裳角，屁股一扭一扭的，大声喊着：春哥哥，春哥哥，你睡（说），你睡（说），给睡睡（说说）有啥子嘛……惹得一村人笑他！

每当这时候，春才就红着脸，大步逃开去。有两次被兔子撞见了，兔子急忙蹿出来，拽住她就往家走，硬把她拽回家去了。有一次，两人还关上门打了一架……后来，一呀再也不提学编席的事了。

每每，夜里，一呀照旧。兔子说，我真受不了她。

每每，早上起来，春才就那么背着一捆苇子或是一捆席穿过院子，走上村街，该干什么干什么。碰上兔子的时候，别的男人都会跟兔子开玩笑，说：兔子，看你瘦的。兔子，床腿又断了吧？只有春才不跟他开玩笑。倒是兔子有些不好意思了，见了春才，说：才，那个啥……春才说：啥？兔子说：也没啥。就是……春才又说：啥？你说。兔子说：那啥，那蠢娘们，你多包涵吧。春才不问了，什么也不说，扭头就走。

这年夏天，要割麦的时候，村里又发生了一件奇怪的事，连派出所的人都来了，说是要破案，弄得一村人都很紧张。

那是案件吗？

等过了很多日子之后，我这样想：那不是案件，那是饥渴。

这是一个很蹊跷的案子。一天夜里，老姑父骑着一辆自行车从公社开会回来，看见他家房后一个窗户边上竖着一根黑乎乎的木头桩子。他不记得他家后墙上放有木料，一天不在家，谁伐树了么？没有哇。他已经走过去了，却仍然心里有些疑惑，就退回来，相差也就二十几米远的距离，他大声咳嗽了一声……就是这一声咳嗽，惊了那"木头"！靠着窗户的"木头"居然动了，只听一串咚咚咚咚的脚步声。那真的不是木头，是一个人！

老姑父大声吆喝着：站住！……可人早跑得没影儿了。

进了院子，老姑父才发现，二女儿蔡苇秀在屋里洗澡呢……是有人在偷看女儿洗澡。当晚，吴玉花站在院子里跳着骂了一夜。

第二天一早，老姑父发现，在他家后院的菜地里，有一行脚印。那脚印慌不择路，仓皇地穿过菜地，一印深一印浅，一直通向后街……那菜地是头一天刚浇过的，地是湿的，所以那脚印特别醒目：一行大脚印，分明是男人的。

于是，老姑父当即叫来了村里的治保主任，治保主任慌慌地跑了趟派出所，派出所的民警用尺子量了那脚印，而后就说要一个队（生产队）一个队查，一家一家地查。当时，我也跟着村人跑去看了。菜地里，那脚印很大，在湿地上一窝一窝印着，按现在的尺寸换算，至少是二十六码以上。

这时候，村里的女人们议论纷纷，也有好事的女人慌忙把自家男人的鞋拿出来比比。也有人高喊：抓住把鸡巴给他割了！……村子里乱哄哄的。等派出所来人时，人们都去看派出所所长老黑的脸，他的脸黑风风的，什么也看不出来。

无梁村一共有十个生产队，一家一家查是很慢的，仅查了三个队，就有七双鞋被派出所的人拿去了，说是要"比对"。一时又人心惶惶。那些鞋子被搜去了的汉子们，一个个大喊冤枉，指天喊地地赌咒发誓，没有一个人承认。

这一天，"赤脚医生"蔡苇秀没有出门。她一直在屋里躲着，好像是也没脸出门了，很羞愧的样子。连中午饭都是她妹妹蔡苇香给端过去的。

这天下午，忽然又有消息传来，说是公社派出所所长老黑去市公安局刑侦队借警犬去了。只要那狼狗一牵来，到时候，闻到谁是谁。那狗鼻子灵着呢，光闻闻那脚印，就能闻出人的气味来！等着吧。

而后，治保主任叉着腰，在村里一遍一遍地大声吆喝：招了吧。要招赶快招，还有个解救。老蔡说了，村里解决，就不送你去派出所了。若是不招，等"哈顿"来了，咬你个卵子！

有人问他："哈顿"是谁？

他得意洋洋地说：就是县上那狗。

就此，村里人都知道"哈顿"就要来了，案子马上就要破了……人们还听说，"哈顿"是洋狗，英国种。一听说英国种的"哈顿"要来，连村里的柴狗们都显出了羞愧不安的样子。这一天，无论大人、孩子见了狗就踢。狗们大都溜着墙走，还时常冷不丁地被搜去了鞋的汉子们踩上一脚，夹着尾巴"呜呜"叫着，仓皇地躲开了。狗们很委屈，平日里连个名儿都没有，谁叫了就一声"嗷，过来"，那是让它们吃屎的。有名的也不过大黑、二黑、三灰子，怎么能跟英国种的"哈顿"比呢？

"哈顿"可是顿顿吃肉的警犬哪！

一村人都惶惶的，等着"哈顿"。尤其是村里的男人们，一个个都灰头土脸的，听着女人们的詈骂。女人们却异常的兴奋和不安，一群一群地站在村街上议论着，到底是谁呢？是哪龟孙呢？若是自家的男人，这日子还怎么过？是啊，"哈顿"就要来了。"哈顿"一来，案子就破了。一直到太阳快落山的时候，"哈顿"仍没有来。据说，"哈顿"有更重要的案子要破，来不了了。

到了傍晚时分，老姑父站在村街里，突然郑重宣布说：算了，算了。焦麦炸豆的时候，都下地去吧。

治保主任说：案子不破了？

老姑父沉着脸说：嚷嚷得外村都知道了，啥体面事？丢人不丢人？别再查了，算了。

治保主任说：那，证据呢？

老姑父说：啥证据？

治保主任说：就那鞋。收上来的鞋，还在大队部呢。

老姑父一摆手说：臭烘烘的，退了，退了。

就此，一个眼看就要侦破的案件就这么半途而废了……

可治保主任不甘心，仍对人们说：这叫外松内紧。等"哈顿"忙过这一阵儿，派出所还是要查的。

那一天傍晚，在收席点的仓房里，无梁村那些好事的女人们叽叽喳喳地把村里的所有男人全滤了一遍，从谁谁数到谁谁……一个一个，把那些可怀疑的对象全都筛过了。女人们一边议论一边骂着，说没一个好货！数着数着自然就数到了春才的头上。有人说：春才那么腼腆，他不会吧？又有人说：咋不会，狗还链蛋呢。还有人说：也不知那"哈顿"啥时候来？

就这么说着说着，县供销社派来收席的老魏把话头接过去了。因为春才的席编得好，老魏对春才的印象就特别好。老魏说：别欺负人家春才，人家春才腼腆，会干那事吗？人家春才那天晚上跟我下了一夜棋。要说就说我。我嘛，还有可能。

这时，女人们又把目标对准了老魏，一个个说：是啊，怎么没想到？还有老魏呢。老魏这龟孙也不是什么好人，成天嘻嘻哈哈的，一身贱肉，憋着一肚子坏。

还有的指着老魏的鼻子说：就他。就是他姓魏的。贱不叽叽的，前天还摸我一把。不是他是谁？

老魏本来在县供销社当会计，不知犯了什么错，被贬到了乡里来收席。开初的时候，他一肚子怨气，嘴里骂骂咧咧的，经常无端地把女人们编好的席打回去，说这里、那里不合格，惹得女人们全都在背后骂他。后来老魏慢慢住习惯了，村里还给他开了小灶，专门找了人给做饭吃，一天两包烟供着。他也就终日里跟编席的女人们打个情、骂个俏，占个小便宜什么的，也很得意，就乐不思蜀了。

经这么一说，女人们也就越发怀疑老魏了。是啊，老魏这人，流流气气的，每日里闲得蛋疼，还真有可能。

然而，老魏说了一句话，就把他的嫌疑给解除了。老魏伸出脚来，说：可惜，我脚小。

女人们嘻嘻哈哈地都拥上去跟老魏比脚，说：你脚小？比比。

可是，突然之间，女人们都不吭了。只见春才扛着一捆席走进来。春才把席往地上一放，说：老魏，验吧。

老魏说：你的免检，不用验，放席垛上吧。

春才就把那捆席放在了墙根的席垛上。老魏说：才，下一盘？

春才说：改天吧。而后，他再没说什么，身子硬硬地走出去了。

其实，并没有人怀疑春才，春才有不在现场的证据。

可事后第三天，春才就下了河坡了。

春才在县医院里住了三个月。

回来后，在人们眼里，他就成了一个废人了。

在平原，有一句俗话叫：好事不出门，丑事传千里。原本，春才编的红炕席是供不应求的，外村来预订的很多，而且都指名要春才编的席。就因为出了这么一件事，人们都害怕犯了忌讳，春才编的红炕席也没人要了。

这事传得很远，在颍河镇的集市上，过去，春才的席可以以五倍的价钱卖出。现在，席仍是春才编的席，卖席的却不敢打春才的旗号了。凡卖席的，都说是马集的。马集也是个编席村。

民间的传言是很厉害的。这也许是一种心理上的防范？倘或是含在潜意识里的畏惧？畏惧什么呢？说起来，都是些看不见摸不着的东西。是啊，一张席，本来是物质的东西，可它一旦上升到精神层面上，就两说了。

此后，春才再去设在大队部"收席站"交席的时候，无梁村的女人们再也不去招惹春才了。女人们都离他远远的，也没人跟他打俏皮，说什么荤话了。人还是那个人，依然高大俊美，依然是无梁村最好的手艺人。可是，就因为割了那一刀，一切都改变了。在人们的眼里，春才已不是过去那个春才了。

有一段时间，许是好奇心作祟，全村的人，都想看看，割了那物件之后，春才是怎样尿的。这成了一个巨大的悬疑。一村人，不客气地说（包括我在内）谁都想知道，春才是怎样……那时候，春才只要一出门，就有很多人找种种借口和理由跟上去，就是想看一看"那个"。那时村街上只有一个厕所，厕所旁总是站着很多人……这真是邪门了！整整一年过去了，哪怕是前后脚跟着，却没有一个人能探明，春才他是如何尿的。

终于，有一天，村里钟声敲响了。老姑父站在场院里，黑风着脸，大声说：有一件事，我得把丑话说前头。无论你是谁，哪怕是天王老子，敢再添油加醋，敢再日白一句，我掰他的牙！就这话……散会！——这个会，开得莫名其妙，老姑父什么也没说，可谁都知道，这特指春才那件事。

　　后来，公开的场合，没人敢议论了。可慢慢地，在村街里，有一个声音在悄悄地行走，那是躲着人、背过脸的时候，一句歇后语就此诞生了。这是无梁人的幽默。这幽默很冷，这幽默诞生于一种很荒唐、也可怕的性意识。由于与己无关，同时也包含着一种看似无所谓的、又叫人哭笑不得的悲壮和昂扬。那其中的含意很驳杂，你说不清楚的。

　　春才呢，每天仍照样下地干活，照常在庄稼地里、在泥里水里走，秋天里照样去芦苇荡里割苇子，照样编席……只是没有一句话。除了娘的声音，周围也没有话。村里人见了他，谁也不说什么——也许是不知道该说什么。这氛围是很压抑人的。

　　在一段时间里，每到夜半时分，村子里总好像有一个影子在围着村庄一圈一圈地转悠。那脚步声一踏一踏的，在无梁村的夜空中回荡着，而后一步步走向苇荡……不久，人们就知道了，那是春才。说来，无梁村人还算是善良的。他们怕春才寻短见，就报到了老姑父那里，老姑父就派我暗暗跟着他，记三分……就此，我跟着春才走了许多个夜晚。

在田野里行走的这个人，就像是一个活着的鬼魂。他的怪异常常让我惊诧。

那时的田野，总是流动着很黑很浓的夜气，那夜气就像是流动的丝绸一样，又软又湿，伸手可触。在浓密的夜气里，他那一踏一踏的脚步声浑厚而缥缈，就像是撕开了帷幕的自由。黑夜掩护着他，那夜气就是他的衣裳，他穿着夜气蹚过田野，显得很从容、很洒脱。脚下的草时常挂着他的脚，那些野花野草也像是很同情他的样子，软软地铺在他脚下，蒺藜草、马屎菜、格巴皮、小虫窝蛋……给了他弹性的呵护。他每每站住身子，抬起头，望着天上的星空。星河灿烂，一勺一勺地亮着。他会突然小跑一阵，就像是要飞起来的样子……而后，他一阵急走，一阵慢走，越过田埂，走向苇荡，最终停留在望月潭的边上，就那么默默地站着。潭里印着一弯月亮，月亮在水中一印一印地荡着，他望着水中的月亮，神神秘秘的。我想，这时候，他是很想成为一条鱼的。他一定是在想，人要是成为一条鱼，会多么幸福。有时候，他会抓起一个大坷垃扔在水里，听水的响声，也像是在试水的深浅。那响声在暗夜里瓮瓮的，显得很闷，在月光下划出一圈一圈的涟漪。而后他伸出两手，做一个"大"字，像是要纵身一跳的样子……当我一次次把血气提到喉咙眼里，刚要大声喊叫的时候，他却扭回头来，拨开芦苇丛，顺着蜿蜒的小路又走回来了……他最终也没有变成鱼。

在一些日子里，我脑海里常常会出现这样的念头：他是鱼变的吗？他为什么不尿？

　　春才每次夜游回来，他娘总是在门口等着他。春才娘说：儿呀，不管你咋想，你只要是头前走，娘都跟着你。春才一声不吭。

　　有时候，我猜他一定是后悔了。"后悔"的前置词是"假如"。没有"假如"，就没有"后悔"。后悔本身不是错误，而是时间的错位。人一旦后悔了，那需要谴责的就是时间了。

　　我猜，在此后的日子里，"后悔"像影子一样伴随着他。我曾见他每每夜游时，在田野里一次次地顿足，一次次去踢脚下的土，一次次地捧着自己的脸，一次次地摇头……这又是为什么呢？"后悔"含在夜气里，含在土壤里，含在泛着腥甜的庄稼棵里，他走过的每一个地方，都有一个"后悔"像影子一样伴着他。他后悔没有把那句话说出来？他后悔那个夜晚的鲁莽？他并不缺乏变成鱼的勇气，可他身后总是跟着一个"后悔"……所以，在经过了无数个夜晚之后，他留住了生命，完成了一种残缺。

　　也许，在这样一个村子里，人既然活着，就有后悔的时候。人只有后悔了，才会活下去。难道说，这就是一个生产"后悔"的村庄？

　　半年后，春才不再夜游了。

▲

就此，老姑父和全村人都松了一口气。

但是，在经过了那些个夜晚之后，他成了一个思考者。有一段，他几乎不出门，什么也不做，就那么呆呆地在屋子里坐着，人像是傻了一样。那时候，春才娘跟人说，他病了。可谁都知道，他是心病。他跟谁都不说话，几乎成了一个哑巴。就是偶尔出门，他也是直来直去，不跟任何人说话。

我猜，春才的思索几乎长达数年时间。当他从"后悔"走向活着的时候，他早已错过了"升华"为鱼的机会了。思考之后也许是沮丧？为"后悔"之后的活着而沮丧？为错过了成为鱼的机会而沮丧？

后来，我曾认为是"单纯"害了他……他与我不同。他从小受到的褒奖太多，他长相俊美，浓眉大眼，他的一流的编席手艺给他带来了太多的赞扬，这不免造成了他心性的脆弱？可是，有着那样"单纯"而"明亮"的眼睛，而又从未做过下作事情的春才，仅仅是因为"单纯"还有"明亮"，就能使他拿起篾刀把人们称为"命根"的东西割掉吗？这显然是说不通的。那又是什么呢？不然，就像村里老辈人说的那样，他是在望月潭中了邪了。那潭里有一个"老鳖精"和七个"无常鬼"（曾经淹死过七个孩子，四男三女）。

在过去了很多时光之后，我又想，这也不是愚昧。这与愚昧没有关系。这或许是一念之差，是潜藏在心里的犯罪感在作崇，是"耻"的意识。然而，这"耻"的界定又是很模糊的。"耻"一旦包含在"纯粹"里，那结果就是一种极端。可是，关于"耻"，这是人类给自己限定的一条准线，如果没有这条准线，那人与动物就没有差别了。

有时我还会想，春才就像是一个大油锅，他是自己熬煎着自己。他喜欢编席，可现在他编的席没人要了。本来，村里有个收席站，春才还可以编席。可近一段县上供销社的收席点突然撤销了，老魏也走了。在不编席的日子里，他的整个人生彻底哑了。他既没有方向，也没有期望，那人生的巨大缺憾又该如何弥补呢？是啊，在这样一个村子里，仅后悔是不能度日的。熬煎的日子久了，他又会怎样呢？

可突然有一天，春才爆发了。

那是一九七二年的初春的一个晚上，刚下过雪，天寒地冻，村街里的钟声再次响了。不一会儿，大队部里就站满了人。这是一个全村人都必须参加的大会。由公社武装部长老胡亲自带队，来传达一个重要文件……这就是人们后来所说的"九一三事件"。

那天晚上，老胡的声音很瓮。当文件传达完的时候，一村人都静静的，默默的，没有人说一句话。在这样一个时期里，人们已习惯不乱说话了。在平原的乡村，除了喇叭碗儿里说的，人们也不知道该说什么……可就在这时，春才突然蹿出来，猛一下跳到汽灯的下边，大声说：我不相信！

三千口人的大村子，文件传达完之后，突然跳出这么一个人，说了这么一句莫名其妙的话，他一下子把宣讲文件的老胡给说愣了。公社武装部部长老胡怔怔地望着他，说：你你你……说啥？

春才再一次大声说：我不相信！

公社武装部部长气得直翻白眼，指着他说：你，再说一遍？

春才又说：……怎么会呢？我不信。我不相信！

老胡骂道：狗日的，反了你了！拿绳，给我捆起来！

这就像是羊群里突然蹿出了一只野兔！又像是冬天里突然炸响的雷！一下子把人们炸傻了，一村人都傻了。一个大村，会场上几千口人，全都愣了。人们怔怔地、默默地看着春才：就这一个割了"阳物"的人，一个没"蛋"的人，一个长年不说话的"闷葫芦"，他突然跳将出来，说话了！他竟然敢怀疑上头传达的……文件，他竟然对几乎是来自天庭的声音发出了不该发出的疑问，这还了得？！

老胡气得把枪都掏出来了。老胡一边掏枪一边说：我他妈崩了你！快，别让他跑了。民兵呢，拿绳！给我捆公社去！

不料，春才也跳将起来，指着自己的喉咙，说：崩，你崩！

老胡瞪着眼，掏枪的手抖动着，呼呼地直喘气，他大声喊：老蔡，老蔡呢？咋鸡巴教育的？！

人们傻傻地望着春才……疯了，他一定是疯了。

立时，会场就乱了。有人往前挤，有人往后退，整个会场乱成了一锅粥。有人一边往后退一边嘴里嘟哝着：这孩，真傻得不透气了……也有胆大些的，上前拽住春才，低声劝道：别吭了，一声也别吭了。治保主任带着民兵们呼啦啦跑上前来，围在他身边，拿着绳子……怔怔地看着他。

此时此刻，正在屋里拿烟的老姑父从大队部里蹿出来，急忙上前拦住老胡，说：老胡，老胡，你别跟他一样，他是个二屄货，他啥也不懂。算了吧，算了。

老胡咬着牙说：不行，给我捆起来。王八蛋，反了你了！

老姑父死拽着老胡，反复说：……老胡，年轻人不懂事，你就原谅他这一次吧。交给我，我收拾他！

老胡严肃地说：老蔡，这事可不是小事，你可不能护着他！狗日的，他还一脖子犟筋！你不信？你算个屄啊？！……老胡扭身一指：你说他是不是有病？

老姑父连声说：有病。他还真有病。我跟你说，他病得不轻。来，你来，上屋说……说着，他把老胡拽进大队部里去了。

过了一会儿，两人从屋里走出来，老胡仍气呼呼地说：我管他屄不屄的？要不是看你的面子，非把狗日的捆了！

老姑父说：知道。我知道。给我一个面子，我担保了。你就交给我吧。

就此，公社武装部部长老胡终还是看了老战友的面子，没有把春才捆走……当天晚上，老姑父当着老胡的面，让民兵把春才关到豆腐坊里去了。

那一晚，如果不是老姑父力保，就春才那脾气、那夯性，一旦把他绑到公社，他必死无疑！……村里人都这么说。

后来，渐渐地，我才明白，春才的爆发与"九一三事件"无关，与上头传达的文件无关。他这是一种经长期压抑后的"发作"。是后悔之后才得以升华的、近乎"叛逆"式的发问。他开始怀疑了，这正是他思考的一个新的阶段。那就是说，从此，他不相信人了。

其实，这也是一个时代的问号。那问号一旦在人心里种下来，就会波及整个社会。有了这个问号，才有了后来的变化……那时候，春才思考了，可他又缺乏正确的导引，想不通的地方太多。这反而加重了他的迷茫。迷茫之后便又是沉默。

老姑父也曾经试图开导他，老姑父当过兵，老姑父也有不理解的时候，可老姑父懂得执行命令……老姑父拿报纸上的话教育他，可老姑父的话他一句也没有听进去。无论老姑父说什么，他都是沉默。也许，春才的不相信是对自己过去的一种否定。他发问，他怀疑，这是一种对自己重新认识的开始。

就此，在无梁，春才成了一个名副其实的怪人。人们很不理解。人们都说，你管那"闲蛋事"干什么？那是你该管的吗？

在无梁，无论什么事情，只要是与己无关的，都可以说是"闲蛋事"。可话又说回来，其实，真正的"闲蛋事"，无梁人又是最愿意掺和的。比如：谁谁与谁谁……这是一种生活态度。

再后来，经老姑父批准，春才独自一人搬到了远离村子的豆腐坊里，跟着哑巴磨豆腐。那磨一夜一夜地响着……后来哑巴去世了，他就一个人包了豆腐坊，一天记十二分。大凡来买豆腐的，都把钱或豆从窗户里递过去，而后有豆腐递出来，仍是无话。

春才的豆腐坊很快就有了名声了。

四乡的人都说，春才的豆腐是可以上秤钩着卖的。

春才一旦塌心去做一件事，就做得很极致。他磨豆腐的豆子筛了又筛，豆子磨出来的浆白亮亮的，上锅熬的时候，那火候掌握得极好，而后再用卤水去点。他弄的卤水放在一个特制的木桶里，一般人是不让动的。等豆汁熬成、点好后，用细布滤出来，凉到一定的程度，再放上一块青石板压上一夜，那豆腐就成了。

我至今仍记得那头老驴，豆腐坊的日子是与驴共事的日子。那头老驴终日里头上戴着"碍眼"在磨道里走，一圈又一圈，这像是一种骗着过的日子。驴戴着"碍眼"，驴并不知道它的日子是重复的，驴还以为它一直在往前走，它还有希望……一天下来，每到黄昏时分，春才就把驴牵出来，在豆腐坊外的空地上打个滚儿，嗷嗷地叫上几声，这就是它一天劳作的酬谢。春才对驴很好，打了滚儿之后，春才会把它全身用笤帚扫上一遍，扫得干干净净的，这也算是给驴解了痒了。而后，他再把驴牵回屋去，拴在槽上，铡草喂料……这时光很碎、很具体。不知春才在驴的日月里看到了什么？

驴一踏一踏地走，很安静。

从表面上看，春才也很安静。

最开始春才的豆腐只给村里做，供应偶尔来驻村的干部们和学校新立的小伙房。后来，邻近村子里的人也可以拿豆去换。可每日里他只磨两盘豆腐，供不应求，老早就有人端着碗在那里排队了。若是碰上红白喜事，在没有肉的日子里，春才磨的豆腐就成了席面上一道主菜：过油豆腐。

常年守着那盘磨。也许，春才把自己的心思磨在豆腐里了。磨嗡嗡地响着，春才随驴一圈一圈地走。那日子由豆磨成浆，上火熬了，再由浆点成豆腐，这过程很漫长很琐碎，但日日紧迫。他终日在磨坊待着，与那头驴为伴，驴在走，他的心思也在走，谁也不知他的心思游到了何处。所以，他看上去不急不躁的……可那个时候，他不急我急呀。

我承认，少年时期，我曾经是无梁村最馋的一个孩子。早些年，我偷吃过老姑父串亲戚用的点心。那捆好的点心匣子放在大队部的办公桌上，趁老姑父上厕所的工夫，我偷偷地用两个指头捏出来两小块（至今我还记得）：一块是"小金果"，一块是"三刀"（我曾经认为"三刀"是这个世界上最好吃的点心）。我甚至还偷喝过句儿奶奶的中药，我以为熬的是什么好吃的东西，就捧起瓦罐偷偷地喝了一口（烫得我舌头都麻了）……等春才磨豆腐的时候，我已经大一些了，不好再偷嘴吃了。可我还是很馋，很想吃他磨的热豆腐。可春才的豆腐坊不让任何人进，我也只好望"腐"兴叹了。在假期里，我曾经一圈一圈地围着磨坊转，实指望着能够吃上一口热豆腐。我甚至在手心里藏了一小撮盐末……可春才一直在豆腐坊里待着。他不出门，我一点机会也没有，想偷也偷不到。

后来，春才也许看出了我的用意（我的眼神里一定是长出馋虫了）。一天，我磨磨叽叽地又来到了他的豆腐坊外……他是背着身子，却突然说：丢，你把笭给我递过来。

我说：笭？

他说：笭。

豆腐坊外的空地上晒着两只盛豆腐的大筐笭……这是我第一次走进他的豆腐坊。在豆腐坊的墙上，并排挂着钩子、豆单、大勺、挑杆、碍眼、缰绳、驴套、扎鞭、扫磨的笤帚，一样一样都归置得整整齐齐的。豆腐坊里散发着一股热烘烘的豆腥气，还杂着驴粪和人的汗腥味。驴在磨盘一旁拴着，驴打着响鼻儿，蹄子一脚一脚地踢着地上的土，看来驴也有不耐烦的时候……春才扭头看了驴一眼，驴不踢了。那是头老驴。

春才光着脊梁，一直不停地忙活着。我着意地观察他的下身，他穿着一条黑裤子，裤腿绾着，一切似乎都与常人一样。一直等他忙完了，突然间，他掀开了热腾腾的豆腐锅，人整个罩在了热乎乎的蒸气里……片刻，那蒸气里递过了一个蓝边的小黑碗，碗里盛着一碗热豆腐。这碗豆腐是拌了调料的！里边有葱末蒜泥和盐，上边竟还汪着一星儿豆油。真香啊！他示意说：嗯……我慌忙接过来了。

我记得，在那年的暑期里，我一共吃了他十九碗热豆腐。每一次，他都找一理由把我叫进去，给我盛一碗热豆腐吃……至今想来还余香在口。每次吃完，他接过那小黑碗，随手放在一个水盆里，而后再"嗯"一声，那意思是说：滚吧。

我还记得，学校快开学时，那天吃完了豆腐，他突然神神道道地说：国家一定是出奸臣了。你信不信？过了一会儿，他又说：你近视吗？吃黑豆吧。黑豆好。老鼠吃黑豆。他这话，把我说愣了。不知道该怎么回答……又过了一会儿，他像是清醒些了，问我：县中图书馆有书吗？我说：有。不多。他说：啥时回来，给我借一本。我说：行。遗憾的是，这个承诺我一直没有兑现。

后来，我知道，能进他豆腐坊的，还有一个人。

在我离开村子之后，无梁村又出了一个叛逆者。

老姑父的三女儿蔡苇香，刚上中学不久，就被学校退回来了。

她先是因为传递纸条。她竟然在课堂上给一个男孩子递纸条。而后，她居然和两个县城里的男孩子一起躲在学校操场上的一个角落里偷偷吸烟。三个人一支烟递来递去的，你吸一口，我吸一口，被巡夜的校长用手电筒照在脸上，当场捉住。那两个男学生跑掉了，校长问是谁，她竟然说：孙子！她还逃过学，跟人跑到县城公园里闲逛……就这样，她先后被学校退过三次。

老姑父气坏了，曾揍过她两次。有一次还把她捆在院里的一棵树上，用皮绳抽她。老姑父这次着实发了狠，眼里含着泪用皮绳狠狠地抽了她一顿。当老姑父的皮绳落在她身上的时候，她居然用一双眼睛死死地瞪着他，那头梗着，脖子硬着，目光是很决绝的，就像电影里面对敌人的"烈士"一样，看得老姑父心里毛毛的……老姑父还是有些舍不得下手，抽了她几绳后，就此喘着粗气，蹲下来抽烟。

这时候，吴玉花又冲上来了。吴玉花手里掂着一只鞋，就用那鞋底子拼命抽蔡苇香的脸，她一边"啪啪"打着，一边吼叫着说：我叫你不要脸，我叫你不要脸，我叫你不要脸！……她这股狠劲完全是冲着老姑父的。这是一种宣泄。在平原，有一种说法叫"没窟窿繁蛆，找一卖藕的"。连蔡苇香都看出来，母亲是借她的脸，来发泄对父亲的强烈不满！于是母女二人很快就完成了情绪的对接，当鞋底子抽在蔡苇香脸上时，她仿佛并不觉得疼，虽然嘴角都流出血来了，她仍然情绪高昂地还嘴说：你打，你打，你打……打死我算了。

老姑父很惊讶地在地上蹲着。一方面，他不愿意看吴玉花用鞋底子抽女儿的脸，一个姑娘家，怎么能抽她的脸呢？你让她以后怎么出门？……另一方面，他似乎又听出了那弦外之音，吴玉花分明是借题发挥，对准他的……可她打的又是女儿，不便多说。于是，他张着嘴，说：你……这……而后长叹一声，丢下皮绳，背着手走出去了。

等老姑父走后，吴玉花丢了那只鞋，上前给女儿解了绳子，用指头点着她的头说：三姐，你真不争气呀。而后又说，洗洗脸，去你二姐家躲几天。别让那老鳖孙知道。

据说，第二天，老姑父骑着他那辆破自行车带着一些礼物再一次赶到学校，向校长赔礼，希望再给女儿一次机会……可校长说：老蔡，不是我不给面子，是没有一个班主任愿意要她。她一来，弄得一个学校都不安生，你怎么养了一个女光棍？

于是，老姑父垂头丧气地回来了。

蔡苇香退学后，先是躲在她二姐家住了些日子。后来，她回村不久，就又有闲话传出来了。保祥家女人说，这年的夏天，她在东边的地里薅瓜秧，亲眼看见老三蔡苇香在一天夜里进了豆腐坊。那时候春才的豆腐坊已经扩大了。新添了几盘磨，又新盖了两排房子，还起了一个名：春才豆腐坊。保祥家女人说，她在豆腐坊里把自己脱得光光的，对春才说：才哥，你太亏了，你摸摸我吧。

保祥家女人说，机磨嗡嗡响着，春才没有说一句话，春才就那么站着；蔡苇香也站着，月光下，只见白花花的……这姑娘太野了。

蔡苇香长了个天胆，她说：你别怕，是我让你摸的。你摸摸我，我不会给人说的。

蔡苇香还说：我知道，你恨我姐。头前我二姐还说，那时候，我姐一直在等你。就等你一句话。你为什么不说呢？

夜很静，磨一直响着……

蔡苇香捧着自己的两个乳房，一步步走到春才跟前，说：哥，你摸。要不，我摸摸你。你脱了，让我看看。

保祥家女人说，她看见春才一脸惊恐，一步步往后退着，而后他扭过脸，满脸都是泪水……而后，春才又蹲在了地上。

后来，蔡苇香穿上衣服后，哧溜哧溜，吃了一碗新磨的热豆腐……

就此，人们常见蔡苇香到豆腐坊里去，而后又端了豆腐出来。这时候蔡苇香成了除我以外唯一可以进豆腐坊的人。有时，我会想，蔡苇香是为了吃一碗热豆腐，还是想看看春才到底……

这还真是说不清。

据说，有一天，她手端着豆腐，突然说：春才哥，干脆我嫁给你算了。我不想上学了，就跟你磨豆腐。

春才怔怔地望着她。

蔡苇香说：你别怕。这是我自愿的。我去跟我爹说。

蔡苇香果然就给老姑父说了。老姑父听了，一时目瞪口呆。吴玉花像是气疯了，嘴里一迭声地骂着：贱！贱！贱！真贱哪……拿起棍子就打！蔡苇香扭头就跑。一边跑一边嚷嚷说：我就是要嫁给他。我就嫁给他！

蔡苇香跑了。老姑父又跟吴玉花打了一架。这天深夜里，老姑父背着手进了豆腐坊。磨一直响着，没人知道老姑父给春才说了些什么。老姑父大约也知道这事不怪春才。老姑父是个讲道理的人，当支书这么多年，老姑父已习惯给人讲道理了。豆腐坊的墙上映着两个黑影儿，一团黑影在墙上晃着，一时蹲一时又站……这事就到此为止了。

春才再没让蔡苇香进过豆腐坊。

据说，一天夜里，蔡苇香溜回来悄悄地拍豆腐坊的门，可豆腐坊里悄无声息。蔡苇香说：不让我进也行。我饿了，给我碗豆腐。而后说，我就说说，看你吓的。

村里还是有了些传闻，说些很低级很下作的话。可春才已经这样了，虽然有些传言，倒也没掀起什么波澜。再说，蔡苇香毕竟是支书的女儿，人们私下里传了些日子，也就没人再说什么了。

蔡苇香就此再没了踪影。有人说，她是跟一个骑着摩托来村里收头发的小伙子跑了。

后来，春才曾经过了一段极红火的日子，他甚至还有了女人。

在村里实行土地承包之后，他的豆腐坊得到了迅速的扩展。那时候，当了镇长的老胡急着要找一个"万元户"当典型，找着找着就找到了春才的头上。当年，曾经要拿枪崩了他的老胡，不得不一次次屈尊来到村里，动员他当"典型"。老胡说：春才，春才同志，呀呀呀，真是不打不成交啊。

可春才不去。春才很拗。春才在豆腐坊里前前后后忙活着，一会儿查看火候，一会儿又去招呼发豆芽的人……无论老胡说什么，他都一声不吭，闷着葫芦不开瓢。老胡就跟在他后边，不停地给他讲道理。老胡说：春才，春才呀，县长要给你挂花呢。十字披红，跨马游街，多荣耀啊！去吧。去吧。咱全乡就推你一个，你不去谁去？我还想去呢，可我没这个资格呀……老胡走着走着，不小心被挤在了磨道里。他肚子大，被磨盘卡住了，就那么硬挤就是挤不过去，他一下子火了：俺，这等好事，我还得求你咋的？！

春才硬是一声不吭。

后来，老胡气呼呼地去找了老蔡。在大队部里，老胡说：老蔡，那鳖儿咋回事？咋狗肉不上桌呢？！老姑父说：你做做工作嘛。老胡说：我喉咙都说干了，舌头都磨烂了，他还是抱着葫芦不开瓢，这工作你去做！老姑父说：我也没法。你捆他，你把他捆去算了。老胡怔了一下，说：捆他？老姑父说：捆。这回我不管了，你捆他。老胡眨眨眼，说：噢，这王八蛋，还记恨我呢？那时候……是形势。老姑父说：那你说咋办？

老胡气坏了，在大队部一跺脚说：我衾，有猪头还进不了庙门了？让他狗日的发家致富，我还得求他？！

老姑父说：他执意不去，就算了吧。再说了，他是个实诚人。我给他算过，满打满算，一年下来，也就挣个七八千，不够一万……

老胡却说：咋不够？驴呢？磨呢？还有地里收成……这是任务。他背着手在大队部里走了一圈，说：不去不行。名都报上去了。不去，上头会以为咱颍河镇弄虚作假，这事关一个乡的名誉……这样吧。老蔡，你去。你顶他去。

老姑父说：这不妥吧？上头要的是磨豆腐的万元户，我又不会磨豆腐。万一说漏了嘴，非砸锅不行。

老胡说：那这样，让他媳妇去。就说他病了。让他媳妇顶他去。

老姑父苦笑了一下，说：蛋都没了，哪来的媳妇？

老胡说：是吗？一个没蛋子货，他俞性个啥？不求他了，你去。多好的事，给一万块钱呢！

老姑父眼一亮：有钱？

老胡说：可不，奖一万！

老姑父说：去。这得去。

老胡说：这事可交给你了。不管是谁，得应着名去个人。老胡走时还骂了一句：真他妈狗肉不上桌！

老姑父在豆腐坊蹲了半夜，而后对春才说：才，这豆腐坊，该添些设备了。春才说：我也这么想。我都打听了，一套设备上万，钱呢？老姑父说：钱我给你解决……春才说：真的吗？老姑父说：这还有假？我陪你去。最后，经老姑父动员，春才还是去了。春才并不傻。

那天，老姑父亲自陪着春才来到了县城，住在了县委招待所。当天晚上，县长到招待所看望大家来了。县长挨屋一个一个看，老姑父领着春才来得早，就住在县上安排的头一个房间里。县长一进门就握住春才的手说：老段吧？城西武家坡的老段，养猪大王，你猪养得好啊！春才手一抽，说：我……不是。县长"哦"了一声，略显尴尬，仍抓着春才的手，说：那你是老马，蘑菇大王！春才又说：不是。不是。县长回头看了看办公室主任，说：噢，我明白了，你是老俎，俎庄扣蔬菜大棚的，蔬菜大王，好，大棚好！春才又说：不是……这时，老姑父在一旁说：马县长，我们是颍河镇无梁的，他是磨豆腐的。县长低头看了一下手里的表格，笑着说：我说呢，一股子豆腥气，你叫春才，是吧？春才说：是。这次，虽然说对了，可县长已没了兴致，说：好好！休息，休息吧。

待十个"大王"全看过后，在过道里，县长气呼呼地说：咋搞的？也不按个顺序？到底谁是一号？表上写的不是老段吗，"蘑菇大王"？办公室主任忙解释说：无梁来得早，住房就没按顺序……县长说：你这是严重失职。乱七八糟的。马匹都准备好了吗？办公室主任说：都准备好了。县长走了几步，又回头说：那个那个，201住的那个，叫啥呀？办公室主任忙说：春才，无梁的，吴春才。县长说：明天，让他走头一个。办公室主任说：这一号原先安排的是"蘑菇大王"。县长说：改过来。"豆腐大王"，就"豆腐"吧。你没看，那种蘑菇的是个斜眼。别净弄些歪瓜裂枣的，让人笑话！

第二天，县长亲自出面给全县选出来的十个"致富状元"披红挂花，跨马游街。在县政府门前，锣鼓大镲，鞭炮齐鸣，县长给十个"致富状元"挨个披红挂花……前边有警车缓缓开道，紧跟着是披红挂花的马队。十匹从养马场借来的高头大马一字排开，一色的枣红马，个个油光水滑。果然就让春才骑在了最前边的第一匹马上，马县长亲自执缰，给春才拉马坠镫……只见四周闪光灯闪烁着，记者们围着拍了很多照片。

不知春才骑在马上感觉如何？老姑父告诉我说，春才刚上马时，还有些拘谨，有点不好意思，晕腾腾的，手脚都不听使唤了，身子一歪差点从马上摔下来。可走着走着，在人们的欢呼声中，他的头慢慢就昂起来了。后来，在县长的一再示意下，他也学着挺直身子，开始给欢呼的人群招手。春才招手时仍然不笑，严肃得就像是参加阅兵式的将军……这些都是老姑父后来告诉我的。

春才大概做梦也想不到，他竟然成了本县夸富游街的第一人！他骑在那匹高头大马上，十字披红，在惊天动地的鞭炮和锣鼓声中，由县长亲自牵着缰绳走过了整条县府大街……而后，在众目睽睽之下，走上主席台，从县长手里接过了一万元的红包。

客观地说，春才并不是本县当年的首富，甚至也不能算是颍河镇最富有的"万元户"，可他由于形象好，排在了夸富游街的第一人。就此，所有的镁光灯都对准了他。一时间，春才十字披红、跨马游街的光辉形象先后登在了全省乃至全国的各家报纸上……

紧接着，还有让春才想不到的事情。"状元郎"回到村里后，从第三天开始，就像赶会一样，陆陆续续地先后有上百个姑娘从四面八方赶到了无梁村。有套车的，有骑车的，有步行的；有家人跟着来的，也有独自一人来的；有城里的，也有乡下的，有的还是刚从大学毕业的女学生，竟然还有从千里之外的四川赶来的……她们都是来相亲的。她们手里都拿着一张报纸，报纸上登有春才骑在高头大马上的照片！

那相片照得真好。省报记者把骑在马上、十字披红、胸戴大红花的春才照成了一个"当代英雄"的模样！"豆腐大王"的故事经过了记者的合理夸张，意向性的展望，还有从老姑父嘴里逼问出来的所谓"反潮流"之类的事迹……这就像是给春才重新镀了一层金，立时就引起了全社会的注意。

无梁村从没有如此热闹过。春才的豆腐坊门前围满了人，无梁的女人们一个个高兴得像过年一样，她们从小学校里借来了十几条板凳，从家里端来了茶瓶、茶碗，好让从远路赶来的姑娘们喝口茶水……众人在门外高声喊道：才，相亲的来了，开门吧！

春才仅仅是在窗口处露了个头，待他明白事情的缘由之后，就把自己关在屋里，任谁叫门也不开。

这时候，老姑父不得不亲自出面了。老姑父把这些前来相亲的姑娘们全接到了村委会的院子里，安置人给她们做饭，还让她们一人吃了一碗拌了葱、姜、蒜、小磨香油等作料的热豆腐……在姑娘们饱了口福之后，老姑父这才又分别含蓄地告诉她们春才身体上的缺憾。这话说着碍口。在姑娘们的一再逼问下，老姑父的唾沫都说干了，才勉强让她们明白了"那个"事情。

前来相亲的姑娘们听了，有的当即就走了。有的仍不相信老姑父说的话，执意要见春才一面。她们手里拿着报纸呢，她们不相信登在报纸上、骑在高头大马上的那个英气勃发的帅哥会是这样一个人。还有的主动到村里去打听情况，一问再问……而后便知道了那句歇后语，这才伤心地去了。

就这么陆陆续续地，不断地有姑娘登门……前前后后持续了大约有一个多月的时间。无梁村人在无限的感叹和惊讶中也跟着热闹了一个多月。汉子们眼热得恨不能把自己那玩意儿也割下来，也好这样体面一回！女人们见了面，都摇着头说：一个个花枝一样，都是多好的姑娘啊！

让人惊讶的是，在明白了春才的所有情况之后，居然还有一位姑娘愿意留下来。这姑娘名叫惠惠。惠惠说是从河北来的，说是就认定春才人好，什么也不要，什么也不图……就在老姑父一次又一次说明情况（含蓄又明确地），劝她走的时候，这位名叫惠惠的姑娘哭了。

惠惠哭着对老姑父讲了她的身世，说她在河北老家曾经结过一次婚，结婚后才发现丈夫是个赌棍，把整个家都败光了。那赌棍不光是赌，还是个酒鬼，喝了酒就打她，往死里打……她坚决不跟那人过了，她是离了婚从家里跑出来的。她说，只要不挨打，她愿意侍候春才一辈子。这话把老姑父说动了，就去做春才的工作。春才仍不吐口。

老姑父说：我做主了，先把人留下，试试。

春才不说话，也不开门……

想不到的是，这位名叫惠惠、看上去白白净净的胖姑娘，在豆腐坊门前等了三天后，也不管春才愿不愿，竟主动上他家去了。她打听到了春才家的院子，就大大方方地进了春才家。进门后，她拿起笤帚就扫地，而后做饭、洗衣裳什么都干，还连着给春才娘梳了三天的头……喜得春才娘不停地流泪，那是喜泪。

而后，春才娘亲自带着惠惠叫开了春才豆腐坊的门……最初，村里没人相信惠惠会跟着春才好好过日子。还有些好事的人悄悄地盯过惠惠，就见她自从进了豆腐坊之后，春才不说话，她也不说，就默默地干活……春才的豆腐坊里有张桌子，桌子有抽屉，抽屉里放着卖豆腐的账和钱，可惠惠从不往桌跟前去。

据说，豆腐坊里就剩下两个人的时候，春才终于开口了。春才说：你还是走吧。

惠惠说：我不走。我看出来了，你是个好人。你只要不打我，我愿意侍候你一辈子。

春才从兜里掏出一百块钱，说：这钱，你拿上，买张车票，走吧。

惠惠根本不看那钱，惠惠眼泪汪汪地说：我是从家里逃出来的，我无处可去。

春才没有办法了……

自从惠惠进了豆腐坊之后，春才的日子不再那么素了，他的日子开始有了些颜色。每到傍晚时，人们就见豆腐坊前拉起了一道绳子，绳子上搭着惠惠洗的衣服，那就像是过日子的旗子，旗子在迎风飘扬。

有时候，惠惠会把两人的饭菜端到豆腐坊外边来吃，就像小两口一样。惠惠还不停地给春才碗里夹菜……人们看见了，说：多好。

后来，一天一天地，人们见春才身上穿的衣服都洗得干干净净的，又见这女子在豆腐坊里什么活都干，里里外外地忙活，账算得也清楚，实在是春才最好的帮手。人们也就信了。一个个都说：春才真是掉福窝里了。也有人说，许是上天可怜他，派了个"青蛙公主"搭救他来了？人们都说惠惠的好话。

惠惠每天傍晚时，都要回村一趟，给春才娘洗脚、捏脚、掏耳朵……人们想不到她还会这手艺，都说，惠惠真孝顺呢。

春才豆腐坊的生意也越来越火了。四乡的人有很多是来看"新媳妇"的，捎带着就把豆腐买了。人们都知道这女子是自己跑来的，都想来看看她长得什么样。惠惠呢，也不怕人看。人们看了，私下说：这么好的姑娘，嫁一个……不亏吗？

春才娘也一直操着春才的心呢。三个月后，春才娘把春才和惠惠叫到家里，对两人说：也这么长时间了，要是没有啥，就把事办了吧？

春才不吭。

春才娘问：惠惠，你说呢？

惠惠说：只要才哥不嫌我，我当然愿了。也别铺张，领个证就行。

春才娘听了很满意。说，那我找人看个好日子。秋后就办吧。这么好的媳妇，也不能太省了，钱该花也得花。你说呢，才？

春才说：我听娘的。

春才娘又说：惠惠，你只怕得回去开个证明吧？

惠惠说：娘，证明啥时开都行，不急。

就此，春才娘专门去了一趟尚书李，请人给看了好日子，日子定在了阴历八月初七。

可是，在夏天将要过去的时候，很平常的一个日子，惠惠不见了……

后来，人们回忆说，一早，国胜家的女儿素梅喊惠惠一块进城，说是要扯块布料做衣服。惠惠开初还不愿去。素梅说，去吧，嫂，去吧。惠惠回头看了看春才，春才也说：去吧，你也该买几件衣裳了。惠惠就跟着素梅一块去了。临走时，惠惠还说：二奎家要十斤豆腐，钱在抽屉里呢。春才说：知道了。

一直到黄昏时分，素梅一个人回来了。她说，两人在商场里走散了……到了这时候，人们才怀疑，惠惠是不是跑了？

人们算了，惠惠在无梁一共待了一百零一天。如果她真的跑了，那她就太有心计了。那是一百天哪，多少个日日夜夜，她在人前走来走去，怎么就没看出来呢？要真是个骗子，一个女子，她也太能藏了。当晚，一村人闹嚷嚷的……老姑父觉得心里有愧，老姑父敲了钟，要动员全村人去找。这时候，春才从一个黑影里走出来。春才说：不用找了。

这话说得很含糊，至于究竟什么原因，就没人知道了。有人说：不会吧？惠惠不是这样的人。人们就追着素梅问东问西，素梅说：两人分手时，她还说，要是走散了，就在灯塔处等着。人们又问：你等了吗？素梅说：等了。我一直等到天黑。人们乱哄哄地说，看看，看看？你傻呀？她她她，早跑得没影儿了！有的说，跑了和尚跑不了庙，她不是河北的吗？找她去！有的说：河北？河北啥地方？

这一问，把所有的人都问住了。可不，河北地界大了。

到了这时候，人们才知道，惠惠带走了所有的钱。惠惠之所以待这么长时间，就是为了摸清春才放钱的地方，春才磨了这么多年的豆腐，他的钱都在一个地方放着……现在，豆腐坊就剩下五块钱了。那五块钱在抽屉里放着。

素梅百口莫辩，突然说：她的提包还在呢。

等人们跑去时，春才豆腐坊的门关着……那惠惠的提包春才早已打开看了，包里装的是一包草纸。看来，这的确是一个圈套！

一村人的眼，都让老鹰给叼了！你说这有多沮丧。老姑父骑上车要去镇上的派出所报案去，被春才拦住了。春才说：不怪人家。

不久，豆腐坊门前挂出了一个牌子，牌子上写着：无论亲疏，概不赊账。

此后，在差不多有一二十年的时光里，春才一直在磨豆腐。

……再后来，当我再一次回到村里，见到春才的时候，他已完全变了模样，成了满脸皱纹的小老头了。

这时候，春才娘已下世了。名义上，他现在是跟他弟弟、弟媳和侄儿们一起生活。

前些年，听说他的豆腐坊扩建了，在镇上占了好大一块地。豆腐坊也不仅仅是磨豆腐了，他进了一套生产腐竹的机器，在镇上办成了一个生产豆制品的工厂，生产腐竹、千张之类的豆制品，曾经非常红火。有一段时间，就靠着那个生产豆制品的工厂，他给他弟弟家盖起了三层楼的房子。那房子里外都贴了瓷片，屋子里冰箱、沙发一应俱全……院子里还种了花。有一段时间，人称"豆腐大王"。

可我惊讶地说，不知为什么，他又重新退回到村里来了。我是在村头那间旧作坊里见到春才的。当我再次见到春才时，他已成了一个小老头了。仍然是脸色蜡黄，手指也黄，那是烟熏出来的。春才过去不抽烟，现在也抽上了。可看上去却生意盎然。他的目光里像是掺了一种什么东西，一种我说不清楚的东西，像是有一点斜视，眼角里有一个极亮的点。看见我的时候，他先开的口，他说：回来了，吸支烟。说着把烟递过来，我有些惊讶地接过了他的烟，而后问：生意不错？他淡淡地说：凑合。

时光是可以改造人的，人真是会变的。这一次，春才主动告诉我说，当年，他在镇上办豆制品加工厂的时候，最初生意还行。后来，周围一下子办起了七个名为"豆腐大王"的豆制品加工厂，七家挤他一家，他的生意一日不如一日，就败下来了。如今，他欠下了一屁股的债。

我问他为什么？他愤愤地说：他们全都造假！真的反而没人要了。他们还到处打广告，包装也好……接着，又很商业地说：他们是贴牌，我斗不过他们。

接着，他说了一个商标的名字，我噢了一声，说：这牌子挺响的，到处做广告。

他说：假的，都是找印刷厂印的。只要花钱，啥都可以印。

接着，他有些悲伤地说：再好的东西，不掺假，没人要。我的好东西卖不出去，没人要。而后，他又说：你看这腐竹，多好的腐竹，没人要。城里人就认假，吃骗，假了才有人要。真正磨出来的好腐竹，都有些发暗，是暗黄。可城里人偏喜欢黄亮亮的。那都是上了色，掺了添加剂，抹了一层蜡的。

我惊讶地问：还上蜡？

他鄙夷地说：上。镇上那些厂子，每一家都上，不上没人要。

我问：你怎么知道他们都上蜡？

接着，他突然笑了。很多年了，我还没见他笑过……他嘴撇了一下，笑着说：你知道吧，老八失业了。

我迟疑着，我实在想不起了：老八？你说哪个老八？

他说：老八，你都不记得了？

经他提醒，我终于想起来了，早年邻村里有一个卖老鼠药的，常年在集镇上铺一块红布，摆摊卖老鼠药。他的老鼠药名叫"八步断肠散"。但据我所知，曾有两个"老八"。一个是卖老鼠药的。一个是我老师的绰号。我不知他说的是哪一个。

他说：不是回城的老杜……是镇上那卖老鼠药的。

他说：我去看过，他们的厂子，我一家家都看过。他们当然不会说他造假。可镇上的那些豆腐坊里没有老鼠。

他说得很含糊，我不太明白他的意思……

他说：老八虽说卖了一辈子老鼠药，可他并不懂老鼠。起码没有我懂。早些年，我跟老鼠说过话。夜里，子时，老鼠从洞里钻出来，爬到我的床头上……

这时候，我突然觉得身上有点冷。他说：他们的豆腐坊里没有老鼠。

他说得太简约，跳跃，不知"他们"指的是谁？他说：老鼠是最聪明的。

春才的头发已全白了。白了头发的春才成了一个很健谈的人。他坐在那里，目光望着远处，不停地说着话。

如今，春才仍开着一个很小的豆腐坊，只有一盘磨。

春才每年都要还债，还他当年在镇上开豆制品加工厂欠下的债务。他的豆腐坊虽小，生意还行，周围村里人仍然吃他做的豆腐。因为人们知道，他的豆制品不掺假。镇上的那些假货，那些鲜亮的东西，都一车一车地卖到外地去了。

这么说，当他活到了接近晚年的时候，他的人生仍停留在一个点上。

他是一个很有骨气的失败者。

因为他诚实。

我告诉你，直到今天，我手仍然握有老姑父在一些年份里，为推销春才的豆制品，写给我的七张"白条儿"。从时间上看，有的是在他生前，有的竟写于他死后，那是后来托人捎给我的。每张"白条儿"的第一句都是：见字如面。

六

你走过鬼门关吗？

你真正面对过死亡的威胁吗？

坦白地说，我是面对过的。也就是一刹那间，什么都不知道了……没有想。是来不及想什么。后来我曾无数次地回忆过面对死亡时的感觉，感觉是没有感觉。实话说，那一刻，我愣住了，就见对面一辆大卡车迎面冲过来……愣了一秒钟的时间，大约就一秒钟，只听见"咚！"的一声巨响，什么都不知道了。

等我醒过来的时候，满脸是血，一身的碎玻璃，一身的痛……这时候，我才有感觉了。我的感觉是：哦，还活着。

那时候，我慢慢地从车里爬出来，站在302国道的一个十字路口，一个血人！

你喝过自己的血吗？

我喝过，有点咸。稍咸。

后来，当我被送上手术台的时候，我仍然迷迷瞪瞪的，我怎么就出了车祸呢？

我记得我听到骆驼跳楼的消息后，原本是想尽快找一个出口，先下高速公路，然后掉头往南。不管怎么说，我们一起共过患难……可我掉头之后，转过301国道，到了一个十字路口，就什么也不知道了，就看见一辆装满货物的大卡车，轰轰隆隆地，迎面向我冲来。

当时，从车里爬出来，我站在十字路口上，天整个是红的，太阳像是一汪红刺儿。我就那么站在路口上，一身是血，血像红色的瀑布，从我头上、脸上流下来，流不及了，就喝。那一刻，我浑身上下都是红的，像一面"旗"……我记得，我伸手拦车的时候，先后有四辆小车从我身旁开过去了。他们躲避我这个血人就像是躲避瘟疫一样……那时，我已经几近绝望。人在绝望的时候，会勇气倍增。后来，当一辆警车开过来的时候，我做出了我一生当中最勇敢的决定，我摇摇晃晃地走到公路的正中央，伸出一只血手，大喝一声：站住！

后来，就是这辆路过的警车……把我救了。

应该说，我捡了一条命。我想，这也许是上天对我的惩罚，或者说是一种警示……我被送进医院后，先后上过两个手术台。一个是外科的。一个是眼科的。外科手术简单，只是做一些外伤的缝合……外科医生说：你有两处动脉破了。看来，你伤得最重的是眼。于是，就把我转到了眼科。在眼科的手术台上，眼科医生说的更为可怕。他说：签字吧。我说：怎么了？他说：你左眼的角膜破了，虹膜破了，晶体破了，玻璃体也流出来了，怕是眼保不住了，说不定要摘除……另外，一旦感染，还有可能会影响你的右眼，有失明的危险……他好像说了一大堆话。每一句都像是扎在心窝里的刀子。这时候，我又一次绝望了。非常绝望。出车祸后，当我站在十字路口的时候，我没有注意到眼睛。那时候，好像天还是蓝的……可天马上就要黑了。

最后，医生说：你签字吗？

我说：签。我签。

这一刻，我满脸是泪……这一刻，我心里发出了一声凄厉的呼唤。我脱口而出。你知道我喊的是什么？我喉咙里突兀地冒出一声：妈，妈呀！——可我早就没有"妈"了。

当我躺在手术台上的时候，一个灼热的聚光灯照在我的眼上，那带线的针一针一针从眼上穿过，我感觉那拉出的线很长，那疼也很长，很长很长……疼就像是一个接一个的逗号，没有句号；而后又是一针，长长、长长的……就像是在眼上绣花。你一定不明白在眼上绣花是什么滋味吧？那其实就是万念俱灰。那就是生不如死。那就是细疼，一脉一脉地疼，针虽在眼上，却浑身上下都是针。长达三个小时的时间里，你就只有针的感觉。

当做完手术，我蒙着两眼，躺在病床上的时候，浑身上下的毛孔都像是长了刺儿，很敏感、很扎人的刺儿……我暴跳如雷，一天跟扎针输液的护士吵了三架！我不知道天空的颜色，我看不见周围的动静，我上卫生间是让人扶着走的……针是凉的，风是热的，白天和黑夜没有区别，时间是停止的。我脑海里只剩下了回忆，仿佛只有回忆是真实的。

我心里很灰。我眼前总像慢放的胶卷一样，把过去的日子一段一段地回放，用回放昔日的时光来镇压那锥心的疼痛……这时候，我总是看见骆驼。我看见骆驼甩着袖子向我走来，骆驼一边走一边唱着"花儿"：城头上跑马没打过蹶，我打虚空里过了。刀尖上出了没带上血，我们的想心上到了……每每，放过一段后，我的眼角凉凉的。我知道，我还有泪。

我嫉妒窗外的树，我嫉妒健康人的笑声，我嫉妒自由来去的风，我甚至会嫉妒落在窗台上的麻雀，我看不见，但我听见麻雀"啾啾"的叫声和那一下一下的跳步，还有扇动翅膀的声音，我在心里恶狠狠地咒骂麻雀：去你妈的！……我还常常会听到钟声，从心底里幻化出来的钟声，那钟声一下一下，仿佛正在计算着我跌向黑暗深渊的速度。

我就这样躺在病床上，蒙着两眼度过了整个夏天……我一天天地熬着。每每，只有窗外蝉的叫声，是我仍还活着的证明。夜里，我的耳朵锻炼得极为灵敏，哪怕一片树叶掉下来，我也能听到。有时候，我背诵"心静自然凉"。这是我创的五字法则。我一遍一遍地背，可我心不静。一个将走向黑暗的人，心怎么也静不下来。

我告诉你，这时候我已经有钱了。我有很多钱。厚朴堂的股票曾经涨到很高……你很难弄清楚一个人有了钱之后是什么感觉。我告诉你我的感觉。首先是恐惧。这么多钱，放在哪里好呢？一种可能是投资，投资又怕赔……你就不知道该怎么办了。是呀，钱可以存在银行里。可存在银行里也不放心，万一银行账号被人盗了呢？这是一种心态。有一段时间，我一直惴惴不安……我后来甚至专门去请教了一位搞计算机的专家。这位专家给我支了一个招儿，说当今世界，有一种最新的保密方法，叫"云保存"。简单地说，这就需要设置一连串的密码，把密码保存在虚拟的空间里，在大气层里飘着……我问他，总得有个地方吧？他说：理论上说，有地方。我还是迷迷糊糊的，问：在哪儿？他说：全世界所有计算机的数据，最终保存地点都在美国的一个山洞里……我还是很迷瞪。我的钱，怎么就日弄到"美国的山洞里"去了。你说，这操的是什么心？

是啊，我有钱了。我躺在病床上，两眼蒙着……要钱有什么用？一个一个的念头，纷至沓来的念头，逼得人想疯！

终于有一天，一个小手递过来了。一个小小的、软软乎乎的手。这小手伸过来，递到我的手里，说：麻沙沙的。

这是一个小姑娘。最早，小姑娘只是在门口站着，那脚步声稍远……后来她走近了，走到我的病床前，把小手递给我。这时候，我才知道，她只有五岁，嘴里也总爱说一句话：麻沙沙的。

这是最早给我带来快乐，并使我转移疼痛的一个小女孩儿。有很长一段时间，我一直不明白"麻沙沙"是什么意思。我像童年里品尝一个小糖豆似的，总在心里咂摸"麻沙沙"这三个字。一次次地去猜，它究竟是什么意思呢？

后来，我就叫她"玛莎"。一听到细碎的脚步声，我说：玛莎，你过来。

"玛莎"就过来了。她很乖，把她的小手递到我手里，让我握一会儿……她的手很小、很软，指头肚儿光光的，肉乎乎的，像是一块软玉儿。我看不见，就想，这小女孩一定很漂亮。而后她趴在我的脸前，看一会儿，说：麻沙沙的。

她一这么说，我就笑了。

有时候，小"玛莎"在过道里走着走着，"咚"的一下，接着"哇"一声哭起来……我便知道，这准是她又撞在墙上了。心里的泪涌上来……

一直到两个月后，我第二次拆了线，去掉了眼上的纱布，露出一只眼来……我才知道，这小姑娘果然像鲜花一样漂亮。她穿着一身粉红色的童裙，白袜子，红色的小皮鞋，有两只水灵灵的眼睛，苹果一样的小脸儿，就像是从童话里走出的小公主一样，看上去非常非常健康……可就是这样一个天真无邪的小女孩，脑袋里却长了一个小瘤子。这个长在脑袋里的小瘤子压迫了她的视神经，她看不见，看什么都是模模糊糊的。常常，走路一不小心就会撞在墙上。她的妈妈一脸愁容，说：医生说，孩子太小，不能做开颅手术，只能保守治疗……等她长大了，还不知道怎么样。

是啊，这么小的孩子，你说她招谁惹谁了？这时候，我才明白，"麻沙沙"是一个孩子对眼前事物的准确表达。

而后，每当她走过我的病床前，我都会叫上一声：玛莎。

"玛莎"的小脸扭过来，笑着，像葵花一样，说：麻沙沙的。

我也说：麻沙沙的。

"玛莎"说：伯伯，你开颅了吗？

我说：你呢？

"玛莎"说：黄医生说，九岁。我九岁开颅。

我眼角一凉，我不知道该怎么说。是孩子告诉我，希望还在。

后来，第一次手术不成功，我又做了第二次手术。

当我试着用一只眼睛去看人的时候，你猜我看到了什么？

我原以为，一只眼和两只眼，是没有差别的。最初，我并没有感觉到差别。下了病床，揭开一只眼的纱布后，天还是蓝的……只是后来我才发现，我缺了一种叫作"交叉视角"的东西。也就是说，缺的是一种视力的自我校正与平衡，灯光是双影，太阳两个，凡是有光的地方都是双的，重影儿……还有无边的恐惧。因为医生告诉我一个词儿。他加重语气说："交叉感染"你懂吗？一旦"交叉感染"，你的两只眼都完了。

说实话，我害怕"交叉感染"。那时候，我最怕的就是这四个字，我怕极了。我不知道什么时候"交叉感染"的厄运会降临在我的头上……

拆了一只眼上的纱布后，我常常一个人坐在病房外边的花坛旁，仰望星空。心想，也许哪一天，我就再也看不到了。在城市的夜空里，天是灰的，星星很远，在灰里藏着，你得找，用心去找。我望着夜空，一颗一颗地在天上找星星。找一颗，再找一颗……每找到一颗，心里就会生出一股爱意。多好，星星。那北斗七星，我怎么也找不全。有时候，好不容易找到了"勺儿"，却找不全"把儿"。

白天里，我也常常坐在那里一个人发愣。这时候，我望望东边，东边是内科病房，那里边走出来的病人，要么是黄瘦，一脸黄皮，肚子鼓着。要么是腰上挂着一个特制的塑料布袋，那是装粪便的，远远地，你就会闻到一股味，可怕的、接近死亡的气味；回过头来，再看西边，是心脑血管科，里边的病人大多是轮椅推出来的，也有的是一歪一歪地走，佝偻着手、咧着嘴，滴着涎水，活得很挣扎。医院里住的都是有病的人，这里的人最渴望的是健康……有时候，我会坐到很晚很晚。夜凉的时候，心也很凉。

有时候，我会试着想骆驼站在十八层大楼上往下跳时的感觉……他都想了些什么？我无法想象。骆驼是那么骄傲的一个人，怎么就狠下心跳下去了。骆驼是吃过很多苦的人。他只有一只胳膊，可他活得很坚忍。每每他用一只手开车的时候，也是他最放松、最自豪的时候。最近几年，他的爱好也变了。他喜欢好车，接连换了好几辆车。骆驼最后买的那部车，是意大利产的兰博基尼（据说意为"疯狂的公牛"），价值四百八十七万！可他一次也没坐过，至今还在车库里停放着……在他面前，好像所有的困难都不是困难。他最常说的一句话是：必是拿下！

可他为什么非要跳下去呢？他摆平了那么多事情。这一次，他怎么就……我真是想不明白。有时，我甚至觉得，我还不如他呢。死，对他来说，是完结。可我呢，路还要走下去，还有可能面临一世的黑暗。

……我的思绪一直是飘忽不定的。

还有的时候，我还会想起童年的那些时光。那日子一幕一幕地在我眼前闪现……每每，在睡梦中，总觉得有人在喊我。一夜一夜，我听见有人在喊：孩儿，回来吧。孩儿，回来吧。

我怀念家乡的牛毛细雨。就那种密密、绵绵、无声、像牛毛一样的细雨。扎在身上的时候，软绵绵的。如果更准确地说，它不是扎在身上，它是润儿，是一丝儿一丝儿的润意。就像人们说的，没有声音，有一点点凉、一点点寒意、一点点含在雾气里的那种"意丝"。当你在田野里奔跑的时候，那雨一织一织、一针一针地把你罩着，久了会有一点痒，真的，落在脸上的时候，有一点点湿意，凉意，很孩子气的痒意。而后，它一点点透，那湿气慢慢地浸润在你身上，慢慢重。等你跑回茅屋的时候，当你站在屋檐下的时候，回过身，你会发现，在天光的映照下，那雨丝才开始斜了，丝丝亮着。

我怀念瓦沿儿上的滴水。在雨后初停，瓦沿儿上的水一串一串地滴下来，先还是密的、连珠儿，而后就缓了，晶莹着、亮着，一嘟一嘟的。先先，就像是白色的葡萄汁，小浓。当它滴下来的时候，一短儿一短儿，在房前的黄土地上滴出一个一个的小圆坑。把地上的黄土砸成一个个正圆的沙窝状，那小圆坑儿一个一个地在房檐下排列着，先是"奔儿、奔儿"的，而后是"啪"声，再后是"啾"声，那声音是有琴意的。

我怀念家乡夜半的狗咬声。我甚至怀念走夜路时的恐惧。在无边的黑夜里，夜气是流动着的，一墨一墨地流。特别是没有星星的夜晚，你能听见自己的心跳。眼前是无边的黑暗，身后也是无边的黑暗，那黑织得很密，似浓得化不开，看不到方向，没有方向，你只有高一脚低一脚地走，你有一点点怕，越走越害怕，或许远处有一两星"鬼火"，你就更怕……可是，突然就听见了狗咬声，一通狗咬。那声音并不暴烈，只是连声、断句、热烈，还有亲人般的温馨。在黑暗中，听到狗咬声，脚步不由地就慢了，心也就松下来，眼前就像是有了照路的灯，那咬处就是你的灯。也仿佛在给你打招呼，说：孩儿，到家了。

我怀念藏在平原夜色里的咳嗽声或是问候语：那咳嗽声就是远远的一声招呼，就是一份保险和身份证明，也可说是一种尊严，或许还夹杂着对小辈人的关照呢。在夜色里，那问候也极简短：——谁？——嗯。——咋？——耶。也许是别的什么句式吧……短的、远远的、以声辨人，简单、直白、毫无修饰，是下意识含着痰咳出来的，也含有查问式的警觉。声来声去，这里边却藏着亲情、藏着世故、藏着几代人的熟悉和透骨的了解。

我怀念蛐蛐的叫声。每当夜静的时候，蛐蛐就来给你说话了，一声长一声短儿，永远是那种不离不弃的态度，永远是那种不高不低的聒语，当你觉得孤单的时候，当你心里有了什么淤积的时候，你叹它也叹，你喃它也喃，就伴着你，安慰你，直到天亮。天一亮，它就息声了。

我怀念倒沫的老牛。在槽前卧着，一盏风灯，两只牛眼，一嘴白沫，那份安然，宁人。我甚至怀念牛粪的气味。黄昏时分，在氤氲着炊烟的黄昏，牛粪的气味和着炊烟在村庄的上空飘荡着，烟烟的、呛呛的、泛着一丝丝的日子的腥臭和草香，还有嚼过后老牛反刍的那种发酵过的气味，臭臭的，有一种续命的腥香……它游走在一堵一堵的矮墙后边，温霞霞的，那是一种混杂着各种青色植物的气场。在这样的气场里，你会自如、自贱、心态低低的，也不为什么，就安详得多，淡然得多。偶然，你抬起头，就会听到老牛"哞"的一声，像是要把日子定住似的。

我怀念冬日里失落在黄土路上的老牛蹄印。在有雪的日子里，那蹄印冻在了黄土路上，像一个一个透明的砚台，拾不起来的砚台。偶尔，砚台里也会有墨，那是老牛奋力踏出来的泥，蘸着一点黑湿。夏日里，那又像是一只只土做的月饼，一凹一凹的月饼，模印很清晰，可你拿不起来。你一捧儿一捧地去捉，你一捉，它就粉了，碎了，那是儿时最好的土玩具……那也是唯一抹去后，可以再现的东西。

我怀念静静的场院和一个一个的谷草垛。在汪着大月亮的秋日的夜晚，我怀念那些坐在草垛上的日子，也许是圆垛，也许是方垛。那时候，天上一个月亮，灿灿的，就照着你，仿佛是为你一个人而亮。你托着下巴，会静静地想一些什么，其实也没想什么，就是想……多好。偶尔，你会钻进谷草垛里，扒一个热窝儿，或是在垛里挖一条长窖儿，再掏一个台儿，藏几颗红柿，等着红柿变软的时候，把自己藏起来，偷着吃。更有一些时候，外边下雨的时候，你会睡在里边，枕着一捆谷草，抱着一捆谷草，把自己睡成一捆谷草。

我怀念钉在黄泥墙上的木橛儿。那木橛儿揳在墙上，是经汗手摩挲出来的、在岁月里已发腥发黑发亮的那种。上边挂有套牲口用的皮绳、皮搭儿、牛笼嘴；挂有夏日才用的镰刀、桑叉、锄头、草帽；挂有红红的辣椒串、黄黄的玉米串和风干后发黑了的红薯叶；上边挂有落满灰尘的小孩儿风帽和大人遗忘了的旧烟袋……如果墙上的窟窿大了，在木橛儿的旁边还塞着一团儿一团儿的女人的头发（那是等着换针用的），或许是一包遗忘很久了的、纸已发黄了的菜籽或老鼠药什么的。那是一种敢于遗忘的陈旧，是挂出来的、晒在太阳下的日子。

我怀念那种简易的、有着四条木腿儿的小凳。那小凳到处都是，它就撂在村街上或是谁家的院子里，也不管是谁家的，坐了也就坐了。那小凳时常被人掂来掂去，从这一家掂到那一家，而后再掂回来，一个个凳面都是黑的，发污。夏日里，有苍蝇落在上边；冬日里，雪把它埋了，埋了也就埋了，并没人在意。当你坐在上面的时候，就觉得很稳、踏实。那姿态也是最低的。当你坐上去的时候，没有人来推你，也没人想取而代之。

我怀念门搭儿的声音。夜里，你从外边回来，或是从屋子里走出去，门搭儿会响一声，那声音"咣"的一响，荡出去又荡回来，钝钝的，就像是很私密的一声回应，或是问询。这时候，你忍不住要回一下头，那门搭儿仍在晃悠着，甩甩的，和日子一样……碎屑、安然。

我甚至于怀念家乡那种有风的日子。黄风。刮起来昏天黑地，人就像是在锅里扣着，闷闷地走，嘴里、眼里都有土气，你弯着腰，嘴里呸着，就见远远的、风一柱一柱地旋，把枯草和干树枝都旋到了半空中，荡荡的，帅帅的，像是呼啦啦扯起了一面黄旗。当你在玉米田里钻出头，当你从风里走出来的时候，当风停了的时候，你突然会觉得，天宽地阔，捂出来的汗立时就干了，那远去的风已消失得无影无踪。这时候，你是想跟风走的。此时此刻，你会想，要是能跟着风走，多好。

可当我醒来时，四顾茫茫，满脸都是泪水。我只好对自己说：家里没人了。真的，没有一个亲人！

可我知道，我身后有人。

后来，不断地有人问我：你身后是不是有人？

我都回答说：有人。

有一段时间，我总是喊小玛莎过来。跟玛莎在一起，心里就安静些。她看着我，我看着她，不用说话。她也是人，一个小人儿。

小玛莎很好，很懂事。她的小手，让我握着，总是给我很多安慰。她的小脸红扑扑的，两只眼睛大大的，就那么望着你，一处一处指：鼻子在这儿。嘴，嘴在这儿。偶尔，她说：你看见了吗？灯里有刺。她说：水里也有刺。她说：远了，花搭搭的……我问：近了呢？她说：近了，麻沙沙的。

孩子的话，像声、准确、很有味道。但静下心想一想，又有些酸楚。

后来，小玛莎出院了。她还要"麻沙"好多年，等再长大些，才会来做手术……玛莎走后，我郁闷了很长一段日子。那一阵，我不想和任何人说话。就愿意一个人默默地坐着。古人有句话叫：慎独。我不慎，是心里独。

一天上午，我又是一个人，默默地坐在花坛边的石阶上，突然听见了一个熟悉的声音。这声音说：叫叔叔。

一个甜音叫道：叔叔好。——我一激灵，还以为是小玛莎又回来了呢。

我回过头来，看见了卫丽丽，臂上戴有黑纱的卫丽丽……卫丽丽整个瘦下来了，瘦得有些变形了，脸成了窄窄的一溜，眼角周围汪着一圈黑，还有皱纹。女人一旦有了皱纹，就显得特别憔悴。看来，骆驼跳楼，给她的打击太大了！还有公司里的事，检察院的人在查账……可她居然挺过来了。她手里牵着一个七岁的孩子，那是骆驼的儿子。

我出车祸的事，没有告诉任何人，我也不想让任何人知道……可卫丽丽还是来了。她是第一个来看望我的。她身后不远处站着公司的司机，司机手里捧着鲜花，还有礼物。

卫丽丽说：你手机关了。我到处打听你的情况……刚刚才知道，你出了车祸。

看着卫丽丽，我心里一酸，说：人，送走了？

卫丽丽默默地点点头，说：送走了。送回老家去了。

我说：老人都还好？

卫丽丽说：还好。

我喃喃地说：我本想送他一程，却出了事……入土为安吧。

卫丽丽说：在国栋心里，你一直是他最看重的人。最知心的朋友。他一直盼着你能回公司。

我沉默着，百感交集……

卫丽丽站在那里，瘦削、单薄，一手牵着个孩子……让人忍不住心疼她。我说：你可要挺住啊。

这时，卫丽丽看了我一眼，仿佛有什么疑问。我也坦白地望着她……

卫丽丽说：有句话，我想问问你。

我说：你说。

卫丽丽说：公司里人人都在传，说你吴总身后有人。有高人指点……你身后，有人吗？

我迟疑了一下，说：——有人。不过，不是啥子高人。

是的，我身后有人。可我无法解释，也不需要解释，就是解释也解释不清楚……事已至此，我也不再辩白，我是劝过骆驼的。想想，还是有些惭愧。

卫丽丽说：我明白了。

接下去，卫丽丽突然说：你知道我们两人为什么分居吗？

我仍然沉默。也只有沉默。在这种时候，我不想再提小乔……

　　卫丽丽说：……国栋得了忧郁症。很严重，夜夜失眠。有时候，特别焦躁的时候，他头往墙上撞，撞得咚咚响。他怕我睡不好，也怕吓着孩子，孩子也睡不好。他完全是为了孩子，才提出来分居的。

　　我说：是吗？——骆驼睡眠不好，我是知道的。但说他有忧郁症，我还是第一次听说。

　　卫丽丽说：是他不让我跟人说。开始他也吃安定，吃到四片，我不让他再吃了。有一段，我们还吵过架。唉，我不该让他一个人睡……

　　我明白了。骆驼的忧郁症是由长期焦虑引起的。这十多年里，骆驼心里一直揣着一个"抢"字，他时刻准备着，一天天地准备着，他弦绷得太紧，终日像一张弓似的，日子长了，人就出问题了。我记得，有一段时间，骆驼总是抱着一个大茶杯，不停地喝水……那是他心里有火。现在我明白了，他夜夜睡不着觉，肝火太旺，人已烧坏了。

　　后来，卫丽丽还告诉我，骆驼出事前，曾回过家，跟她见了一面。那是个星期天，他回家后，跟儿子待了一个上午。他什么话都没有说，用整整一个上午的时间，给儿子做了一个"皮牛"①，枣木的。过去，他也给孩子带些玩具，都是电动玩具，汽车或是飞机什么的。可这一次，他不知从什么地方带回来一块枣木，他用那块枣木，给儿子一刀一刀地旋了一个"皮牛"。"皮牛"做好后，在最下面钉上钢珠，还做了一条鞭，牛皮绳做的鞭……爷俩儿在院子里抽。中午，卫丽丽问他吃什么？他说：牛肉面。那是他们分居后，第一次在一块吃饭。吃饭时，他也没说什么。卫丽丽问他：好吃吗？他说：好吃。而后，吃过午饭，他摸了摸儿子的头，夹上包走了。

我问：国栋临走，留下什么话了吗？

卫丽丽摇了摇头。

我说：一句话都没有？

卫丽丽沉默了一会儿，说：没有。

——没有遗嘱。那就是说，卫丽丽和他的孩子，是公司的第一序列合法继承人。这么一大摊子，完全落在了卫丽丽的肩上。

我望着她，让我吃惊的是，仅仅经历了这么一件事（当然，这不是小事，她的丈夫跳楼了！），仅仅才两个多月的时间，一个突发事件，不仅成熟了一个女人的智力，竟然完成了一个女人的气度。卫丽丽自始至终没有再提小乔一个字。关于小乔，她一字不提。她甚至都没说夏小羽……她站在那里，虽一手牵着孩

---

① "皮牛"是平原乡间的说法，在一些地方被称为陀螺。是用鞭子抽着玩的。我曾经听骆驼说过，童年里，他最想得到的，就是一个"皮牛"，下边镶有钢珠的那种。

子，但目光里却透着一种坚毅。

临走前，卫丽丽说：吴总，我查过账了。目前，公司投资的其他项目都是负数。赢利的只有一家，厚朴堂。国栋一直在挖东墙补西墙……现在，从账面上看，你已成了厚朴堂最大的股东。

我有些吃惊，说：是吗？

卫丽丽郑重地点了点头。接着说：你多保重。这一段，公司有些乱。还有些善后事宜……回头我再来看你。大伙还都等着你回来呢。我想，国栋肯定是想把这一摊全交给你的。

我抬起头，望着她，说：你让我考虑考虑。

在眼科病房里，我终于找到了对付疼痛的方法。

我每晚吃两片安定，这样就可以睡上四个小时……在这四个小时里，我可以忘记自己，忘记曾经经历过的一切。

黎明时分是最难熬的。每到黎明时分，你醒了，你仍在病床上躺着，有一丝风从你蒙着纱布的眼前刮过，刚有了一点凉意，可你的"思想"已经行动起来了。它在走，它一走就走得很远很远……它常常去追逐那辆大货车，就像电影胶片一样，一次次地回放，它不知道那辆大货车究竟是怎么回事。沿着这条线，它又会追到过去的一些事情……如果时间能退回去，那有多好。

在病床上躺了三个月后，你知道我最想干什么？我想说话了。与陌生人说话。在此后的那些日子里，我蒙着一只眼，每天在眼科病区走来走去……那时候，我最先认识了9床。而后又认识了11床。

9床的这位，比我年龄大一些。他姓许，人们都叫他老许。老许胖胖的，常穿着一身蓝色的中山装，无论天气如何，他的每一个扣子都扣得整整齐齐的。出来打水的时候，走得很慢，有时候他也捎带着给人打水，放水瓶时，小心翼翼的，给人以很稳重的感觉。可我，每次见老许的时候，都觉得怪怪的。也说不清怪在哪里。

有一天，老许在医院走廊的过道里叫住了我：兄弟，你来。你来。

于是，我走进了老许的病房。老许是一个很讲究的人。病床上，被子叠得整整齐齐的，小柜上的茶杯、药瓶也都摆得很规范，每个药瓶上，都贴着他写的字条，那是每次该吃的药量和次数。见我进来，老许搬过一把椅子，说：坐。而后他盘腿坐在病床上，问：老弟，听说你的眼……

我说：车祸。

接着，老许把自己的一只眼从眼窝里抠出来，说：玻璃的。

我怔了一下，说：玻璃的？

他说：进口的，有机玻璃。

我大吃一惊，老许真是个聪明人。他居然看出了我的疑惑……

老许是学中医的。他在中医学院上了五年。毕业后，分到一个县级医院当中医大夫，那时候他还是很有雄心的，一本《本草纲目》他都能整段整段地背诵下来……后来，他一个同学当了院长，院长很器重他，提拔他当了院里的办公室主任。（老许问我：你说这是好事还是坏事？当然是好事。有人器重你，你不能说是坏事吧？）老许当办公室主任一当就当了二十五年。他当办公室主任也就是管管后勤、写写上报材料什么的。有时候，上边来了人，也陪着接待，喝喝酒……就这样，一天一天，倒把业务给荒了。在这二十多年的时间里，医院先后换过好几任院长，有脾气躁的，也有小心眼的，由于他为人可靠，不占不贪，也都应付过去了。后来调来的这位院长霸道些，把什么事都揽了，不让他管事了……他想，再过些年我就退休了，不让管就不管吧。所以，有一段时间，他上班就是打瓶水、泡杯茶、看看报，下班打打太极拳什么的……一直没出过什么问题。去年，也就是去年秋天，他在办公室里坐着，看院子里的树叶落了，满地黄叶，金灿灿的。他说，也不知哪根筋起了作用，他合上报纸（也许是那一天的新闻没什么可看的），还愣了一阵儿，这才站起身来，去门后拿上一把笤帚，到院子里扫地去了……他是院里的办公室主任，院里有专门分管打扫卫生的勤杂工，不用他扫地。要说，他已十多年没掇过笤帚了，那天偏偏拿起了笤帚，到院子里扫树叶去了。本来，扫了也就扫了，他把树叶归置成一堆，明天早晨自会有人收拾。可他又多此一举，他怕万一起了风，把树叶给吹散了。于是，他念头又起，索性点了把火，想干脆把树叶烧了算了。烧就烧了呗，他还怕烧不透，可当他拿起一根树枝，低下头去，扒拉着……这时偏偏起了一阵旋风，只听"嘣"的一声，树叶堆里有一个药瓶炸了，很小的一个细脖子眼药瓶，把他的一只眼给炸瞎了。

他说，二十五年来，他第一次关心树叶，就炸瞎了一只眼。

在眼科病房里，人人都害怕镜子，可人人都是"镜子"。

正因为遮住了眼，我们凭感觉在"镜子"里相互看着，感觉就是我们认知的宽度。我们走路都是小心翼翼的，吃饭时敲着碗，以声辨人，用耳朵当眼使。虽然同病相怜，但还是不由地相互打听着更重些的病人，以此来宽慰自己……11床是后来才认识的。

一天夜里，我眼疼得睡不着，烦躁，跑到楼道里，想偷着吸支烟……这时候我看见了11床的老余。听人说，老余是从乡下来的，是个果树专业户。老余四十来岁的样子，习惯性地绾着一条裤腿，身子趴在玻璃门上，从左边移到右边，又从右边移到左边……正往外看呢。我听人说，老余患的是"视网膜脱落"……老余其实什么也看不见，老余是用"心"在看。

我说：老余，吸支烟？

老余说：谢谢，不抽。老余的脸贴在玻璃上，身子移动着，仍趴在玻璃门上往外瞅……

我说：老余，你看什么呢？

老余说：蚊子。外边草多，肯定有蚊子。

我诧异。不知道老余为什么看蚊子？病房里有规定，夜里十二点锁门，门是锁着的。病房外的蚊子跟他又有什么关系呢？这时，老余说：兄弟，你帮我看看？那边，模模糊糊的……是不是个影儿？

我凑上前去，说：你找什么呢？

老余说：我儿子。病房里不让陪护，我儿子在外头呢……

夜已深了。我趴在玻璃门上，往外看了一阵儿，只看见了路灯，昏昏的路灯，还有一些花草，什么也没有看到。

老余说：看见我儿子了吗？

我摇摇头，说：什么也没有。

老余往地上一出溜，就地在玻璃门旁坐了下来。喃喃地说：……说话立秋了，就夹了个席，还有个毛毯，别冻着了。

往下，老余告诉我说，他承包的地上种有一百棵桃树，一百棵梨树，一百棵苹果树，都挂果了。是给儿子种的。他说，今年的果结得特别多，特别稠。果儿一个个都用塑料袋子罩着，一个果儿包一袋儿，比侍候女人还精心呢……他说，收成好，可也怕果儿生虫，每隔十天半月都得打一次药，打的是"乐果"，按比例配的。他说他那天一共打了九十七棵苹果树，还剩三棵没打……那天确实累，他想打完算了。可打着打着，头一晕，眼看不见了。你说，好好的，眼看不见了。就赶紧上医院，县医院看不了，就来省里，一查，说是"视网膜脱落"，这叫啥病？

往下，老余说：这些果树都是给儿子种的。儿子今年上大三，明年就毕业了。他想考研究生……

我说：这是好事。

老余说：儿子很努力，假期都不回家，肯定能考上。我说了，干脆一直往上读，读个博士。你说，我们余家能出个博士吗？

我安慰他说：能。一定能。

老余说：三百棵果树，送一个博士，也值。

就在这时，西边的门开了，呼啦啦进来一群人，大呼小叫地推着一辆放有担架的推车……那是又有急诊病人送进来了。

这时，老余听见人声，知道门开了，赶忙起身……可他站了几次都没站起来，我上前扶他一把，他喃喃地说：腰，你看我这腰……站起后，他没把话说完，就一只手撑着腰、一只手扶着墙，往西边摸着走……他是找他儿子去了。

一个月后，病房过道的走廊里放着一布袋苹果……据说，这袋水果是老余的老婆奉老余之命从一百多里外背来的。她背来了一布袋"落果"，说是送给医生和护士的。可护士们全都不要，大约嫌是打过药的，还是"落果"（好果还长在树上，老余也不舍得送），就放在过道里，谁都可以吃……

在眼科病房里，一些老病号，住得久了，跟医生护士相互熟了，说话也就随便些了。这天，来打针的护士小张说：老余的儿子太不像话了。

我问：怎么了？

小张说：老余种了三百棵果树，却从未吃过一个好苹果。你想想，连给医院送的都是"落果"。好果子都卖成钱，给他儿子上学用了。可他这个儿子，不争气，天天在医院对面的网吧里打游戏。整夜打，白天来晃一下，根本不管老余……老余不知道，老余还夸他呢。

我说：他不是给老余打过饭吗？我见过他一次。

小张说：就打了一次饭。再没来过。

我说：老余不是说，他儿子学习很好，要供一个博士吗？

小张说：博士个屁。护士长的爱人就是那所大学的。早打听了，说这个名叫余心宽的学生……都大四了，好几门不及格，天天打游戏。

我说：老余……不知道？

小张说：没人敢告诉他。老余还做着博士梦呢。可惜了他那三百棵果树。

老余患"视网膜脱落"，刚刚做完手术，两眼蒙着，每日里摸着走路，只吃馒头、咸菜……可他很快乐。他逢人就说：余家要出个博士了。

人们也迎合着他，说：是啊。多好。

小乔看我来了。

我万万想不到，小乔会来看我。

这一天，小乔穿得很素。这在小乔，是从未有过的。小乔穿着一身天蓝色的职业装，正装，是那种很规范的套裙。她把自己包裹得严严的，既未露胸，也未爆乳，头发也一改过去，梳成了有刘海的那种学生头。她的指甲洗得很净，没有涂任何颜色。她人也瘦了许多，显得有些憔悴……她手里捧着一束鲜花，站在我病床前，轻轻地叫一声：吴总。

我扭过身，很吃惊地望着她，说：小乔，你……怎么来了？

小乔说：在您手下工作了这么多年，来看看你，不应该吗？

一时，我心里很温暖，也不知该怎么说了。我说：谢谢。谢谢你。

这时候，小乔眼里涌出了泪水，小乔说：吴总，一听说你出了车祸，我头皮都炸了。怎么这么倒霉呀？我都担心死了……你一定吃了不少苦吧？

我说：没什么。都过去了。

小乔说：是啊。大难不死，必有后福。吴总，公司上下，都在夸你呢。

我笑了笑，摇摇头，说：我都离开这么长时间了……夸我什么？

　　小乔说：夸你是高人。不战而胜。现在你是厚朴堂药业的第一大股东了。

　　什么叫"不战而胜"？好像我搞了什么阴谋似的。我知道，小乔说的是股票，对此我不想多说什么……

　　小乔的眼眨了一下，那股机灵劲又泛上来了，说：大家都知道，您是好人。您是被排挤走的。当初，您给公司立下了汗马功劳……可你说离开就离开了，一点也不抱怨。现在，大伙都明白了，你是真人不露相，大手笔。一定是有高人指点！你身后那人，是位……高官吧？

　　我只是笑了笑。我说了，我不解释。

　　小乔说：前几天，还有人说，吴总若是不走，公司绝不会出这样的乱子，董事长也不会……可只有我知道，那一年在北京，我就看出来了，吴总是高人。走的正是时候。不然，也会受牵连的。

　　我赶忙说：话不能这样说。事既然出来了，就不要再……是吧？

　　这时，小乔说：吴总，有些话，我没法跟人说，说了也没人信。也只能给您说……公司出事，首先被牵连进去的，就是我。我是代公司受过。吴总，你不知道，我在里边受那罪，真不是人过的。一天到晚，一个大灯泡照着……你说我一个弱女子，招谁惹谁了？可头一个被人带走的，就是我呀。那时候我还在北京，一出门就被人戴上了手铐，丢死人了……整整把我关了一个多月时间，我硬撑下来了。你可以打听打听，我在里边，守口如瓶，没有说过公司一个"不"字。无论他们怎么逼我，怎么威胁我，我都不说。可以说，我没有做过一件伤害公司的事情。可后来，董事长出了事……这能怪我吗？

说着说着，小乔哭起来了。小乔哭着说：吴总，你不知道，卫丽丽这样的女人，心比毒蛇还狠！现在，她在公司一手遮天。她是怎样对我的，您知道吗？她把我给开了。不但一分钱不给，还到处散布谣言，说我……我冤哪，我比窦娥还冤！

小乔说：您不知道卫丽丽那个狠劲。您别看她平时装作小鸟依人的样子，说话嗲声嗲气，那都是装的。现在她的狐狸尾巴终于露出来了！一手牵着个孩子，就像手里托着"尚方宝剑"似的，那脚步声咚咚的，一个楼层都能听到！……啥人哪！

小乔说：其实，她跟骆董早就分居了，都分居多少年了。两人一直闹着要离婚呢，就差一张纸了。这公司上下谁不知道？现在，骆董一死，你又不在……她打扮得光光鲜鲜的，上山摘桃子来了。吴总，我说句心里话，双峰公司是你和骆总一手创下的。要是你接，大家都没有意见。可她，凭什么？！

小乔说：卫丽丽这个人，你是没注意，她这人阴着呢。她到处败坏我的名誉，说我勾引骆董……你也知道，骆董这人，平时大大咧咧的，好开个玩笑啥的，没事拿我们这些下属打打牙祭。说白了，就是他真想跟我好，那也是……吃个豆腐，仅此而已。你说，我是这样的人吗？

小乔说：吴总，你可得给我做主啊。有件事，你是知道的。就那个暴发户，做房地产生意的，那个肉包子脸的宋心泰，提着一箱子钱，哭着跪在我的门前，非要包我。我拉开门，吐他一脸唾沫！我要真是那样的人，有心想勾引谁，还轮到她这样对我？哼，骆董早跟她离婚了！……唉，我这人，还是心太善。

往下，小乔又压低声音说：吴总，你离开得早，有些内幕情况你可能不清楚。这次公司出事，主要是夏小羽闹的。夏小羽是老范的情人，跟老范好了多年了，闹着非要一个名分。她都闹到省政府去了，弄得老范下不了台。还有一件秘密，你知道吗？这夏小羽，表面上看，文文静静的。其实，心里也狠着呢。据说，我也是听别人说，有一段时间，夏小羽竟敢撺掇老范的下属，说是要雇黑道的人，把老范的老婆弄到深山里去。就是说要找人害她了……哎呀，这里边太复杂了。

我吃了一惊，我实在不知道她的话有几分可信。再说，她一会儿"您"，一会儿"你"的，把我弄得也不知说什么好了。

接着，小乔说：你知道吗？夏小羽判了。老范也快了。

是啊，骆驼最终并没有保住谁……

后来，范家福还是被"双规"了。范家福先后一共读了二十二年书。他先在国内大学读书，而后又不远万里去美国深造……本意是要报效国家的，却走着走着又拐回去了。在过去的一些日子里，范家福经过千辛万苦，先是把他母亲给他精心缝制的对襟褂子换成了小翻领的中式学生装，而后又换成了美式西装，再后是美式西装和意大利式休闲夹克换着穿……如今又脱去了夹克衫，先是换了件黄色马甲（未决犯），据说很快就要改穿绿色马甲（已判决）了……更早的时候，每到夏天，他都会在老家的田野里，帮母亲一个坑一个坑地点种玉米；后来他在美国获的也是农学博士，博士毕业回国后，他又分到了农科所，成了一个全国有名的育种专家，培育过"玉米五号"；到了现在，据说他身穿一件黄马甲，坐在监狱的高墙后边，面对铁窗，一次次地大声说：报告政府，我想申请二十亩地，回去种玉米……范家福走了这么大一个圆圈儿，这能全怪骆驼吗？

小乔在我的病房里唠唠叨叨地说了一个上午。有很多事，是我知道的。也有些事，是我不知道。我虽然真假难辨，可她跟骆驼的那些事，我是清楚的……快到中午时，她还不说走。我就觉得，她可能是有什么想法了。

可我不提她工作的事。我也不能提……我故意岔开话题，说：我问你，骆驼他，有忧郁症吗？

小乔说：忧郁症？谁说的？卫丽丽吧。哼，在北京的时候，睡……

我说：你不知道？

小乔说：瞎说。他也就是睡眠不太好……都是卫丽丽造的舆论。尽量减少负面影响，好把公司抓在手里。

我说：是吗？

小乔回忆起了往事……说着说着，说漏了嘴：……有一回，我见他半夜里，突然坐起来，对着墙说话……怪吓人的。

我不再问了。也不能问了。住在眼科病房里，我对小乔那句"瞎说"很敏感。我要再问，也是"瞎说"了。

最后，小乔先是主动地拿起暖壶，给我打了一瓶开水，而后又端起床下的洗脸盆，给我打了一盆清水，拿起毛巾在水盆里湿了湿，拧干后上前给我擦脸……我吓了一跳，忙说：使不得。使不得。

这时，小乔柔声说：吴总，我有个小小的要求，你能答应我吗？

我说：你说。

小乔呢喃着说：我想，我想留下来，照顾你。

我心里动了一下……这时候，我闻到了她身上的香水味。她把自己打扮得很"素"，可她还是抹了香水。这香水看似淡，近了很冲的。我曾听人说过，这是法国的名牌 CD，又名"毒药"。

我心里一惊，忙说：不用，不用。

小乔说：吴总，我没别的意思。你是老领导，对我帮助很大，我只是……

我说：真的不用。我已经快好了。可以自理了。真的。谢谢你来看我。

这时，小乔说：吴总，你什么时候回公司？只要你回去，你是最大的股东，卫丽丽就得靠边站了。

我说：我离开时间长了，不一定回去了。

小乔望着我，幽幽地说：你还是不相信我。

我说：小乔，你能力强，到哪儿都会干得很好。好自为之。

小乔很警觉，问：卫丽丽给你说我什么了？

我说：没有。真没有。

小乔走了，很失望。

37床是加床，病房已满了，就躺在楼道里。

就是老余找儿子的那天晚上，从急诊室那边又转来了一个病人——37床。

37床进来时身上缠满了带血的绷带，整个脑袋都是包着的……特别惹眼的是，当他被推进来的时候，他身旁跟着一个穿着婚衣的、很漂亮的女子。

37床是家里来人最多，也是整个眼科病房议论最多的一个病人。我是在他入院后的第三天才知道的。这是个年轻人，只有二十二岁，刚刚结婚三天。

37 床是从北边一个县医院送来的。据说，他父亲是个村长。在中国九百六十万平方公里的土地上，村长是最低一级的干部。在国家干部的序列里，村长又不算干部。但如果是比较富裕的村子，当村长有权动用亿万资产，或者相应的人力、物力的时候，他就是干部了。而且，有时候，他的自由度甚至比乡长、县长还要大一些（在我们国家，村一级的经济形态是最模糊的。首先，它既不是国家的，也不是哪个人的，它叫"集体经济"。在某种意义上说，"集体经济"是无主的，不受产权人制约的，谁当政谁说了算）……37 床的父亲，就是这样的一个村长。

可是，到了这时候，村长和他的老婆只是在一旁看着，满面焦虑，束手无策……只是来探望的人多些。在此后的几天时间里，来探望的人川流不息……一个村子及各种关系，大约几百口，都先后来过。眼科病房的走廊里一时热闹非凡。

可 37 床一直很沉默。无论谁来探望，他都一声不吭。他的整个脸、手都是包着的，看上去血污污的，很吓人。只是到了深夜，他会突然地"嗷"一声！两腿蹬着，长号，按都按不住……很吓人的。他胸膛里一定有火焰，那火从牙缝里蹿出来，人就像煎锅里的鱼一样，一纵一纵地在床上摔！

这时候，那做母亲的，就附在床前，满脸是泪，说：孩儿，你疼？你哪儿疼？……而后用目光求告似的看一眼新媳妇，希望她也说点什么。

那新媳妇，也一直在病床前站着，一副很无奈、很恐惧的样子……她很听话，按婆婆的要求，新媳妇握着37床的仅剩的一根指头——大拇指说：灿，你疼吗？

37床一下子就把那抓着他的手甩掉了，继续号叫！……

于是，家人慌忙找医生去了。

后来，那事情是一点一点地从众人的嘴里传出来的。37床是村长唯一的儿子，他在结婚的第三天，一时心血来潮，要去水库里钓鱼。离他们村子不远，有一座大水库。于是，三个青年，表兄表弟的，把新媳妇撇在家里，一起去钓鱼。大约钓了一会儿，鱼没钓上来，就找来了雷管、炸药，打算炸鱼……这事过去肯定是做过的。不然，他也不会有这些东西。结果，那土法制的、装在瓶里的炸药，用电雷管引爆后没有炸。37床跑上前，把装有炸药的瓶子拉上来，说要看一看咋回事……可就在这时候，一两秒钟的时间，炸药瓶却在他手里炸了，立时就炸伤了他的双眼和双手，惨不忍睹！

在此后的日子里，37床那炸伤的双眼被摘除了……他的一家人都抱着头，一声不吭。

常常，在夜半时分，眼科病房里会陡然响起几声号叫！那号叫声像是染了血的钢丝，枝枝杈杈的，尖厉无比，很恐怖！

那当父亲的，一直抱着头，在地上蹲着，一声声地叹息。

是的，才盖的新房，两层小楼，才娶的新媳妇，家里一应俱全，那日子应该是很美好的。就为了一个念头？或者说是从童年里就开始的放纵……这事故就造成了，永远无法弥补。有时候，我想，37床的父亲如果不是村长，他会出这件事吗？他又是从哪里弄来的炸药和雷管呢？再说，那水库管理者会允许他去炸鱼么？有时候，就那一点点特权，也是可以害人的。

当然，这事也许与村长没有关系。无论是什么长的儿子也未必都会去炸鱼……可是，他这么年轻，双目失明，又炸没了双手，此后又该怎样生活呢？

那一声呼唤，很突兀，我掉泪了。

有多少年，没人这样叫过我了……她说：丢哥，不认识了？是我呀。

我病床前站着一个女人。看模样还有些俊俏的底子，但心性堆在了脸上，很"钢"。"钢"本是形容男人的，该是男人的本色。可这年头，本应是水做的女人，却一个个都像是淬了火，越来越"钢"，一个比一个"钢"。这不在衣服，她的穿戴还是很得体的。可站在面前的这个女人，你就觉得她"钢"。我猜，一个女人，只有在男人堆里泡久了，在商界厮杀中频繁地搏斗过，才会染上这种"钢"气。

她说：丢哥，听不出来吗？真不认人了？我闭着眼都扒你三层皮。

一听我就知道，这种狠劲是来自家乡的。这话皮糙肉厚，话虽狠却心里近，透着贴骨的熟悉和亲切。于是，我说：慢，慢，叫我想想……苇香，是苇香吧？蔡思凡、蔡总。

她说：我说吧？你这大学问人，不会记性这么差……我来看个人（指的是"病人"），在过道里，看后相（这是家乡话，指"背影"）是你。还真是……丢哥，别笑话我了。听说你这"肿"（总）比我这肿（总）发得大，你是腌菜缸，我是和面盆，拔根汗毛比我腰都粗，不错吧？

我笑了，苦笑。

她说：看看，看你吓的？又不问你借钱。接着又问：咋啦？眼上出毛病了？

我说：车祸。

她上下看了看……说：咦，不赖。不赖。全全乎乎的。

这话仍然让人觉着亲切。只有吃过苦的人，家乡人，才会这样说：只要"全全乎乎"的，不缺胳膊少腿儿，就是福分……

接下去，她的脸拉下来了，她绷着脸说：丢哥，你得给我平反。你必须给我平反！

我笑了，说：我又不是政府部门的人，你也不是梁五方……我给你平啥反呢？

她说：要不碰上你，我就不说了。既然碰上你了，我就得说说。那梁瞎子（指的是梁五方，在平原，凡给人算命的，贬称为

"瞎子"，褒称为"半仙儿"），没少在你那儿造我的谣吧？

这时候，我心里"咯噔"一声，顿时翻江倒海，突然想起了那盆"汗血石榴"……那棵石榴，我一直带在身边，无论走到哪儿，我都带着它。

蔡思凡说：那梁瞎子，亏心不亏心？到处造我的谣，说得有鼻子有眼儿的。说我把我老爹的头给割了，种成一盆花……这话你也信？！

蔡思凡说五叔，一句一个"梁瞎子"，我不好接她的话，只有苦笑。

她恨恨地说：梁瞎子，一个流窜犯，骗我多少钱？……还这样编派我，安的啥心？是，早些年，我是缺钱，求告无门的时候，我上吊的心都有过……可我咋也不会去卖我老爹的头吧？这有踪没影儿的事，还到处传。

她说：你也知道，我爹追我娘，从城里追到乡下。他跟我娘虽然打了一辈子架，可两人感情好着呢……后来他瘫痪了，出不了门了。那盆石榴，是我给他买的，好让他看个景儿。我娘还怕他"落"（寂寞），让我给他买了只狗娃，好让他听个应声……后来我老爹下世，有人说那盆石榴是个景儿，很值钱，我这才把它送人了。就这点屁事，传来传去，都把我传成杀人不见血的恶鸡婆了！

她说：你不知道现在干企业有多难。那些村里人，你用他，他说你给的工钱低，骂你；你不用他，他说你不给本村人办事，也编派你……这年头，说真话没人信。谣言有人信。

……我恍然。听她这么一说，我也不知道该相信谁了。我真说不清楚，当初我买下的那盆石榴，是不是一个错误？

接着，她又数叨我说：丢哥，你良心让狗吃了？我爹把好处都给你了。一村人的好处，都让你一个人占了。你连回去看一眼的心都没有？

我喏喏的。无话可说。我想说，我是想回的，我真想。可我……

蔡思凡说：你脊梁上湿不湿？

我迷惑：湿？

蔡思凡笑了，说：背一脊梁唾沫星子，你盖儿不潮啊？还有，脊梁骨没让人捣透吧？……又说：怪不得，你穿着西装呢。

我明白了。说：村里骂我的人多吗？

蔡思凡说：这我不能瞎说。你自己想吧。

这时候，借着蔡思凡的话头，我忍不住问：老妹子，你说实话，那些匿名信，是不是你寄的？

蔡思凡说：谁说的？谁又编派我的？是梁瞎子？

我说：……那匿名信上只有一句话：给口奶吃。是不是你？

蔡思凡大笑，说：……吓坏了吧？不是我。真不是。

我记得，有一段时间，我经常收到匿名信，也曾经夜里睡不着觉……那话是老姑父的语气：给口奶吃。可老姑父已经去世了。

临走的时候，蔡思凡说：丢哥，你要是有良心，也该回老家看看了。

我说：是啊，我也想回去。

她说：手里有钱了，给家乡投点资。

我喃喃地说：我要回去，就种树……

她说：好啊。你种树，我伐树。我那板厂，你去看看，全现代化的……

我又不知道说什么好了。

24 床是个很奇怪的人。

24 床是个小个，人很精神。我是说他走路时，表现出的是一种"挺"的感觉。在眼科病房，独有他，是挺着身子走路的。他个小，还包着一只伤眼，就在病房的过道里，挺括括地走，身子架着。其实，这很累。在很多的时间里，他手里举着一个手机，慌慌地，头直杠杠的，不看人，就那么直撅撅地、匆匆忙忙地往外走。边走边打电话，很忙的样子。

夜里，他也是一个人，围着眼科病房的这栋楼，转来转去的。很沉重的样子，一圈又一圈走，也不知在干什么……但是，无论谁看到他，都会以为，这是一个干大事的人。

后来，9床的老许告诉我说：那人，你看那人，24床，小个子儿，头仰着，还老举个手机，一路"喂喂喂"，半个闲人不理。就那主儿，是个大厂的厂长，副的。

他说，你猜怎么着？（我是闲的了。他是慌的了。）他们厂引进外资，他是慌着跟外国商人谈判呢。他们厂里有个大铁门，工厂都是大铁门。上班铃一响，大铁门就关上了。大铁门上还留有一小铁门，人可以随时进出。他呢，个子小，这小铁门他走了很多年了，熟得不能再熟了……可就在谈判这一天，出事了。你猜出了个啥事？想都想不到，大铁门是用铁链子拴的；小铁门上焊的有门鼻儿，铁的，也可以上锁。也就是跟外商谈判这天上午，他急着走，一步跨进了小铁门。他个头低，他的眼正好跟小铁门的门鼻儿齐，只听"扑哧"一声，他的眼，不，那铁门鼻儿，整个，扎进眼里去了。你说这个寸？

是呀，这样的事，无论你给谁说，他都不会相信。那么小的一个门鼻儿，怎么会扎进人的眼里去？这应该算是一个偶然。可在这个世界上，所有的正在发生和已经发生的事，都是一个一个的偶然。于是，所有的偶然，就组成了必然。据他厂里的人说，那一天，他很负责。仅谈判用的会议室，他都督促着打扫了好几遍。连谈判桌上摆放的名签，他都让人修改了三次……就此看来，你不能说他不认真。一个连开会的名签都检查三遍的人，你能说他不认真吗？他很认真。可他的眼珠，却挂在了门鼻儿上。

这么说，他是吃了熟悉的亏。路是熟路。熟得不能再熟了，常走的路。门也是常走的门。闭着眼都能走的门，居然把厂长的眼给扎瞎了？！这些事，都是他厂里来看望他的人说出来的。他自己绝口不提。不跟病房里的任何人说。他也许是羞于提起。你看，眼都这样了，你还慌什么呢？可他在医院里，进进出出的，还是慌。这就是个性了。

知道24床的情况后，我一直想跟他聊聊天。我们都包着一只眼，可以说是同病相怜。可是，有一天，当我在过道里碰上他时，我说：老韦（他姓韦，是别人告诉我的）。

他蓦地转过身，说：你哪单位的？

我只是想提醒他关于"交叉感染"的事……

可他很警觉，很生硬地重复说：你哪单位的？

我很无趣。也就什么都不想再说了。

当天晚上，在眼科病房外的花坛边上，聚集了一群人，老老少少的，大约有二三十口人。他们围着24床，正在叽叽喳喳地说着什么……24床就像是开会一样，站在他们的中央，不时挥手讲着些什么。那些人，先是站着，而后又蹲下来，一直商量到很晚。那24床，本就个小，一只眼还蒙着……他就那么一直站着，站了半夜。

第二天上午，9床的老许跑来说：13床（我是13床），你知道吗，24床，那厂长，办出院手续了。

我说：治好了？

他说：好个屁。他的心就没在眼上。

我说：不会吧？伤得这么重……

他说：昨天夜里，他家来人了，一下子来了几十口子，都是他的亲戚，嚷嚷着非让他回去……你猜为啥？

我说：为啥？

他说：他们那个厂，正搞股份制呢……你猜他最怕什么？

我说：怕什么？

他说：这24床，最害怕的是，人家借着改制，借着他的眼伤……把副厂长给他免了，不让他干。他都吓死了！

我说：还是治眼要紧，他伤得这么重，一辈子的事。

他说：哎呀，你不知道，昨天夜里，我就在花坛边坐。他一家人，所有的亲戚，都在那工厂里上班。这不是改制吗？一改股份制，就要裁人……他那些亲戚，都成了热锅上的蚂蚁了。你想啊，他要是厂长当不成了，他老婆，所有的亲戚，都有下岗的可能……他还哪有心治眼呢？

我说：出院了？

老许说：可不，手术刚做完……一早就走了。

是啊，24床是个厂长。他当厂长，并不是这些亲戚给他帮了什么忙，那是他自己努力干出来的。可现在，他既然是厂长，就不能不帮那些亲戚们，他们就要下岗了……于是，就像骆驼一样，他也不过是个抢时间的人。他慌慌地去跟外商谈判，扎伤了一只眼。现在，为了那些亲戚，他又慌慌地走了。

不说了吧。在我住院的那些日子里，每天都有（不断地变换着的）病人走进来：1、2、3、4、5、6……一直到58床。上苍赐予我们一双眼睛，本是看路的。可我们的眼都出了问题。是命运把我们抛在了这里，使我们聚在一起，同病相怜。在眼科病房里，几乎每个人都有一份奇奇怪怪的经历，那眼病也是由各种各样、千奇百怪的原因造成的。

若是走在大街上，你是绝不会看到的。

在我出院之前，最后一个来看我的，你猜是谁？

——梅村。

我们都有些风尘了。我们都是风尘中人，我们相互看着……

我说：没有玫瑰了。

我说：阿比西尼亚玫瑰，就剩下秆了。

我说：你还要吗？

当我开始用一只眼睛看世界的时候，我对很多事情的看法都发生了变化。我不再拘泥、苛求完美了。我知道，这个世界没有真正意义上的完美，有的只是错觉和遗憾。其实，在内心深处，我一直期望她能说出那句话来，她只要还能说出那句话，我就会……

可就在这时，我的手机响了。电话是卫丽丽打过来的。卫丽丽在电话里说：老吴，你决定了吗？当时，我迟疑着。

我很清楚，在目前的情况下，无论是做证券，还是搞实业……你都不可能不拉关系、不行贿。我断言，这在任何企业，都是一样的。一旦进入了，那也只能是大小之说、多少之说，没有区别（在每一个节日里，你都得去拜望那些有可能管住你的企业，或是有可能给你的企业制造麻烦的人，这已是不成文的规则）。若是不搞这一套，你会寸步难行。有时候，时间和商机是必须花钱来买的，是需要通融的，你甚至连变通的条件都没有。这甚至不是政府的事，你要面对的，是一个一个的人，一件一件的事，我也相信大多数人都是好人……但是，你只要遇上一个坏人，或是有私心的人，他就可以拖住你，让你什么事也干不成。到这时候，你就有可能成为第二个骆驼。

我等着梅村的一句话……

卫丽丽在等我的一句话……

我对着手机说：决定了。

窗外的阳光很好。

我用左眼看，天上有两个太阳。它是花的、重影的，斑驳的，就像是并蒂的向日葵；单用右眼看，天上只有一个太阳。是圆的、灿烂的、火红的……看人也一样。

说实话，当我看阳光的时候，我很惭愧。我为我自己、为每一位国人惭愧。我做第一次手术的时候，很不成功，天天流泪。你想，一个大男人，天天不停地流泪、擦泪，那是一种什么感觉？我对自己说，你死了算了。可后来，我明白了，那是因为一根线，一根羊肠线，这根羊肠线是国产的。后来做第二次手术，换了进口线，就大不一样了。我真想大喝一声：我，我的同胞。咱们自己对自己，能不能踏实一点。再踏实一点。不就一根线嘛，咱就从做一根线做起！

我等着梅村，我期望她能说出那句话来。

七

你能让筷子竖起来吗?

在秫秸秆结成的锅排上,找当年小麦磨成的白面,用细箩均匀地筛上一层,而后,仅凭着意念(不用手),让筷子在锅排上竖起来,走出一些奇奇怪怪的符号……在二十一世纪的今天,你信吗?

我不信。你也不会信。可在平原的乡村,就有人信。是真信。

据传,这位能让筷子竖起来的人,是"梁仙儿"(也就是如今住在镇上福利院的五叔——梁五方)。他就能让筷子直直地竖起来,在锅排上走……经人们口口相传,如今他已是方圆百里有名的"阴阳先生"了。

又传,他是在七十岁生日的那天早上,一觉醒来,开了"天眼"的。

古人云：穷扒门，富起坟。

这一年阳历的八月十八日，为阴历羊月羊日（按八字推算，木为田宅，羊为木库），这是一个适于迁坟的日子。

这个日子是无梁村的老辈人专门请"梁仙儿"给看的。就连主家儿，已是城里人的蔡总、蔡思凡，也默认了这个日子。

蔡思凡如此兴师动众地给老姑父迁坟，是有特殊原因的。

三天前，她老娘吴玉花过世了。吴玉花原也没什么大病，就是腿疼。蔡思凡把她接到城里治了一些日子，就回来了。村里人说，如今她一个人住一大宅子，三层的，常常站在阳台的高处，挂一拐棍，望望远什么的，挺美气。忽然有一天，老二闺女来看她，她说：拉我去地里转转。老二蔡苇秀就拉着她在地里转了一圈儿，可她走一路叹了一路……走着走着，她说：河呢？苇秀说：妈，你迷了吧？哪儿还有河？她又叹了一声，指指：西边。去西边看看。到了西坡，拐过春才的磨坊，绕过一块玉米田，就到了姑爷坟了。她伸手一指，说：我眼花，那是你爸的坟块？蔡苇秀说：嗯。她说：不对吧。不是这儿吧？忒靠边了。苇秀说：就是这儿。前两年修路，冲了。她"噢"了一声，说：回头给香说说，换个地儿，太靠边了。蔡苇秀虽然是蔡家老二，可现在蔡家主事的是老三蔡思凡。往下，她又说了一句很要紧的话：给香说，我走的时候，找一好地儿，跟你爸葬一块吧。

蔡苇秀愣了一下，问：你是说合葬？因吴玉花过去多次说过，活着成天吵，死也不跟他死一块。现在，吴玉花突然改口了。吴玉花说：吵了一辈子架，不吵，我落（寂寞的意思）得慌。说完这些话，又过了三天，吴玉花下世了。

有了母亲吴玉花留下的这句话，蔡总、蔡思凡才有了借题发挥的机会。蔡苇香自改了名字后，谁都看得出来，她是执意往外走的，是要过另一种日子的。可她毕竟是从"脚屋"出来的，再加上她早年的那些事，在村里名声不太好。这也罢了，可还有一种更可怕的传言，说她为了钱，把她爹（老姑父）的人头种成花给卖了……这成了她的一块心病。

虽然她现在有钱了，也已改了名字，是蔡思凡、蔡总了。可口口相传的东西，那叫口碑。这年头，有了些钱，就在乎名誉了。可要想洗去那些沾在身上的传闻，也不是一件容易的事。况且，她心里一直憋着这口气呢。于是，趁着迁坟、合葬的机会，她决定好好操办一下，让村里人看看！

蔡思凡回村后，先是指挥着，让板材公司的卡车从县城拉来了一车冰块，摆在吴玉花的灵床四周，请了四班响器吹着，停灵七日。而后广发丧帖。凡本村、本族在外的人，全都要发到……至于回不回，就看心意了。

对我，蔡思凡不光让人送了丧帖，还专门打了电话，她在电话里说：丢哥，就是天坍下来，你也得回来。我等着你给我平反呢。

如今的梁五方，虽年事已高，却名声在外，被人尊称为"梁仙儿"。"梁仙儿"是蔡思凡专程坐着她的轿车去镇上的福利院请回来的。现如今，"梁仙儿"不好请了，得排队。可别人也许请不动，她给院长一说（福利院是她出了钱的），就把五叔梁五方给接回来了。

请梁仙儿回村，是让他给看茔地的。蔡思凡说：五叔，当年我爸待你如何？梁仙儿奋着眼皮，说：不薄。她说：我待你如何？梁仙儿奋着眼皮，说：不薄。蔡思凡说：钱你随便要。给我爸我妈看块好茔地。梁仙儿仍是奋拉着眼皮说：老蔡的事，不说钱。

于是，梁仙儿抱着个罗盘，由蔡思凡陪着，不时还让人搀扶着，从东到西，而后又从南到北，一路看去……看来看去，最后在北边找到了一块茔地。那是块裂碱地，不长庄稼。梁仙儿说：我看，就这儿吧。蔡思凡说：好吗？梁仙儿说：好。这叫乾巽向。也就是东南西北向。蔡思凡还有些疑惑，又问：这地儿，真好假好？梁仙儿往后一指，说：我不哄你，真好。北边，那叫向阳坡。南边，你还记得吗，那就是早年的望月潭。望月潭虽然干了，填住了。地下有阴河。蔡思凡仍不放心，直问：你给我说说，好在哪儿？梁仙儿说：发闺女。

蔡思凡中学没好好上，也不懂什么是"乾巽向"，还有些吃不准，看着梁仙儿：五叔，你不记恨我了？梁五方说：早年，你五叔还在难处，道行浅，骗你俩小钱儿。五叔有愧，恨你干啥？

蔡思凡想了想，说：就这儿吧。

看好了茔地，往下就是安葬的事了。

我是带着那盆石榴回村的。

多年来，这盆"汗血石榴"一直带在我的身边，也一直是我的一块心病。近乡情怯，回村那一天，我的心是抖的。

在我，原以为，所谓家乡，只是一种方言，一种声音，一种态度，是你躲不开、扔不掉的一种牵扯，或者说是背在身上的沉重负担。可是，当我越走越远，当岁月开始长毛的时候，我才发现，那一望无际的黄土地，是唯一能托住我的东西。

这次回来，我几乎找不到回村的路了。这就是生我养我的无梁村么？往北，是一荡热土。往南，仍是一坡热土。往西靠着路，是荡荡的烟尘。往东，是一片窑场，也还是有几棵老树的，歪着，孤。是呀，村子里贴着瓷片的楼房一座座盖起来了，有两层，有三层，还有四层的。也仍有几窝旧式的老屋，像是有些羞涩地、散乱地隐在贴了白瓷片楼房的后边。可一望无际的苇荡不见了，几十亩大的深不见底的望月潭也消失了。村西是新建没几年的板材加工厂，到处是刺啦啦的电锯声；村东是砖窑厂，不停地响着"哐哐哐哐"的机器切坯声。昔日的场院里，晒着剥成一层层筒皮状的雪白树身；村里的树就快要伐光了……再也看不到站在石碾上碾篓子的女人了。

狗呢？连狗都不咬了。

是的，村街上空没有了蒸腾的烟霞，没有了雾蒙蒙的湿气，没有了可以拽住日头的老牛的长哞……村里连吃水的井也没有了，干了。过去，村里一共有三口水井，村东一口，砖砌的，叫东砖井。村西一口，叫西砖井。村中一口，青石板砌的，叫槐井。现在一口也没有了。据说，家家户户原都打了"压井"（通下去一根塑料管子）压水吃。可现在井里的水不能吃了，滋滋辣辣的，有股什么邪味，也查不出原因。如今还得跑到远处的机井里去拉水吃。这一次，蔡思凡为办丧事，专门让人从城里拉来一车矿泉水。

在村街里，走了一趟后，我身上已沾满了"眼睛"……那是各种各样的目光。走在村街里的人，一个个都眼生，我也认不得几个了。在我的家乡，在我曾经生活过的村子里，我看到的，却大多是生脸。是的，在家乡，我是绝不敢装"大尾巴狼"的。后来，当那些老太太说要凑钱立碑的时候，我不敢说我包下来。我不敢提钱，那样的话，就扫了很多婶子的脸面。我只是在心里哭……我欠老姑父太多太多了。我至今仍记着老姑父多年前的那句话：给丢捎个信儿，我想听听国家的声音（他只是要我给他买一小收音机）。我对不起老姑父，我没有办到。我欠村里人也很多……可我一时还没想好，怎么还。

我是准备好让人骂的。假如那些婶子大娘们见了我就骂，指着鼻子骂……我心里会好受些。让我心痛的是，一些婶子大娘见了我，也不说什么，只是把头扭过去，装着没看见，该干什么还干什么……是啊，你不帮人家，人家的日子也照常过。

在村里，我听说有一部分村人在附近的板材厂上班，就专门去了一趟。板材厂门口不光有保安，还拴着两只狼狗；一个有半里长的大院子里堆满了扒光了身子的树，树一垛垛地堆放着，在轰鸣的机器声中，它们的枝枝梢梢正在粉身碎骨……后来，工人下班时，我拦住了一些女人，想聊一些话，可结果仍然很失望。国胜家的儿媳妇说：在这鳖孙板厂，成天三班倒，没明没夜的，人都活颠倒了。我啥也不知道。保祥家儿媳妇说：这你得去问蔡总，蔡总让咋说咋说。海林家儿媳妇说：我才嫁来两年，只要给钱，叫我干啥我干啥。水桥家儿媳妇说：现在的人，不狠能挣钱么？麦勤家女儿说：能走的都出去了，我是出不去，要不我也走了。管他谁谁呢。倒是兔子家儿媳妇嘴快，说：反正给了一百块钱，俺啥都不知道，也说不清。啥头不头的，人都死了，还问这干啥？

是呀，事已过去了，你还问什么？我又在村里走了一遍……听到的话却都是藏头露尾、暧暧昧昧的。那话语中，好像有对蔡思凡的不满，也好像什么也没说。老姑父早已下世了，吴玉花也已下世了，还说什么呢？

夕阳西下，我曾独自一人走在田野里。从一条沟里走上来，四周寂无人声，脚下荒着，草也稀了。不远处，在玉米田边上，我看见一个小伙独自一人在田野里刨一棵桐树。令我惊讶的是，他一边刨坑一边还打着手机，他对着手机大声说：……有啊，有。你说要啥吧？要飞机吗？波音737，你要几架？……我几乎笑出声来。可我默默地、以多年经商的眼光打量着他，心想这世界真是变了呀！这是谁家的孩子？他又是经历了怎样的岁月，才把他锻造成这样一个小骗子？不敢想……他竟然能说出"737"？他一定是在过去的报纸上看到过什么报道，他是想当牟其中第二？

后来，我在村人的指点下，去了"姑爷坟"。老姑父不姓吴，所以并没有埋在吴家坟里。在无梁，也只有无梁村，有一个专门埋女婿的坟地，那叫"姑爷坟"。老姑父就埋在"姑爷坟"里。老姑父要迁坟了，我还没来祭拜过。于是，在老姑父的坟前，我摆上了准备好的鲜花和烟酒，而后跪下来，恭恭敬敬地给他磕了三个头。

蔡思凡是着意要为自己正名的。

所以，迁坟的每一道程序都按当地风俗，一丝不苟。

原本，老姑父睡的棺木是桐木的，四五六的材（棺木的尺寸），也是好货。这次迁坟，蔡思凡专门托人花重金买来了四棵百年的香柏。那柏树是用大卡车拉回来的。一进村，全村人眼都亮了。人人都说：值了。老蔡两口值了！

那四棵香柏树，伐的时候，是让九爷的大孙子专门去看过的。九爷的这个孙子现在也是个小包工头了，这叫"门里滚"。他不光通木、泥两作，还懂钣金、电气焊。如今经常带着施工队在外边承包工程。据说蔡总曾帮他联系过一些工程，他自然是很上心的。那树伐后直接拉到了村西的板材厂，由九爷的孙子亲自监工，带着几个徒弟，在板厂的电锯上锯成了八块"四独"的板材。所谓"四独"，是指棺木的大盖、两帮、下底，是由四块完整的木料做成的。这必须是百年以上的大树，树身小了，是做不成的。

棺木合成后，又由九爷的孙子亲自上手，一刨一刨推平，光洁如镜面。除大盖上留下四个销眼外，四独大料每一处都扣得严丝合缝，一丝不差。这才让漆匠下手。漆匠也请的是最好的（一说是当年有名匠人唐大胡子的外甥）。时间紧了些，连夜赶着，在板材厂电烤房烘干，大漆九遍。最后由漆匠在棺头画了一描金"寿"字，下绘"五只蝙蝠"，取"五福捧寿"之意；底头绘的是"麒麟送子"，棺帮左为"金童执幡"，右为"玉女提炉"，两边棺身绘了"二十四孝"图……两口四独棺木，一模一样的待承。待一切完备后，抬到了村街中央，让全村人过目。

这时候，最让人感慨的是，那停在村街里的棺木上，突然又蒙上了一块红布，红布上别着老姑父十几枚军功章！这是老二蔡苇秀收拾屋子时，从她娘床下的一双大头棉鞋（军用的）的鞋窠儿里找出来的。这东西藏了很多年了，大概是早就遗忘了的……蔡思凡接过一看，立刻吩咐人找一块大红布，把军功章一一别上，挂在了棺木的前面。一时，全村都去看了，一个个感叹不已！那军功章一共十七枚：一枚是"辽沈战役军功章"，一枚是"平津战役军功章"，一枚是"中南战役军功章"，一枚是"抗美援朝军功章"……还有"特等功臣"奖状一份，余下一等、二等、三等功……共十二份。人人看了，都说：这老姑父穷了一辈子，原来还是个大功臣呢！

大国和三花也是接到丧帖后回村的。据说，二国再没回来过。大国平时也很少回来。记得小时候，大国的最大梦想是去乌鲁木齐。可大国终也没去成乌鲁木齐，他在县里当了一段教育局的副局长，现在已改任县民政局的局长了。人们对他十分热情，一个个都说：吴局长回来了。吴局长见了人也很客气，一个个敬烟。三花跟在大国后边，三婶二大娘叫着，一一给村人问好。大国回村后，自然看见了那些挂在寿材红布上的军功章，看后大吃一惊！在村里生活了这多年，竟不知老姑父居然还是个功臣。说起来，这也是民政局该管的事。于是他当晚就赶回了县里，给书记、县长汇报去了。

第二天，县长就带着一帮人赶来了。县长先是领着县上的干部们在村街的灵棚前献上花圈，一干人进灵棚给老姑父、老姑的遗像恭恭敬敬地鞠了三个躬。而后，县长对蔡思凡说：蔡总，抱歉。我调县里晚，老人走时，也没送一送。昨天才听民政局吴局长说，老人是个大功臣……你看这样行不行，咱县上烈士陵园也要改迁新址了。按规定，老人立过这么多功勋，是建国前的，可以进陵园了。进了陵园，这不光是你一家的荣誉，也可以让后人一代一代瞻仰。大国也在一旁说：香姐，烈士陵园，规定很严，一般是不让进的。县里经过慎重研究，才定下来的。蔡思凡想了想说：那……我娘呢？县长迟疑了一下，望着大国，说：吴局长，这符合规定吗？大国说：按规定……目前，还没有先例。蔡思凡说：那就算了。我爸都走了这么多年了，你这会儿才想起让他进陵园，晚了点……县长略显尴尬，说：既是合葬，不进也行。不过，我还是请你再考虑考虑……这样吧，进不进陵园，听你的。可老人的事迹，还是让报纸给宣传一下吧。

大国觉得他这是给村里办了件好事，却没有办成，有些扫兴。后来，大国把我拉到一旁，悄悄地说：志鹏哥（他不喊我"丢"，这次回村，除了蔡思凡，竟没有一个人叫我的小名），丧事办完，请你务必多留几日。我说：有事吗？大国说：不是我要留你。是县长特意吩咐的。县长本来要亲自邀请的，场合不对。所以交代我，请你一定留县里小住几日，咱县宾馆现在也"四个星"了。我说：县长贵姓啊，我又不认识他。大国说：马县长。你不认识他，他可知道你……我说：到底啥事？大国说：我给你交底吧。不就想你几个钱嘛。现在你是大户，给县里掏几个钱，上个项目，资助资助，也算是你造福乡梓。我说：可以呀。有项目吗？大国说：项目？项目还不好说。立项的事，一晚上就日弄出来了。你只要出钱，项目要多大有多大。志鹏哥，你要出一千万，我给县长说说，给你弄个政协常委……听他这么说，我有些不高兴，就说：你让我考虑考虑。

当天下午，又来了一群记者，都是要采访老姑父事迹的。蔡家人都在忙着办丧事，顾不上。村长挨家挨户动员，找来找去，只叫来了十几个村人，都是些七八十岁以上的老太太。有国胜家、保祥家、春成家、海林家、印家、国灿妈、水桥家、宽家、麦勤家、榆钱妈……这些老太太，男人都先后下世了。有的耳朵还聋，七嘴八舌的，也说不出什么来。可说着说着，头一句脚一句，竟掉泪了。最后，她们异口同声，印象最深的，是"胡萝卜事件"……当年，老姑父刚当支书的时候，瞒下了四十七亩胡萝卜，救了全村人。可这件事，是历史遗留问题，不好报道。

记者走了，却把老婆们的怀旧情绪给煽起来了。于是又节外生枝……这事由三婶（国胜家女人）牵头，串联了还活着的十二个老太太，挨家挨户地联络，说是要由一家一户凑钱，给老姑父立一碑。老太太一合计，决定由骡子家女人出面，请县史志办的苗金水（骡子家的女儿，嫁给了原小学校长苗国安的儿子）撰写碑文，碑文上要着重写"胡萝卜事件"……一家一户无论出资多少，都要在碑文上注明。这十二个老太太，能量很大，仅是一个晚上，一家一家挨着收，收上来一万零八十块钱，立一碑足够了。

本是蔡家迁坟、合葬，却又闹出了这么一档事，这把村长（村长是九爷家二孙子）难为坏了。蔡家由蔡总、蔡思凡主事，也是要立碑的。可村里老太太偏又要张罗着凑钱立碑，村长是晚辈，两边都是得罪不起的……于是，村长跑前跑后，经过再三协商，最后蔡思凡勉强答应，"胡萝卜事件"可在碑文背面记之。

按蔡思凡的本意，是要谢过众人，把收上来的那一万零八十块钱一一退回去。可老太太们执意不肯，也就罢了。

迁坟的那一日，按照乡俗，蔡家在姑爷坟里用黑布围搭起了方圆几十平方米的大棚。

而后一路都有黑布棚罩着，这也叫"打黑伞"。老姑父如今是阴间的人，不能见阳光……那一日，开棺后，蔡思凡一脸肃然，说：五叔，三婶，下去吧，下去验验，看我爸的头在不在？！还有你，丢哥，你也下去，作个见证！

下到地下去捡骨的，最先是三婶。三婶虽老了，身子还硬朗，也胆大。跟着的是几个年岁大的婶子（按乡俗，只有平辈才能下去捡骨殖）。同辈的男人，就剩下五叔了。五叔老得不行了，是由人搀着下去的……而后，一个个传话上来：在。头骨还在。

此刻，蔡思凡又说：老少爷们，谁还愿下去，给我作个见证！一人一百，当场兑现……说完，当着众人，她放声大哭！

于是，传言不攻自破……

收捡骨殖时，三婶胆大，三婶一边捡，一边念叨：老蔡，搬家了，住新宅。老蔡，搬家了，住新宅了……闺女们都给你安排好了，妥妥当当，全全乎乎的。有楼有车有电视还有洗衣机，司机两个，丫鬟一群，啥都有……我也跟着念。

重新入殓时，杜秋月、杜老师赶回来了。杜老师是刘玉翠陪着坐着一辆新买的桑塔纳轿车回来的。杜老师偏瘫多年、半身不遂，走不成路了，车后备箱里还装着轮椅。车进村后，是刘玉翠和司机一块抬着他挪到轮椅上，推到灵前的。到了灵前，又是刘玉翠和司机在一旁搀扶着他站直了，在老姑父和吴玉花的灵前，上了三炷香……杜老师虽偏瘫，但穿得周周正正的，着新西装，衬衣雪白，脖里还象征性地挂一领带，嘴里嘟嘟囔囔的，也不知说什么。刘玉翠忙在一旁翻译说：教授说，恩人，恩人哪！

老姑父迁坟的仪式就像他当年结婚一样，是独一无二的，十分隆重。

起棺时，鞭炮齐鸣；十二班响器吹着，乌泱乌泱的……无梁村人，凡接到信儿的，都回来了（据说，蔡总蔡思凡放了话，凡在外打工的，耽误一日，给一百块钱）。一街两行，站满了人。

这次重新安葬，蔡总蔡思凡穿了重孝，手执哀杖，由板材公司的两个姑娘搀扶着走在最前边。跟着的是她儿子，儿子十岁，披麻戴孝，手里捧一"牢盆"。（据说，蔡思凡不能生育，儿子是收养的，这也有闲话。）接着是老大老二，两旁打引魂幡的是女婿们。后边是响器班子……响器班子后边，是抬棺木的四十八条壮汉，两成两班……身穿重孝的蔡思凡，一身孝白，看上去十分的体面。据说，她的丧服是在省城找人定做的，剪裁得很合身，人反倒显得年轻了。她的两个姐姐，跟在她身后，由于终年劳作，看上去差别极大，竟似是两代人的模样。于是，我相信，优越也是可以包装的。这时候，绝不会有人想到，她最早是从"脚屋"里走出来的。

在村街的十字路口"转灵"的时候，十二班响器对吹。按规矩，"响器家"（平原乡村的叫法）对班吹，凡赢了的，是要再加赏一份礼金的。于是，"响器家"开始玩命了。先是边吹边走"划船步"，一个个似要把腰扭断的样子；接着有一班，吹着吹着忽一下脱光了脊梁，神瞪着眼泡，对天长吹《上花轿》；又有一班，把唢呐插在两个鼻孔里，仰起脖儿，一嘴四吹《百鸟朝凤》；再有一班，走出一女子，站在一条板凳上，解了裙装，露出上身，把两个铃铛吊在乳房上，狂吹《天女散花》！一时人像潮水一样……蔡思凡在儿子摔了牢盆后，扑倒在地上，领一干人大哭，哭得昏天黑地！

转灵后，三声铳响，撒了纸钱，再行起棺……前边走着家人、亲戚、村人，后边排长队的是板厂的二百来号工人（工人凡戴孝者算一天的工），就这么一路哭着送到坟里……这时候，一晃眼，我看见了"油菜"，他竟默默地隐在送葬的队伍里。是呀，有才哥也回来了。曾经十分自豪的国营企业的工人吴有才，这次回村，竟然一声不吭，像是羞于见人。他定然也知道，我们都回来了，却一直躲着，连个招呼也不打。早年，我初进省城的时候，曾在他那里住过一晚……现在，他？

中午，蔡总——蔡思凡特意安排了两处吃饭的地方。凡本村人，在小学校立的伙，吃的是大鱼大肉，烟酒管够；凡在县上或外地工作的，或特意赶来的送葬的关系户等等，蔡思凡专门安排了豆腐宴，吃的是春才新磨的豆腐。春才领着一班人，溜、煎、炸、炒……把豆腐做出了很多花样。如今吃素也是一种时髦，人们都说好吃。

我说过，我是带着那盆"汗血石榴"回来的。安葬了老姑父夫妇之后，浇汤（这也是当地的风俗）的时候，在坟地里，我把蔡思凡拉到一旁，私下里问她：香，这盆石榴……

她看了我一眼，说：啥意思？

我说：我是说，石榴下……

她说：你不都看见了吗。一村人证明……你还不信？

我说：我想听你说一句。

她说：想听实话？

我说：实话。

她说：实话告诉你，有头——狗头。我娘怕他落（寂寞），让我给他买一狗娃。后来狗死了……丢哥，我有那么坏吗？

这时候，蔡思凡才说了实话。那盆石榴，最早，并不是她卖的。那时候，她手里刚有点钱，听了一个南方商人的话，想办一板材加工厂。那人原说他要投资的，后来发现是个骗子，人不见了。由于事已开了头，已投入了一部分钱了，只好去银行贷款。可人家银行不贷给她。没有办法，那时候她死的心都有了。再后来，她去给行长送礼时，打听出来那个银行行长喜欢盆景，就把那盆石榴给人送过去，贷出来五十万……再后来，是有人想巴结行长，就一次次把那盆石榴从行长个人的盆景园里买出来，再倒手送过去。每倒一次手，就涨一回价……等到我手里时，已经倒了八次手了。

说着，蔡思凡流泪了。她说：记得小时候，我爸从县上开会回来，给我带回来一块糖。那天夜里，他回来已经很晚了，都半夜了。他摸黑儿，悄没声儿地把那块糖塞在我嘴里，我含着，甜了一夜……那是我最快活的一夜。

我说：明白了。妹子。我明白了。

接着，她说：丢哥，不是我发了狠话，你会回来吗？

我说：会。我会。

她说：看见了吗？你背上眼珠子乱骨碌，你就等着拾骂吧……

我说：我知道。

这时，她说：我的板厂，你看了？

我说：看了。

她说：不能投点资吗？

我望着她，我知道她提要求，是早晚的事。我说：可以呀。不过，得有项目，得有可行性（我没说"报告"）……

她说：先说，少了我可不要。三十万，五十万，不够点眼的！

我愣了一下，说：你让我考虑考虑。

一听这话，她说：你真敢一毛不拔？真不打算回来了。

我说：我会回来的。我得找到一个方法。

她说：——呸！装。还装。你以为我不知道？你把你的好车停在弯店，一个人步行走着回来……啥意思吗？

我心里说，我真不是装。我得找到一个能"让筷子竖起来"的方法。

——在这里，我告诉你，我不是迷信。我不迷信。我所说的方法，"让筷子竖起来"的方法，不是"梁仙儿"那种，不是凭意念，也不是钱的问题……这你知道的。乡人供我上了十九年学。整整十九年哪！我真心期望着，我能为我的家乡、我的亲人们，找到一种：……"让筷子竖起来"的方法。如果我此生找不到，就让儿子或是孙子去找。

后来，我把那盆"汗血石榴"栽在了老姑父合葬后新迁的坟前。

我想，假如两人再吵架的时候，也好有个劝解……虽然我不信这一套，也是个念想吧。可是，当我在坟前再次跪下来，磕了三个响头之后，站起时突然头一晕，眼冒金花，竟不知道我此时此刻身在何处。

我知道，我身后长满了"眼睛"……可我说不清楚，一片干了的、四处飘泊的树叶，还能不能再回到树上？

我的心哭了。

也许，我真的回不来了。